有度文化

营区的光线

李骏 著

山西出版传媒集团 北岳文艺出版社
·太原·

图书在版编目（CIP）数据

营区的光线 / 李骏著. -- 太原：北岳文艺出版社，2024. 8. -- ISBN 978-7-5378-6896-9

Ⅰ. I247.5

中国国家版本馆CIP数据核字第2024SX9183号

营区的光线

YINGQU DE GUANGXIAN

李骏 / 著

出品人
郭文礼

选题策划
刘文飞

责任编辑
武慧敏

装帧设计
张永文

印装监制
郭勇

出版发行：山西出版传媒集团·北岳文艺出版社
地址：山西省太原市并州南路57号　邮编：030012
电话：0351-5628696（发行部）　0351-5628688（总编室）
传真：0351-5628680
经销商：新华书店
印刷装订：山西人民印刷有限责任公司
开本：787 mm×1092 mm　1/32
字数：199千
印张：8
版次：2024年8月第1版
印次：2024年8月山西第1次印刷
书号：ISBN 978-7-5378-6896-9
定价：68.00元

本书版权为本社独家所有，未经本社同意不得转载、摘编或复制

目 录

营区的光线　　　　　　　/ 001

东营盘点"兵"　　　　　 / 061

一路花香　　　　　　　　/ 083

穿透北京地铁的忧伤　　　/ 141

祝你幸福　　　　　　　　/ 173

难说再见　　　　　　　　/ 191

英雄表　　　　　　　　　/ 211

春风划破冰丛　　　　　　/ 231

创作谈：基层与青春，永远是人生最亮的底色　　/ 243

营区的光线

1. 连长

见到连长的那天是阴天，一大早我就起床了。戈壁滩的那边有雾，看上去灰蒙蒙一片。我感到身上有些寒冷——虽说那时已是初春的二月。戈壁上的胡杨树还未吐绿，冬装仍旧将它们紧裹，并且露出几分臃肿来。但我还是很喜欢戈壁滩上的冬天，因为冬天里我们常常可以在雪地里自由地行走。在戈壁上看无边无际的雪，我的呼吸会异常畅快，心胸也会更加坦荡。

我那时还是连部的通信员，常常跟在领导的屁股后面，夹着一个公文包，看上去很是那回事儿，实际上却不是那回事儿。当一个通信员是非常累的，一天有忙不完的事要做——连队里答"到"和"是"最多的人便是通信员，所以我早就想下班里去了。我不明白，为什么有那么多的人想进连部来当通信员。当一个通信员有什么好！

我当通信员的时候连长还不在连队——我那时刚下连，指导员就点了我的将，因为我比较老实听话——在和平年代，老实听话的人容易得到领导的欢迎，而在战场上则刚好相反，战场上恰恰是那些平素里吊儿郎当的兵更会打仗——并且还写得上几个漂亮的钢笔字，指导员便相中我了。他说老通信员不太好使唤，当兵时间长了，他的身上发出一种油味。这又恰恰是我们营长最不喜欢的。

"他老是那个垮兮兮的样子,干脆换掉算了。"营长对指导员说。

指导员皱了皱眉头。他的脸上一会儿晴,一会儿阴,一会儿又是连绵不绝的雨,不是我们一下子可以看出来的。不过听了营长的话,指导员还是让老通信员下班里去了。

他对老通信员说:"嗯,这个,这个,这个嘛,你干了两年了,也成了老兵,我们再让你跑腿也不好意思……"

老通信员握住了指导员的手,再三为他这个英明的决定表示出自己崇高的敬意:"没关系,我早就想到班里和大家沟通沟通。"

老通信员在下班里前的那天对我说:"咳,当兵如果只是当个通信员,不如不当,看起来荣耀,实际上什么都不知道。"

我说:"不对吧。"

他说:"过一段时间你就知道了。"

我笑了笑,心里不以为然。因为我听人说,他在新兵下连刚当上通信员时,还写信回去,去向家里炫耀此事,说自己和营长、连长在一个桌子上吃饭。他家里人高兴得不得了,逢人就说,那孩子,现在就和领导在一个桌子上吃饭呢。人们就说,是呀是呀,现在和营长一个桌子,将来不知和谁一个桌子,也许是团长、军长呢……于是一家人喜成了一团。

这件事是老通信员的老乡回去后听人说的,他的老乡回来一说,大家快笑掉了牙,有个兵就说:"唉呀我的天,和营长一个桌子,还不是为营长打饭、洗碗?"

既然老通信员下班里了,我也就只好搬到连部里来了。那时时令已近冬天,天气非常的寒冷,我穿着一身肥硕的冬装,里面塞满了棉衣棉裤,还觉得空荡荡的,风一吹像是一个胀满了气的气球。加之那时我的个子还在发育阶段，可以列入标准的三等残废，所以看上去特别滑稽，下到班里，老兵们都笑个不已。指导员有时恼了或者烦了，看见了我，他的气也消了，人也笑了。所以，我当新兵时基本上是让大家发笑的一个精灵。副连长对人说："让这样的一个人当通信员，沉闷的连队里算是有了一点儿活气。"

我那时还未见过连长，只从相片里看见过他，长一脸的胡子，还喜欢剃个光头，走到哪里都非常晃眼。听说有一年，我们连有一个兵在出车乌鲁木齐时让纠察无缘无故地打了几个耳光，连长一生气，上前去把那个纠察狠狠地教训了一顿。那个纠察回到军区司令部里告状，但不知道我们是哪个团的，只说是一个光头连长。司令部的人说："你连他和姓名都不知道，还告什么状呀？"但是在一次军区团级干部的大会上，司令部的领导参加了会议，提出了这件事，说是一个光头连长不守纪律，竟然连纠察也敢教训，太不像话了。我们团长刚好坐在下面，他一听就知道是我们连长干的，急得一头汗，听到最后，侥幸地舒了一口气。回到团里，他就找连长谈话，连长说："那家伙把我们的兵打惨了，不教训他一下无法无天。"团长还想批评他，连长说："团座，我们得爱惜自己的兵不是？我这件事在连队里大家绝对赞同！你总不能让我脱离群众吧？你一再教育我们要走群众路线，密切联系群众，而不是密切联系领导，我这是按你的要求做的嘛……"

到底是团长手下的爱将嘛，团长听后气也消了，还让连长在他的小灶上蹭了一顿饭，两个人把一瓶伊犁特曲喝了个底朝天。这件事传到了连队，连长说话的腰板更硬了。所以在他探家的日子里，我听老兵们说，连长的话比指导员的政治思想工作管用。有人说："指导员苦口婆心，可连自己老婆的思想工作也做不好，后院总是不停地爆发战争并升级，怎么来做我们的工作呀。"一个老兵说："这意思表明，家庭工作做好了，对连队的建设也是很重要的。"另一个兵连忙接着说："那是那是。"于是他们哈哈大笑。

连长探亲回来的那天，我没有做好思想准备。那天上午的阳光出奇地好，我把连部的卫生搞了一遍后，正准备给副连长洗被子时，连长回来了。他一进连部就喊："通信员，通信员……"

那时连长的头发长起来了，我根本不知他是连长，所以从房子里跑出来时有些漫不经心的。我看见他口气很大，又穿着一身地方的衣服，哼了一下说："你找谁？"

他站在那儿，盯着我，不相信似的，看了我好半天才问："你就是通信员？"

我说："我不是谁是呀？你看我这个样子，脏兮兮的衣服，累得焦头烂额的，我不是谁是？"

他笑了一下说："你这个小家伙，口气还大得不行！你去给我把张成叫来。"

我心想，他是一个来队看望的家属吧，有这么命令人的吗？便有几分的不高兴，所以站着没动。

他看了我几秒钟，然后大声说："通信员你听到没有？去把张成喊来，就说是连长找他，我的钥匙在他那儿！"

我的妈呀！我一听他说自己是连长，汗嗖地一下就从身上急出来了，拔腿便向班里跑去。

那是我第一次见到连长，他衣着整洁，两眼有神，说话粗声粗气，走起路来虎虎生风，让我一见就有了灵魂出窍的感觉。在我没有入伍时，我想象中的军人就是他那种样子的，没料到还真遇上了。

连长后来笑着对人说："这个通信员不简单，见我的第一面就给了我一个下马威。"

我听后，吓得吐了吐舌头。

2. 营长

营长姓金，四川人，哪县哪村的我到现在都不知道。但我们一直记得他，直到他离开了军营，我还不时地想起他那温和的笑，还有他站在队伍前对我们讲话的声音。我记忆中最深的一幕，是在早晨的薄雾里，他站在全营官兵前训话，话不多，但中听、悦耳，也管用。不像副营长，开口、闭口一句就是"格老子的""格老子的"。我当新兵的时候，副营长是我们的新兵营长，我那时不懂方言，心想这个官怎么当得这样没有水平。后来才知道那是四川人的专利。我们团大都是四川人，"先人板板"地骂得贼响。后来学讲文明讲礼貌，他们不骂，我倒觉得他们不是四川人了。

营长个子不高，有些微胖，挺起的肚子达到了将军的级别。不过我们下连时就已听老兵们说了，营长官运不太好，因为他总是站在群众这边，而不太密切联系领导。我后来想，这也可能是他赢得了我们的心的原因之一。在我们二营，他尽管不像某些领导那样连恐带吓，可他说话，大家没有不听的。我们的文书说，这才叫作领导水平。

营长在我们连吃饭，他的伙食费交在我们连，与我们连长、指导员、副连长在一张桌子上吃饭。我和营部的通信员当然也在那张桌子上吃。他一来，桌子上便充满了喜气。如果只是我们连的干部，大家吃饭时很少说话，空气显得格外的沉闷。而营长驾到了，气氛便开始活跃了，连碗里的米粒也格外有了香气。我喜欢那种香气，所以每次都希望营长能按时过来。他对我们格外好，吃完了从来不要我们替他添饭。他老是说："自己来，自己来……"不过这样不好，因为他这样"自己来"，我们连的干部也得"自己来"了。营长每次自己打饭时,他们脸上难免会有一些尴尬,后来营长发现了这个细节,他就不自己来了。

营长每次都对我说:"小李呀,我们营三年没有一个考上军校的,你可得打破这个零鸡蛋,给我脸上贴点金呀,我姓金可脸上没有金哟。"我一听便笑得肚子痛,不过我总是克制自己,笑得太过,指导员会批评我目无尊长。

我那时的确是想考军校,但那只是一个梦而已。从新疆那个地方考上一个,的确是相当不容易。我们营曾有一个好不容易达到分数线,但在档案审查时被刷下来了,据说是超龄。因此每次开庆功会时,我们营的领导,头都压得低低的,不敢抬起来。不过营长并不以为然,他每次和别人在一起,都是乐呵呵的,既不自卑,也不气馁。

他们在吃饭时,也偶尔谈到这一类问题。我们连长说:"这只能怪我们这里的条件太差了,考学时都没有一个辅导班。"

营长说:"要啥子辅导班,我就不相信那些辅导班就真管用。"然后他把头抬过来对准我:"你说对不对,小李?"

我不敢赞成,也不敢说不对,只是笑。营长说:"连小李这样老实的孩子,到了连部也学精了,怕得罪你们连长是不是?但你就不怕得罪了我这个营长?"

我没有说话。营长一笑也就过去了。不过饭后他照例是要到我的房子里来坐一坐的。我的房子在连部的最里间,正对门的是副连长,下面的才是连长和指导员的屋子。营长进来后就翻我的书,一边翻一边说:"书真多,你可真了不得。"然后营长就说他们那个年代没有书读的苦处。

"要是有读书的好条件呀,"营长说,"我可不是今日的金营长了。"

营长说完就抽烟。他的烟抽得真凶。一边抽一边不停地咳嗽,和副连长一样。我说:"营长你少抽点烟多好。"

营长说:"你可不知道抽烟的妙处,我有时想,世间的人如果没有烟抽,那活着真不知道还有什么意思!"

我说:"营长,我们当新兵时,班长教育我们不要学会抽烟。那些想抽烟的人总是借口请假上厕所,结果我们排长上厕所,里面一片云山雾海看不清,他还不小心踩到坑里了。"

营长啊了一下说:"那也对,不过……不过你们现在已经不是新兵了。"

我听了便笑,这时我可以大笑了。因为指导员不在这里,否则我这种笑让他看见了,他批评几句,够我难受一个星期的。我有时不明白,指导员为什么在做别人的思想工作时脸上总是挂着一副笑容,但在私下里,他却总是板着脸教育我们要有规矩,不该笑时就绝对不准笑。这样一想,我对营长的好感就更足了。

营长平时没有什么大的爱好,他既不像我们连长那样爱跳舞,也不像指导员那样爱玩牌,还不像副连长那样没完没了地打扑克。营长唯一的爱好就是吃狗肉。营长爱吃狗肉是全营所共知的,见了狗肉,脸上满是笑,看上去像庙里的活弥勒。有时候,我们连里有了狗肉,还未煮熟营长就在锅边蹲着,肉熟了就抢大块的。谁要是和他抢,他就使坏,把口水吐在肉上面,递过来说:"你吃呀,你吃呀!不吃?不吃我就不客气了。"他这样做可把我们笑坏了。

新疆人爱养狗,这可能是大戈壁的特点之一。那儿的维吾尔族人多,几乎家家有狗,从戈壁走过,有时可以看到狗成群结队地过市。狗多了,自然就有一些没有人管的野狗——它们便成了桌子上的快餐。也许有人问,你们这样做不违反纪律呀?你把心放下就是,连队的干部个个懂得群众关系与民族政策,所以连队里再三规定不能打老百姓家里的狗,但是这种野狗,一眼就能判断出来,因为它们身上的毛看上去总是脏兮兮的,而且饿得发瘦。跑起来特别快,一般又不靠近人群。

于是,我们连里的人专门捡这种狗干上一阵子。想想在那个冬季特别长的地方吃狗肉,真是一种异样的享受。一边是大雪飘飘,一边是狗肉飘香,真有武侠小说里那种神仙般的感觉——那些小说,我们常常是躲在被窝里打开手电筒偷偷看的。今天被领导查铺时收去了,明天大家又死皮赖脸地要回来。

关于狗的笑话,在连队里传得特别多,但在我迟钝的记忆里,却只记得其中那么一次。我们营在茫茫的戈壁滩上,离团部较远,出于安全考虑,多加了一段围墙,但由于长期的风雨侵蚀,不知什么时候围墙断了一个缺口——我们营的兵常常从那个缺口偷偷地溜出去兜风,或者悄悄地从那儿跳出去上街。当然,后来一到星期天,一些纠察总在外面埋伏着等你入瓮。正是有了这个缺口,我们的青春生活增添了许多乐趣和笑话。

有一天,正在值勤的新兵王小三在三更半夜敲响了排长的门。排长从睡梦中醒来,有些发困,也有些恼怒,不过他马上把这种恼怒压下去了,一个战士三更半夜敲门,不会是一件小事。排长打着长长的呵欠问:"你慌里慌张地干什么?"

王小三结结巴巴地说:"群狼……群狼……"

排长一下子清醒了。他的脑瓜子像是一个手榴弹爆炸似的,轰地鸣叫了一声。天山脚下经常有群狼出没,伤人伤畜,这是人所共知的。所以一听到有群狼出现,排长的脑子顿时大了。要是群狼跳进来伤人,那可不是个小问题。排长一急之下,出了门便吹了紧急集合哨。

几声急促、凄厉的哨声划破了夜空,接着各个班里乱成了一团。由于好长时间没有搞过紧急集合,所以除了新兵外,大家穿上衣服出来已大大地超过了规定的时间,看上去稀稀拉拉的,有人一边提着裤子一边还在低声地嘀咕和抱怨。那些穿错衣服和鞋子的在一边吵一边窃笑。大家你问我,我问你,不知出了什么事,可当听排长说有群狼来时,才都吓醒了。大家分头找武器——当然不是真枪,那些东西从我们新兵连结束后再也没有摸到过——无非是些铁器之类,比如铁锹呀,榔头呀什么的。这时连队里的干部也都起来了。指导员问出了什么事,声音里明显有不高兴的成分。一个指导员,竟然不知道吹紧急集合哨是为了什么,那肯定是会不高兴的。

排长向他报告说有群狼在戈壁滩上出现,指导员才恍然大悟,并且立即下令注意安全。于是在他的一声令下,大家一下全涌到了戈壁滩上,用手电一射,乖乖,黑压压的一片!指导员酥了头,便喊了一声"打",大家迅速冲了过去,有些人边跑腿肚子还打颤——狼要是狠起来可是不要命的。然而不待大家走近,那些家伙一下子全逃窜了。

是狗!有人喊。这一声喊,把大家都喊傻了。全连的官兵一下子泄了气。站在冬天的夜里,让凉风一吹,一个个冻得瑟瑟发抖。排长和指导员的脸都红得发烫,排长把手电筒一关,骂道:"王小三你这个小子竟敢假传军情!"

王小三跟在队伍的最后,听了这话全身发抖。他战战兢兢地回答说:"我看到一片绿幽幽的眼珠子嘛……"下面的话他不敢说了。全连的人在雪地里冻得直打哆嗦,一个个恨得牙痒痒的。

第二天这个"号外"传遍了全营,成为笑话。营长见了指导员就问:"听说你们昨天夜里立功了?"

我在旁边听了扑哧一笑。指导员说:"狗日的,闹了一夜的笑话。"营长听了实在是憋不住,笑得眼睛成了一条直线。我从来没有听到过指导员骂这么脏的话,连忙把笑打落到肚子里去了。

营长说:"一条'狼'也没有抓住呀?"

指导员说:"抓个球!"

营长就再也不问了。只是一连的人见了他后,便在餐桌上哈哈哈哈地直笑。营长说:"要是真抓了一条,多好!我好久没有吃狗肉了。"他顿了一下又补充道:"当然,我们不能违反群众的纪律是不是?群众的狗,我们千万不能瞎打!"

从那以后,要是连队里有狗肉,当然都是戈壁滩上的野狗了。只要有狗胆敢跳进我们营的围墙,那无一例是能生逃得出去的。我说过,我们营在茫茫的戈壁滩上,周围也没有老百姓,离住有人的地方十多公里,所以那些狗真的不知是从哪里来跑过来的。吃了也是白吃,营长可爱得很,他常常是一边吃一边耸鼻子说:"好香好香,不是从老百姓家里弄来的吧?"

我们连打狗的人马上挺起胸膛,把胸脯拍得响当当地说:"报告营长,我们向毛主席保证,我们从来不打老百姓家的狗,军民一家,我们作为你的部下,向来是维护军民团结的。"

营长打了个哈哈,哼了一声就过去了。他一转身,老兵们就嘻嘻、呵呵、哈哈地笑个没完。

3. 指导员

冬天里我们连队的确是没事可做。试想一个汽车部队,在冰天雪地里,又不出车,除了训练、开会和学习,还有什么事可做呢?一天茫茫的大雪,看也看得让人发腻,除了白茫茫还是白茫茫,除了灰蒙蒙还是灰蒙蒙。

指导员这时便起作用了。他开始没完没了地备课,讲社会发展简史。

那些东西我们都听得酸掉牙了。我们这些兵不再是那些到军营里寻找饭碗的，起码，我们的文化水平都比他们那个时候的兵起点要高。但指导员有他的职责，他老是把学习上升到政治问题，而在政治问题上，我们每一个军人都不敢打马虎眼的，所以我们还得准时到达俱乐部，听他讲人类从猿人到今天的历史。中间怕人睡觉，指导员还夹着讲一些笑话。比如说有的男兵见了通信站和卫生队的女兵，眼睛不知往哪个地方放才好呀，比如说有的男兵有事没事爱往总机班打电话，想和女兵们聊天，别人不理还讲得起劲呀，再比如说有的人坐在车上，见了女同志就吹口哨，行为不端正呀，等等，等等。

指导员讲这些的时候大家就发笑，笑了之后就接着受教育。指导员有时讲错了，比如有一次明明是马克思说的话他却偏说是恩格斯说的，我插了一句，他红了脸说："不管是马克思还是恩格斯，反正都是革命伟人！"弄得我们都不好意思了。所以后来他讲错了，我也不再插言纠正，我知道这样是不好的，他曾对我说要维护他在连队的威信。于是我只负责记录每次课的内容，有时不想听也装出在听的样子。大家都这样，不过这样令指导员很满意。他一满意，也许就会提前散会。然后俱乐部里哗的一声大响，有人唱歌，有人做鬼脸，还有人瞎叫唤。指导员一回过头来，大家的脸马上又严肃起来了。

回到连部里来，指导员每次都爱这样问我："通信员，你说我讲得怎么样？"我说："好。"他说："真好假好？"我说："真好。"他说："大家都说好吗？"我说："都好。"指导员便笑了。连长一般是不吭气的，可我知道他也在心里笑。他是科班，指导员讲什么他都清楚，不过他从来不越权。

在我的记忆里，指导员一直爱趴在桌子上挑灯夜战，他很想写些政工性的文章发表。但是，一篇也没有发出来。他寄稿子本来是可以交给我去发的,但是他从来没有这样做。所以当我收到他的退稿交给他时,他脸总要红一下说:"啊,这是我一个朋友寄来的。"

真的,指导员和老婆的关系不怎么好。尽管他的老婆长得非常漂亮。我后来在多篇小说里写过他,主要是想起了他的老婆。我相信我们连队里每个人在回忆自己的军旅生活时,不会不想起他的老婆,她怎么漂亮怎么漂亮。老通信员张成说:"要是在封建时代,他老婆肯定被选到皇宫里去了。"但是,我们并不怎么喜欢她,因为她瞧不起当兵的,还瞧不起指导员。指导员长得蛮帅气的,是典型的小白脸,而且还爱吟上几句诗。可他老婆偏偏认为他无能,整天和他吵,由小战到大战,好像从来没停过火,他的家里老是有一种硝烟气息,让我们从来不敢久坐。

这种争吵使指导员在连队里的威信无形地降低了,他的腰杆始终挺不直,尽管他把政治工作做得有声有色。我记得指导员不爱回家,但是他的老婆却常常打电话来要他回去。他们从来没有过公开产生过正式的冲突,但是内战却伤了指导员的元气,这让他整天看上法有些精神不振,还沉迷于打牌事业。我们连部旁边有一间空房子,里面放着一些杂物,常年是铁将军把门,只有当家属来队时,才可以住。那时我因为想考军校,所以有了空就钻进去看书——后来这里成了指导员和其他连队几个快转业的干部的阵地,他们喜欢在里面玩麻将,然后叮嘱我从外面把门反锁着。除了我,全连的战士没有一个人知道,我也不敢让别人知道,因为玩麻将是纪律所不准许的,他们主要在于娱乐,并不是赌博,况且他们只在闲时才乐一下。我常常是把门锁好之后,回到连部里看书。连长问我指导员到哪儿去了,我说在开会,连长便知道了,笑一笑就算过去了。

指导员开完了这个"会",便是开家长会。他妻子总是要他交代思想,因为她听说他在出车时和阿克苏的一个女人认识了。指导员说:"我是做人家思想工作的，怎么会在自己的思想上出问题呢？你别听人瞎说。"事实上那的确是瞎说，是副连长在他家喝酒时和他老婆开玩笑的，但是她真信了。弄得副连长还专门去解释了一回，要不她可真的找团政委去了。

在我记忆里，指导员的老婆只光临过连队一次，那是一个深夜，指导员吃完晚饭后对我说他回去了。我啊了一声。但过了不久，又听到他的门响，出来一看他又回来了。他见了我，尴尬地笑了说："我想到还有点事，就回来……"我说啊。他进屋去了，我其实已看到了他脸上有血，好像是抓了的，划开了许多道口子。我没好意思问。过了一会儿，他老婆竟然也从团部那边过来了，外面下着雪，她一个人竟然敢在野地里走，这让我有些佩服。她猛敲指导员的门，里面没有反应。于是她又来敲我的门，我从床上爬起来，带着明显的恼怒。我开门把头伸出去，看到是她，就把火气压下去了。

她劈头就问："你们指导员呢？"

我没有马上回答他。我想指导员不开门，肯定是不想我说出他已回来。于是我说："他不是回家去了吗？"

她说："他又回来了。"

我说："我没看见呀，可能是到其他的哪个连队里去了吧。"

她啊了一声说："那我就在这里坐着等他。"

我一看觉也睡不成了，连忙穿上衣服。我说："嫂子，我出去找他吧？"

她说："那难为你了。"

我出门了，心里想你们吵架，让我遭殃，我真是倒霉透了。我绕到指导员的后窗，轻轻地敲了敲玻璃——以往他们在打牌时，如果连队里有了情况，我常常这样做，指导员对此相当敏感。果然他马上把窗子打开了。

我小声说:"指导员,嫂子来了。"

他压低了声音说:"我知道,你不要让她知道我到连队里来了,她是来找我吵架的。"

我说:"那怎么办?"

他说:"你把她送回去。"

我吃了一惊,看着他。他点点头说:"帮我一个忙吧,我实在是想静一会儿。"看到他那可怜巴巴的样子,我答应了。

我回到自己的屋里对他老婆说:"嫂子,听营长说指导员住在团部那边呢,没有到这边来。"一边说还一边骂自己学会了撒谎。

她抬头看了我足足三分钟,然后泪水哗哗地流了下来。

我说:"嫂子,我送你回去吧。"她啊了一声。我们便上路了。外面的风大雪大,我被冻得牙齿直打架。我们好长时间没有说话,她只是一个劲地哭。

我有些同情地说:"嫂子,你不要哭了。"

她说:"你是新兵,你可不知道……"

我说:"嫂子,指导员经常在连队里说你不容易呢。"

她顿了一下脚说:"真的?"我说:"真的。"她说:"亏他还有良心……"

我说:"嫂子,他也不容易。"心里有为指导员开脱的意思。

她说:"他不容易,有我那样不容易?我跟他时,他不过是个志愿兵,我们一直分居,他家里上有两个老人,下有田有地,难道不是我侍弄的?他提干了,有出息了,还不是我把家里的活儿全包了,让他在部队上安心工作的结果?可是他提干了,就和我不一条心了,看不惯这看不惯那的,一时说我不爱打扮,一时又说我打扮得像个鬼似的……"

我听了心里有些暗笑。清官难断家务事,我怎么知道他家的情况呢,所以我选择了闭口。一直把她送到了团部,天已经放亮。团部那边还未吹起床号,我看了一下表,然后又慢慢地踱回来。回来的路上我想,有些事情真是非常奇怪,指导员能做好全连上百号战士的工作,可偏偏就做不好他老婆一个人的工作。

这时大戈壁上一片雪白,一望无际的白雪,把我的思想全部融化在了冬天的雪地里。看着那些起得很早、赶着马车在雪地里行走的维吾尔族人,一边唱歌一边抡起鞭子,我不禁也在雪地里高声地唱了起来:

"达坂城的石头,平又硬啊,西瓜大又甜啊,达坂城的姑娘辫子长哪,一对眼睛真漂亮……"

那时,我刚满十八岁,正是火一般的年龄。我奔跑在雪野无边的戈壁上,穿着肥硕而又空荡荡的军裤,看上去像是蹒跚而行的一个老人。

4.排长

排长被分到我们连时脸色阴沉沉的,大家谁也不敢和他说话。我们羡慕他肩上扛的那个红牌子,也很想知道军校里的一些事情,但是谁也不敢去问他。有一段时间排长老是不刮胡子,连长批评他了,他还是不说话,只是默默地胡子刮了,并且像连长那样剃光了头,弄得谁也不敢轻易和他接触,怕自找苦吃。

营长对连长说:"这个小子,是个人才。"

连长漫不经心地说:"是吗?"

营长笑了笑说:"我只是凭直觉,他和你以往来时差不多。"

连长听了,不以为然。

排长爱吹箫,一吹起来就悲风阵阵,愁云漫天,我们听着听着便想家了。

指导员听了，皱起眉头说："你不要这样吹了，吹一个带劲的。"

排长笑了笑，不吹了。我从离开那儿就没有听到过排长吹一个带劲的，他吹的箫声经常把我们带入了一个沉思的世界里。老实说，全连可能没有人不喜欢他的箫声的，连长、副连长……还有那些老兵，往往一听到他那动人的箫声，就放下手中的扑克，让空气静止在戈壁滩那长长的岁月之中。所有的人都向一个方向张望，我知道，越过那长长的相思目光，越过高山河流，有一个地方，是我们永远也忘不了的故乡……

我记得老兵张德秀不止一次对我说："我真是听不得三排长的箫声，他一吹起来我就想老婆，咳，也不知道此刻她一个人在家里干什么，是不是有人想欺负她。"

我说："不会吧，谁敢欺负军嫂？"

张德秀说："你小子可不知道，我是怕你嫂子一个人在家守不住防线啊！"

我不懂什么叫防线，就问他。老张假装阴了脸说："你人小小的，没想到还挺坏。"

于是我明白什么叫防线了，并且抿着嘴乐了。

张德秀在我头上敲一下说："要不是看到你可爱，我就对你实行无产阶级革命专政了。"

我说："敢情是嫂子经常对你实行专政？"

他说："那倒是……"不过他很快发觉中了我的圈套，就追过来把我按倒在地上，搔我的痒痒，把我弄得眼泪都快笑出来了。

这些老兵尽管都当了十几年的兵了，可对人都特别好，一点也不讲等级，所以我很喜欢他们。他们大都喜欢听新来的排长吹箫，也有一两个不喜欢，说吹得太惨，像是死了人似的。

排长吹箫一般都是在晚上。静寂的夜里传来那阵箫声，的确是让人觉得缠绵悱恻，它总是如诉如啼，如歌如泣，让人难以入睡。这时候我便躺在床上听他的箫声，一边听一边猜测他到底是怎样的一个人。应该说，排长各方面的素质和修养都是一流的，特别是他的军事素质，简直就是一个队列条令的活模板，规范、准确、优美，而且做起来一丝不苟，有当初连长的那种气质。我们都奇怪，像排长那么优秀的人为什么会被分到边疆来，他应该留校才对。在我们的眼里，当一个军校的教官该是多么优秀且让人多么羡慕啊！

有一次给排长送报纸时，我斗胆问过他。他抽着烟，吐了一个大烟圈说："你上了军校不就知道了？"

我的脸红了。我不知道排长从哪儿听说我要考军校，就问他。他说："你们肚子里装了些什么东西，我还不清楚？"

我听后不敢再说了。其实我那时对军校怀了一种很神秘的心情，就像对恋爱充满了幻想一样，军校就是我要去面对和揭秘的那个爱人，它是那样遥远而又布满了诱惑……但是，没有人告诉我这些。

我一直寻找和排长说话的机会，想听听他那紧闭着的嘴里会倒出一些什么样的秘密来。尽管他干什么都是身先士卒，但他一直不太和人接触。连长有一次批评他清高，他笑了笑，依然没有说话。我看到他英俊的脸上，写满了不属于年轻时的悲怆。这更激起了我的好奇心。

机会终于来了。

有一次，我和排长一起到团部去，那天天气很好，阳光出来了，射在雪地里，直闪眼，打在人身上，格外舒服，让人心里毛茸茸的。我看着排长，他根本没有和我说话的意思。于是我没话找话地问他："排长，你说军校好吗？"

他看也没有看我地说："你以后去了就知道了。"

我噎住了。后来我把他的手拉住看了看说:"我会看手相,我知道你有心事,而且是感情方面的,对吗?"

排长停住了脚步,他转过身来,奇怪地看着我说:"你听谁说的?"

我说:"瞎猜呗。"并为自己瞎猜中了而高兴。

排长转过身去,一边走一边说:"你说对了一半。"

我说:"怎么样?不错吧?"

他说:"你这个小机灵,你想写我的小说呀?"

我说:"哪里,哪里。"

他说:"你写的小说还不错,有生活气息,不像别人那样闭门造车。"

我说:"是吗?"他说:"是呀,我在上军校时就在《解放军文艺》上看到你写的小说了。"

我有些惊讶。他说:"你不信吧?你写过我们连队,对不对?你写的那些人,我都能对号入座。"

我吓得不敢说了。因为我没事时写过一个反映连队的小说,投给了《解放军文艺》,还生怕有人知道,用的是笔名,没想到,三个月后,小说还真的发表了。连队里订有这本杂志,指导员看了之后对我说,小李,你过来看看,这篇小说怎么像是写我们连队的?我听后,心里怦怦直跳,生怕他看出来了。我说:"还真有些像,不过,也许有个连队和我们连差不多吧。"其实我很想说,那篇小说是我写的,但是最终没有说出来,因为我在里面写到了他,写到了他那痛苦的婚姻生活。好在他没有问下去,还对我说:"没想到天下还有另外一个指导员和我一样,婚姻是那么窝囊,要是认识,我们可以同病相怜了。"我听后笑了,不过马上又捂住了嘴。

我问排长:"你怎么知道那是我写的?"

他冷笑了一下说:"我看它和你现在写小说的语言、风格没有什么两样，你说是不是？你可以瞒过指导员，却瞒不过我的。"

我吐了吐舌头，不敢再说下去。一路上他再也不说一句话，天空瓦蓝瓦蓝的，有几只乌鸦在雪地里跳舞，唱着通俗歌曲，胡杨树上的积雪经太阳一晒，小水珠像水晶一样落下来，打在头顶上，像是什么人的手在拍着婴儿的头。偶尔有一滴水掉进了脖子里，让人猛地打一个激灵，格外刺激。

我说："唱支歌吧，排长。"

"你想唱就唱吧。"他没有反对。

"还是你唱，你的箫吹得那么好。"

他扬了一下眉说："你听得懂？"

"唉，我要是听不懂，还配在你面前卖弄？"

他扑哧一声笑了，用手揽过了我的肩。这是我第一次看到他露出真诚的笑容，也是第一次见到他对人表示一种亲昵的动作。于是我就在太阳下对着积雪还未融化的茫茫大戈壁展开了歌喉：

在那遥远的地方，有一个好姑娘，我愿化作那成群的牛羊，让她的鞭轻轻地打在我身上……

我看到，排长脸上的冰渐渐地解冻了。

回来的那天晚上，他对我说："你不是爱写小说吗？我对你讲一个故事吧。当然，你可别写我。"

我心里一乐，心想菩萨终于开金口了。

排长说的故事很简单。那个女孩是个大学生，是他高中时的同学，由于家里很穷，她在上大学时差点读不下去。排长听说后，一直用微薄的津贴支援她，让她顺利地上完了大学。他们在高中时播下了爱的种子，在大学时说发芽就发芽了。他们相约在大学毕业后结婚。可是当排长军校毕业时，她一听说他分到了边疆，脸就变了。她对他说，我受够了过去那种苦日子，再也不想过两地分居有一天没一天的生活。要么你分到内地，要么我们分手。排长根本没想到她会这样，而命令是不容抗拒的，于是他眼睁睁地看着她在大学毕业后迅速地做了别人的新娘。

排长讲完后沉默了。我说："那个女人真没有良心。"

排长说："追求幸福是每个人的权利和自由，我们没有理由去要求别人应该这样做而不应该那样做。"他说完后拼命地抽烟，我一下子找不到什么话来安慰他，两个人只好默默地坐着。最后，我问排长是怎么分到边疆来的。他抬头望着窗外远处的天空说："你上了军校之后就知道了。"

我还想问什么，但想了想就算了，我知道他不想说的事情是一定不会说出来的。回到连队，排长常常到我的房子里来。尽管话少，但他喜欢跑到我的房子里来借书，因为我这里的书很多，我的朋友们一直给我寄书。排长看了后，笑着对我说："一个小小的通信员，读了这么多的书，以后肯定了不得。"

我知道他是在拿我开玩笑，但想到他的心情渐渐开朗了，我便为这个小小的进步而高兴。当然，从那以后，我们成了朋友——虽然他是排长，只不过比我只大四岁罢了。他还是像往日里那样吹箫，不过吹的次数越来越少。

张德秀有次对我说："小李，你说三排长为什么最近不吹箫了？"

我说："你想听吗？"

张德秀笑了笑说："他不吹箫我就不想老婆，不想老婆我就不觉得自己对不起她。"

我听后，肚子都笑痛了。

5.副连长

　　副连长抽烟特别凶，一天没有两包打不住，我每次进他的房子搞卫生，都是烟雾萦绕，烟头要扫一大堆。

　　副连长是一个实干家，他每天早晨起床很早，在晨雾中不停地咳嗽——有时在夜里，他还能把住在对面房子里的我咳醒。半夜里我一醒来，听到外面的风声，便想家想朋友，最后免不了儿女情长，陷入无限的忧伤。

　　副连长从来不与人争与人斗，他也是由志愿兵提干的。老兵们说，副连长是靠着他那双结满了茧子的大手干出来的。为此，那些与他同年的老兵们都把他叫作福将。

　　他唯一的爱好是打扑克，士兵们都很喜欢他。我每次到班里去分发报纸，都可以看到他的脸上贴满了纸条——那是输牌后的一种惩罚。有时候，我还看到他乐呵呵地钻桌子，脸上挂满了开心的笑容。想起自己在连部里一个人，没有时间和大家走在一起，我不禁对他们那种生活充满了无边的向往。难怪张成下班时说，当一个通信员什么也不知道，我原来不懂，现在有些懂了。

　　副连长是陕西人，不吃鱼，有一个女儿，还有一个很胖的却非常贤惠的妻子。我们连的兵，到团部那边办事，要是谁没有吃饭，那准是他们家的座上客，谁让他老婆那么好客且又做得一手好饭菜呢？当然，他们探家回来后，也少不了要拎上一点东西去看一看嫂子，看一看他们家的女儿。谁看见了，也不会说这是乱拉关系——只有到指导员家，才容易被人认为是乱拉关系。指导员管提干、入党、学开车、考学等指标，而副连长什么也不管。他是连队里干事的人，却不是一个说得上话的人，但正是这个说不上话的人，在连队里有着很高的威信。

副连长做起事来呼呼啦啦的，老兵们总是一边干一边说："你穷吆喝个啥？我不信你这样能干到团长！"

副连长也不恼，他笑着说："唉，我原来在家是放羊的，干到这个份上，我的祖坟上算是冒了青烟，烧了高香了！"

6. 连长

连长最近常常带一个女孩回来，这在连队里已不是什么秘密，大家瞎猜一气，但我敢肯定，连长并没有别的什么意思。因为我就住在他的隔壁，他有什么事，我这个通信员是最清楚的。

女孩是从乌鲁木齐分到南疆来实习的。她在我们师的那个陆军医院，高挑的个子，白皙的皮肤，漂亮的脸蛋，一身的青春气息，让人看了产生许多怀想。连里的老兵们常常和连长在一起，所以都知道是怎么回事。老兵们告诉我说，那是连长在医院里跳舞时认识的一个干妹妹。

我听后想笑，因为我想连长那样结了婚的人也认干妹妹，很好玩似的。我敢保证，连长只是想找一个人说说话、聊聊天而已，他结婚多年，与妻子分居两地，从人道主义上说，认一个干妹妹谈谈天并没有什么不对。何况，据说那女孩很有背景，想必连长也不敢有什么其他想法。

但是也有人对此事有异议。比如指导员，他有事没事地偷偷问我："小李，昨天连长的客人是什么时候走的？"

我想也没想就说："十点半吧。"因为十点半是我们连熄灯的时间。

指导员："你没听到他房子里有动静？"

我说："有呀！"

指导员一听，脸放红光，耳朵都竖起来了。他把我拉到一边说："你说说看，是什么动静？"

我说："我听到他房子里的音响一直在放着歌，是梁雁翎的那首《像雨像雾又像风》……"

指导员一脸的失望，他说："没有其他的了？"

我说："有。"他的耳朵又直了起来问："什么？"

我说："他把门打开让我倒开水……"

指导员说："你看到什么了？"

我说："我听到连长在和那个女的讨论什么弗洛伊德。"

指导员："你说什么弗洛伊德不洛衣得的？"

我说："就是那个精神分析学家弗洛伊德呗。"

指导员很失望，他说："狗屁弗洛伊德，我才不管他是谁呢！"

我想笑，但是看到指导员很认真的样子，就不敢笑了。他失望地把手一摆说："你去吧，不要随便说领导的隐私。"

我想说，你不问我，我才没有说的意思呢。

连长认识那个女孩之后，经常开着连队的大"东风"到陆军医院里去跳舞。据说，他的舞跳得非常好，再加上他那种男子汉的气概，那些姑娘们总是抢着和他跳。有次我们团长也去了，他看到了连长，吃了一惊问："你怎么在这儿？"连长灵机一动说："不是你叫我来的吗？"团长莫名其妙地说："我什么时候叫你来过？"连长说："我的通信员对我说的呀！"团长说："乱弹琴，你那个通信员一定吃错了药！"连长说："是不是有人想和我开玩笑呀？"团长想了想说："也有这个可能，不过你回去要好好地教导你的通信员，接电话一定要问清楚对方的身份。"连长说："是。"然后请示他是不是应该回来。团长说："既来之，则安之，连队没事吧？"连长说："指导员在那儿。"团长说："那你就跳个痛快吧，不过，下不为例！"连长偷偷地乐。

回来后，连长对我说："通信员，团长要是问起昨天我跳舞的事，你就说你接到电话通知的。"

我啊了一声。指导员过来悄悄地说："团长要是真来问你，你得说实话。"

我正不知道该怎么说好，恰巧张成进来找指导员，我趁机得以逃脱。好在后来团长根本没有问起这件事，我也渐渐地把它忘了。

从那以后，连长很少再去陆军医院跳舞，而是隔几天，带几个老志愿兵，光顾附近十多里外的一家地方上化工厂的舞厅。那个实习的女孩，还是在下班了之后，要了一辆车跑到我们连里来和连长继续讨论弗洛伊德。我后来才知道女孩的父亲是军区的首长，所以她到了哪里行动都方便。尽管我们营离团部和陆军医院有十多公里的距离，可是她要一辆车还是易如反掌。

老通信员张成对我说："啧啧，你看人家的女儿，是要什么有什么！"

我说："那人看起来不错。"

张成说："是不错，要不连长也不会认这么一个干妹妹！"

张成还告诉我："其实连长并不想认这个干妹妹，完全是那个军区首长的女儿看上了连长，欣赏连长的那种军人气概，并且爱上了连长。"

我说："不可能吧，连长已经结婚了，他们夫妻的关系很好。"

张成说："这一点你比我差远了，我还不清楚？连长没有办法才认她做妹妹的，要不那个女的老是缠着他！"

我说："你可别瞎说。"

张成说："我才不是瞎说呢，只是指导员想瞎说，他老是以为连长想通过这个女的家庭关系向上爬！其实连长根本没有那个意思。"

我吓了一跳问："真的？"

张成说："那还有假？不过指导员要是问你，你可千万别说出来。

他一直暗中和连长较劲。"

我说:"老张,你再别说了,我可不想知道这些事情。"

张成奇怪地看了看我说:"你不想知道这些,以后在连队里怎么混?"

我想对他说:"我只想做一个好兵。"但是我知道他不相信,所以转身就走了。

那天晚上,连长把我叫过去说:"小李,你替我给你嫂子写一封信吧。"

我问:"什么信呀?"

连长说:"我这段时间忙,好长时间没有给你嫂子写信了,她一定怀疑我了,你替我给他写一封信,就说我最近由于打篮球,不小心把手整折了。"

我说:"啊。"就按照连长说的意思写了。我知道他和他老婆曾约定每两个星期写一封信的,每次写完之后都是我拿到邮局里发的,现在才想起,连长有一个多月没有给家里写信了。信写完后,我拿给连长看,连长看也没看就说,你去发吧,你办事,我放心。

我就把信发出去了。关外的春天姗姗来迟,戈壁滩上的树又开始披上了新装,不觉间就在外多玩了一会儿。回到连队时已近天黑,副连长问我干什么去了,我说发信去了。副连长说:"今天有你的一个电话,是一个女孩打来的。"

我的心怦怦直跳起来,心想,肯定是她。于是我记起了连长带我去陆军医院看病人时认识的那个女兵。

副连长问:"她是你什么人呀,小李?"

我说:"一个朋友。"接着又加了一句,"普通的朋友。"副连长看着我,目光里打满了问号。

7．我

  我回到房间时，还有些心跳加速。我不知道小杜为什么会打电话来。

  我们是在病房里相识的，那次我们连的一个士兵在训练时扭伤了，需要住院治疗。连长带我一起去看他，由于当时连队里缺少人手，而他需要人看护，于是连长让我在那里做了几天的陪床，这样我便认识了护理我们连那个士兵的卫生员小杜。

  小杜长得非常漂亮，而且很迷人。她的母亲是维吾尔族人，父亲是汉族人，所以她带有混血儿的性质。这让她看上去有一种内在的气质，那种被青春笼罩了的气质，竟然在一刹那差点动摇了我这个革命战士的心。当然，在有着严明纪律的革命队伍里，都有一种特殊的轨道，不能够脱轨。一旦越轨了，前面的路上只有雷鸣风暴。所以，我们相识后一直都是小心翼翼的，并没有太多的实质性发展。我们没有太多的交往，只是偶尔打个电话，聊聊天，很平淡。但随着了解的时间加长，小杜打电话的次数越来越频繁了。多得有时让我害怕，我们之间本来没有什么的，但我怕连队的干部误认为我们有什么。

  我给小杜回了电话，问她有什么事。她说："没事，随便聊聊罢了，你看外面的春天多好，让我的心里乱糟糟的。"

  我想说我的心里也乱糟糟的，但是我没有说。我只是说："外面好，你可以去看看风景啊。"

  她说："一个人看多没有意思。你最近到街上去吗？"

  我本来想去，但是我却回答说："不去。"

  她在电话的那头长长地叹息了一声说："祝你度过一个美好的春天。然后把电话挂了。"

在放下电话的那一刻，我感觉自己心里的一部电话丁零零地响，毛茸茸的心事开始像荒草一样疯长出来，有一个东西乱糟糟的在心里堵着，让人发慌。于是，我赶紧跑到外面打篮球去了。我们在一天天地长大，我们感到压抑，但我们首先得学会克制。

是啊，克制，我在一本书上看到过一句话，我当时不以为意，但后来我越来越发觉那句话是有道理的。我开头不理解，现在理解了。

那句话便是：忍耐，比自由更重要。

8. 营长

初春时我们的驻地附近流行一种疯狗病，听人说好像叫狂犬病。据说是有条狗得了这种病后，咬了其他的狗，其他的狗也得了这种病，而这种狗咬了人，人也会得这种病。驻地地方政府命令，没有经过防疫站检查的狗，一律格杀勿论。命令一下，狗心惶惶，而人心大快。

最高兴的是我们的营长，这样他又有狗肉吃了。他亲切地对我们说，人总得有点爱好才对，整天啥也没有想头，活着没有一点意思。我没有别的什么爱好，就这点，不算犯错误。

我们尽管不以为然，但看到他腆着个大肚子在我们面前表达他的爱好，还是感到特别的有趣。春天的狗格外不安分，在原野上窜来窜去的，成群结队地乱叫唤。一些公狗跟在母狗后面摇尾乞怜，拜倒在那些母狗的石榴裙下，在原野上毫无顾忌地交欢。而戈壁上的骆驼刺已在积雪下冒出新芽，看上去让人的心头酥痒痒的，空中不知从哪里飞来那么多的柳絮，牵出了许多莫名的烦恼。那时节，好像人都得了什么传染病似的，我感觉到连里的那些士兵们火气特别大。营长在饭桌上对我们连长说："最近不知怎么搞的，吵架的人特别多。"

连长说:"窝了一整个冬天,雪压得他们闷了吧。"

指导员说:"我看呀,是他们长时间没有看外面的来人了。你看张德秀的老婆来了,他们那个德行!"

营长听了,憨憨地直笑。我和营部的通信员也偷偷地乐。营长说:"你们两个毛孩子,笑什么笑?什么也不懂!"

我们便不敢笑了。后来我到营部去取报纸,营部的通信员小杨对我说:"我怎么不懂?他们无非是说两三个月没有见到女人罢了。"

我问他怎么知道,他说他当兵前就谈了女朋友,最近特别地想她。

我说:"你真不害臊。"

他说:"这有个啥子嘛,我们……我们在我当兵走时还那个……"大约他觉得自己说漏了嘴,忽然打住了。可我还是听出来了。回到房子里,莫名其妙地胡思乱想了一阵。听到外面有人喊"又打着了一只狗"便跑了出去。

我们连本来就有许多打狗高手,在整个冬天,他们不知从哪里拎回了那么多条狗,尽管营长一再强调大家要注意军民关系,遵守纪律,但从来也没有见过老百姓到我们营里来找麻烦。老兵们都说那是些野狗,整天在戈壁滩上乱窜,哪里有主人?营长每次吃狗肉时都要例行公事,板着脸孔问:"违反纪律了吧?"他的话音刚落,全连的战士都整齐划一地高声回答道:"没有,营长,绝对没有!我们对着条令发誓!"于是营长就不说什么了。这样一来,我们在冬天里吃狗肉也就天经地义、心安理得了。当然,这一吃,也吃出了毛病,那就是我看到经常有人晒被子和洗被子。大家看到了,都是心照不宣地暗笑。连长看着操场上满地飘荡的被子,笑着对营长说:"再不能让他们吃了,再吃就会降低部队的战斗力!"营长说:"吃吧,吃吧,这样可以节省开支,你们不是总哭穷吗?这样不但可以提高伙食标准,还可以节省一点钱!你们可以拿来为战士们买一点书嘛。"连长和指导员看着营长直乐。我和小杨也暗暗地笑开了。

现在,政府有了打狗的命令,这好像是让大家的感情能得到一次发泄。那时我们连队还没有出车的命令,天天只是训练三大步伐,齐步、正步、跑步,走得人都快变形了。于是,只要有时间,我们连的人就在后面围墙口蹲着,守口待狗,并把这当作一种游戏活动。

在我的记忆中,甘肃兵孙彦是一个打狗高手,他在打狗活动中表现得格外突出。他人高马大,脸上长着一脸的粉刺,个个饱满、挺拔,充满张力,闲时没事,他啪地挤一个出来,觉得很舒服。我们看了,好像是在自己身上挤了一个肿瘤一样,也感到特别畅快。他在修理班,修理班待着最舒服,平时出车少,也没有多少车要修的,这使他格外有时间锻炼身体,长得肥胖而又壮实。他打狗不像其他人那样用棍用棒,而是用铁丝和绳索设套子,一套一个准,全是活捉的,把营长高兴坏了。营长说,不要一次全吃了,留着养起来,慢慢吃!

尽管营长爱吃狗肉,但是他却见不得杀狗。每当他听见杀狗声在营部后面的戈壁上响起来,总是要捂住耳朵,说些莫名其妙的话,像是祈祷,也像是忏悔。即使这样,有了狗肉,他还是照吃不误。几天没吃,他的口水就流出来了。但他不好意思总是跑到连队里来蹭,于是就让营里的通信员小杨过来讨。有时我们连的干部和老兵也让我给他送过去。我每次都看到他美滋滋的,吃得津津有味,满面红光,满嘴油腻,口里咂巴咂巴地响,一边吃还一边偷看我。我忍不住问:"营长,好吃吗?"

他耸耸鼻子,一抹嘴,做了个鬼脸说:"好吃!好吃!还有乎?再来一碗!"

我笑他贪得无厌,他也不恼,还用舌头舔着嘴唇,笑眯眯的,像我在庙里看到的那个弥勒。

030

他说:"多乎哉?不多也!"

我们便又乐开了。大家暗地里开始叫他孔先生。

9. 指导员

春天里指导员显得很疲沓,看上去无精打采的。营长在饭桌上笑着对他说:"你得抓紧点闹革命,促生产,一年之计在于春,这可是播种希望的大好季节。"

连长一听笑得连饭都喷出来了。

我没有听懂,看着指导员,他竟然把筷子一丢,笑得直咳嗽。我又看了看副连长,他已笑得直不起腰来了。我拉了一下营部的通信员小杨,想问他们笑什么,小杨没有说话,只是在桌子底下重重地踩了我一脚。

后来我从小杨那里知道,指导员和老婆吵架的原因,有一半是因为他们没有孩子。而原因,据说出在指导员的身上,他提干前,在阿里待了上十年的时间,那里的气候让他掉发、脱毛、掉皮,也影响了他正常的生育能力。他和老婆结婚八年,有六年是分居的,所以,他到现在还没有孩子。

原来如此!

我听后格外同情指导员了。每天深夜,看着他踩着积雪偷偷地回团部那儿去,我都要叹息一阵。遇上有领导来检查干部在位情况,老实说,我替他扯了不少谎。领导来时,我总是双脚一靠,脸不红心不跳地立正敬礼对上级领导说:"报告首长,指导员刚才还在房子里,现在可能出去了,要不要去找他回来?"

一般情况下,上级领导是不会让我去找的,因为连长每天就住在连队,他人缘很好,那些领导和参谋对团长这个爱将格外宠爱,他们往往只是和他说上一阵，然后坐上小车一溜烟回团部那边去了。若真的有领导要我去找，我就装模作样地出去找上一阵，然后再慢腾腾地踱回来汇报说："指导员正在和一个战士谈心，走不开。"领导们听说他忙，也就不再追究下去了。

我后来一直认为，尽管我这样撒了谎，可这并不妨碍我是一个好兵。我一直认为我是一个好兵。因为我觉得这样做，对指导员这样一个基层干部来说，是积德的事。再比如说，我后来本来有些喜欢上了小杜，可我从来没有和她谈恋爱，也从来没有告诉过她。

好兵是不会违反纪律去谈恋爱的。我那时这样认为。直到许多年后，我想起小杜，才觉得她在我的生活中从未离去过，那是我最美好的青春季节里才有的情愫，后来，再也难以找到了。

这件事我本来想告诉指导员，但看到他那忙得焦头烂额的样子，我不忍心给他添乱。再说，这还没有发生的事，说出来没准会成为事故。我经常接到一些女兵的电话，找我们连的男兵，我知道我们连是有人和陆军医院里的人谈恋爱的，但是我从来没有告诉过别人。并不是他们为了堵住我的口，不时请我吃一点好东西，而是我认为这是非常正常的，况且自己心里也有这样的想法，只是自己在指导员的眼皮底下，没有这个胆子罢了。

那时指导员一忙起来，也很少玩牌消遣了。他们只是偶尔才玩那么一次，照例是让我在外面把门锁上，喊我时再开门。而我那时想复习功课，常常在锁完门后便忘了这件事，走到戈壁滩上看书去了，这样一来闹出了许多笑话。

有一次，他们想尿尿，但我出去了，他们只好憋了整整一个上午，而最后不得不尿在自己的杯子里；再比如说，他们有一次在里面抽烟，不小心把烟头甩到了床铺的草堆里，结果着了火，呛得他们不停地咳嗽……后来，他们都不打牌了，因为团里专门开了一个会议，研究处罚打牌干部的细则，听说处罚非常严重。原因是八连的几个干部打牌，让团长知道了，他带人去抓，那些人听到敲门声，马上想出主意，装作在开会的样子，但其中有一个是另外一个连的干部，他又不是支部成员，开什么会呀？慌乱之下，他只好打开窗子，想顺着水管往下溜，没想到天太冷，他抓不住，只听见啪地一下就没有声息了。团长开门进来，看到只有三个人，还真的以为他们在开会，于是就表扬了他们几句。等团长走了，他们再下去看时，我的天，那个干部差点给摔死了！他们连忙把他送到医院，住了十多天。后来团长还是知道了，他大发雷霆，在全团军人大会上了点了他们的名，给他们每人一个警告处分。这样一来，全团再也没有人敢玩牌了。

我那时就想，指导员玩牌，并不是想赌博赢钱，实际上只是在寻找一种寄托罢了。看着他常常深夜里徘徊在操场上，那孤独的影子衬着那灰色的天空，总是让我产生几分同情。每次他到我的房子里来，看到我在看书，便对我说："要是当年我家里的条件好一点，我再多读一点书，你看看，我还会是今天这个样子？"

他说这话时，带着一种羡慕的眼光。我想，他说这话是什么意思呢？我不敢贸然搭腔，只是把目光投向挂在墙上的条幅，那是我自己写的一张条幅，上面只有五个字：面包会有的。

我相信，这几个字，比我当年读高中时，看到黑板上写的"可怜天下父母心"和"离高考还有最后×天"，对我的刺激要强多了。

指导员看了后，只是笑，不说好，也不说不好。但在那天晚上，他终于还是对我说："想来，生活还是很美好的，对不对？可惜呀，我感觉自己好像老了，也干不了几年了。"

我想，指导员才三十三四岁嘛，按年龄划分，还应在青年之列，怎么就言老呢？不过我很快就明白，部队到底是年轻人的天下，再过上几年，他提不上去，只有向后转了。

向后转，对于每个在部队上干了十几年或二十几年的干部来说，还是很残酷的。大家在部队上干出了感情，谁还舍得离开？谁离开之后，不对这儿充满了怀念？

10. 排长

那天早饭后，我到团部去送信件。排长问我："小李，你今天上不上街？"

我说："副连长让我去发一封挂号信。"

他说："你顺便帮我寄上一点钱。"

"又寄钱？"

他点了点头，然后走回房子里拿了两千元钱交给我说，小心，别丢了。

我说："寄这么多！"他笑了，接着摇了摇头，并给了我一个通信的地址。

我出连队时排长过来拍了拍我的肩。我想排长终于有了些改变，不再是像往日里那样整天阴沉沉的，他开始像副连长一样和战士们在一起打牌、钻桌子，慢慢地变得开朗起来。我对连长说，排长现在和过去不一样了呢。

连长笑着说："生活总是能改变人的，是不是？只怕你以后，不知会变成一个什么样的人呢。"

我摸了摸脑袋说："我还能怎么样，一个人的本质是好的，再坏也坏不到哪里去。"

连长看着我穿着一条肥大的军裤，用手拉了拉说："现在你这里面还可以塞进去一个人，等过了几年啦，你不再是个小不点了，说不定当的官比我们还大。"

我说："再大也是你的部下嘛。"

连长说："那倒是一点也不含糊，你以后当了大官，要是见到我，总不会对你的连长摆臭架子吧？"

我说："我要是有半点架子，你就用脚踹我！"

连长说："我还不至于那么没修养，你要是那样呀，我只会说，啊，对不起，我认错人了。"

我哈哈一笑便上路了。到了邮局，我掏出排长那张纸条子，看到上面的名字竟有些呆住了。那是一个女的名字，我好像在哪里见过或者听到过似的。

回来后，我问排长，排长说，那是她的妹妹。

我说："你们还联系呀？"

排长摇了摇头说："没有，你还小，不懂得这些事情。"

看到排长没有说下去的意思，我便缠着他说："你不过比我大几岁嘛，不说，以后有你的信，我可要藏起来。"

排长刮了一下我的鼻子说："谅你也不敢，不过我告诉你吧，她妹妹不知道我已和她姐姐分手，也不知道她姐姐已经结婚了。"

我吃了一惊问："为什么？"

排长望着戈壁滩上空飘浮的白云说："她们家一直以为我们两个还在好呢，我们一直没有告诉过她妈妈，因为她妈妈身体不好，我怕她妈妈承受不了这个打击。"

"所以，你才给她们家寄钱？"

"她妹妹来信说，她妈妈的病又重了，我表示一下吧。"

我看着排长，好像不认识他似的。他点着了一支烟说："你回去吧，我到戈壁上去走一走再回来，你对连长说一声。"

我"啊"了一句，看着排长在戈壁滩上越走越远，直到他的影子在天边凝成了一个小小的黑点。

我站在那里想，一个人的生命，在天地间是多么渺小啊。不过，我好像觉得排长在我心中很高大。

有一天我问排长："你为什么毕业时到边疆来？"

他的脸急剧地抽搐了一下，可以看出他似乎有些痛苦，他转过身去，哆嗦着点了一支烟。我看到他的手都在颤抖。不过当他转过身时，我看到，笑容已镶嵌在他英俊的脸上。他说："上头的意思。"

我不知道排长所说的"上头"是谁，但我知道，排长这样的人，无论是怎样的命令，他都会服从的。服从，从我们穿上军装的那天起，就像疫苗一样注入了我们的血液。

排长啊排长！

那一夜，当皎洁的月光洒在戈壁上的时候，营区里又响起了箫声。它悠长、凄清、无助而又幽怨，好像在诉说一个不为人知的故事。我听着听着，心里竟然有些发酸，于是不自觉地走到了操场上。操场上光线很暗，不过我还是看到了排长，他坐在车场旁边，漆黑的影子凝成了一座塑像。月色溶溶，夜色冰凉如水，广漠的戈壁滩上，风声如潮，一轮清月当穹倒挂，几点残星散聚。我又看到老兵张德秀从窗户里伸出头来，支着脖子站窗台边上听。接着，连队的每个窗户都打开了，许多兵挤在窗台上，他们伸出头来，看着那明亮的夜空痴痴地想着什么心事。

我相信，那一定是世上最美的心事。我转过身，发现指导员就站在我的身后，他那张一向紧绷的脸上，挂着两行晶莹洁白的泪珠……

11. 副连长

　　副连长出事的那天，我们谁也没有想到。出事的那天没有一点征兆。那天早晨，戈壁滩还是像往日一样有些寒冷，雾还是照样从石头和土地下钻出来，迅速地笼罩了我们营区。那天早晨，我们还是照样出操，营长还是照样威风凛凛地站在营门口，专堵那些迟到了的兵，然后向我们训话。我记得，副连长那天早上还是像往日里那样咳嗽，他在雾气里咳嗽的声音还是照样传得很远很远，带有露水落地的声音，让我在上屋里听到后直为他难受。那是我在连队里记忆最为深刻的画面，苍凉而又苍老的咳嗽声出现在早晨或者夜里，好像是听到一个亲人久违的声音。

　　那天早晨，副连长起床后去送一个战士的父亲到车站，他们走到雾气蒙蒙的戈壁滩上，亲切地拉着家常，没想到，一辆运煤车像一头野马一样从雾中钻了出来，直往这名战士的父亲身上撞去，副连长在那一刻表现出了他良好的军人素质——这种素质，使我们后来想到他的提干不是偶然——他一把推开了身边的老人，速度快得连老人也没有反应过来。老人得救了，但是巨大的惯性却使副连长赫然倒地，整个大地在那一刻发出了一声沉重而又巨大的轰鸣声，接着鲜血飞溅了到了车轮之上，他的双腿，在那一刻远远地摔在了别处。

　　大地，在那一刻化为无言的沉默，随着云开雾散，副连长的脸上露出了一丝无奈的笑容，他像一根木桩一样直在那里。战士的父亲被泪水包围着，看上去像一只枯枝随风颤抖……后来救护车来了，呜呜地一路快跑，消失在戈壁滩的深处……

　　整个营里都传着副连长出事的消息。

　　我听说后，心中扑通通地直跳，心想怎么会这样呢？怎么会这样？

早晨我还听到他那生动而又有力的咳嗽声，到了晚上，我却只看到他房子里那空荡荡的大床，还有那只永远也不太明亮的灯泡，在寂寞中忧伤地歌唱。漆黑的夜里，我站在他的房子中，感到了一种无声的孤独。我觉得，那是生命的孤独，也是生活的孤独。我想起了他那只宽大的、粗糙的使他提了干的手掌，想起了他在班里和战士们打牌时钻桌子、贴条子的模样，想起了他每天无言地出入连部，是所有领导中最没有发言权和决定权但是也没有任何野心的样子时……不知为什么，我突然觉得鼻子一酸，泪水夺眶而出。

副连长，副连长……

在他的桌子上，还有一封没有写完的信，那是给一个战士家长的信。在我们连，只有他还坚持给战士的家长写信。他对我们说，那一批兵是他从甘肃接来的，他答应过那些兵的父母，要好好地带他们……

我再一次见到副连长，是在医院里。那时他躺在床上，两眼呆呆地望着天花板，看到有人进来，脸上挤出艰难的微笑。那种笑容，是那么坦然，也是那么平淡。在他的病房里，摆满了各种各样的鲜花。

我握住了他的手，他的手冰凉，但是生动有力，他那带满了血痕的手掌，似乎传给了我一种有关军人生命中强有力的东西。那是一种我们久违了的东西。那也是在整个和平年代，我们逐渐陌生下去了的东西。

我很想找出一些话来安慰他，但是他摆了摆手，看着我无声地笑。我转过身去擦眼泪，回过头来，看到两颗斗大的泪珠从他眼眶里滚出来，滑过了脸颊，最后停在了嘴角。而他握住我的手也开始颤抖起来。

我说："你会好的。"

他说："但愿吧，我没有什么，只是你嫂子受不了，她在老家熬了大半辈子，好不容易随了军，现在看来只有和我一起回去了，她想不开呀……"

我想说嫂子不会是这样的，但是觉得语言很苍白，就算了。这时有人敲门。打开门，我看到，嫂子和小杜站在门外，她们的脸上，泪珠像雨雾一片……

我张了张嘴，却一句话也没有说出来。

12. 我

我又在医院里见到了小杜。她穿着一身漂亮的裙子，我一直觉得女兵们穿上了裙子很漂亮，何况是小杜呢。我承认在我的青春期里，我最崇拜也最让我浮想联翩的，便是她了。

照顾我们副连长的人，是小杜。这是医院特地从护士中挑出来的，她那时是中士军衔，比我还高一个级别，因为她比我多当了一年的兵。

我在门口看到了小杜。她说："你来了。"我说："来了。"她看了看嫂子，嫂子说："你们在外边站一会儿，我有话要对你们副连长说。"

我"啊"了一声，走了出来。小杜也在门口站着，她问我复习得怎么样了，我说一般吧。

她说："你总是说一般，一点自信心都没有。"

她说这话时脸红红的，还低下了头。

我说："不是没有信心，而是信心不足。"

她望着外面的葡萄架说："我相信你会考上的。"

我说："但愿吧。"她没有说话，最后，她走下楼去，拿上来一大包东西，把它塞在了我的手里。

我问："什么呀？"

她说："你每天复习加班的，要是身体不好，里面的药可以捡着吃一点，每种药的用途我都写好了。"

我心里一阵感动,说了声"谢谢"。她却转身走了。我一直看着她的背影消失在楼道的尽头,听着她走路的声音消失在远处……

回来后,我打开了那个包,发现里面什么药都有,治感冒的、伤风的、咳嗽的、跌打的、止血的、拉肚子的……还有几盒营养液。

那一夜我坐在房间里,想了许多莫名其妙的问题,但是没有一个问题是我所能解答的,后来就迷迷糊糊地睡着了,并且做了一个奇怪的梦,梦见小杜成了我的新娘,她娇羞的脸上含着温柔的微笑。那种微笑,使得已被西部风沙搓揉得粗犷的我,一下子变得柔肠百结、肝肠寸断……

第二天一大早我便醒了,我到戈壁滩上去跑步,风在耳边轻柔地吹拂,就像是昨天夜里我梦见的小杜抚摸过的手……我的脸一下子红了起来,脚下跑得飞快,跑着跑着我突然看见了一只孤独的羊——估计又是放羊人丢掉的。我放眼看去,茫茫的戈壁上没有一个人影,我费了好大的劲才捉住了它。我在戈壁上等着,心想会有人找回来的,但是等了一个小时,也没有见到一个人影。于是我就把那只羊捉了回来,放在了地窖里。炊事班的人说:"杀了吃了算了。"

我说:"也许老百姓会找过来呢。"

他们说:"老百姓的居住区离我们这么远,谁会找到这儿来呢?"

我说:"先不忙着杀它,过几天再说。"但几天过去了,戈壁滩上一直没有来找羊的人,也没有到此地来放羊的人。这事不知怎么就让指导员知道了,他看着那只肥羊不作声。

我说:"要不杀了为连队里改善一下伙食……"

指导员说:"我们不能违反军民纪律和民族政策。"他这样一说,我们谁都不敢再说什么了,只有指导员才能把连队里出现的一些小问题上升到一个很高的高度,那些高度常常使得把名誉看得重于生命的我们产生害怕的感觉。

那天上午大家都出去劳动了，指导员对我说："通信员，你找一根绳子来，把这只羊送到营教导员家中去，我们逐级上交。"

我一听，真的有些佩服他。但是我心里想，要上交，为什么要送到营教导员家中去呢，送到营部去不就得了。不过我不敢问，指导员不喜欢别人问他一些难以回答的问题，这一点我是深有体会的。他让我送去我就送去了。我牵着羊，和指导员一起到了团部的营教导员家，指导员挥手让我出去。我站在院子外，听到指导员对营教导员说："我买了一只羊，送来给你尝尝鲜。"营教导员谦虚了几句，他们站在院子里说了老半天话，好像是说到转业的问题。他们的声音越来越小，半个小时后，指导员从教导员家走了出来，满面红光的。他看见了我，干咳了几声，然后对我说："连队里的人要是问你那只羊到哪里去了，你就说上交了。"

我"啊"了一声，低下头不说话。指导员看了看天，然后叹了一口气说："我知道你心里是怎么想的，但是不管你理解不理解，我想等你到了我这个年龄就知道了，每个人活着都不容易呀……"

我又"啊"了一声。他拍了拍我的肩，先走了。

那天晚上回来，我开始睡不着，我老是想起那只羊，接着又想起了小杜，想起了她给我的药，不禁有些头痛。于是我起床把它们翻开，当我打开其中一盒营养液时，忽然发现了一封信。

我一看就知道是小杜写的，她的字我一眼就可以认出来。与其说那是一封信，倒不如说是一首诗：

> 如果天空总是蓝的
> 我相信，
> 那是因为你明亮的大眼睛挂在那里
> 如果天空总是晴的

我相信，

那是因为你有着那颗美丽的心灵

我相信，千年的缘分

会穿过许多人的手和脚

我相信，人生的聚散

会越过太多的关山与河流

即使你总是站在远处

即使你总是保持沉默

即使你总是冷眼旁观

我却相信地下的烈火与岩浆

有一天会突破山峰的高度

在我们相遇的那一刹

成为纯洁与晶莹的琥珀

成为亘古不变的永恒……

看着看着，不知为什么，我想起了小杜那美丽的微笑，还有她那亲切的声音，以及她穿着裙子碎步走过楼道里的背影，再也睡不着了。

几天后，我到团部去送信，顺便找一个老乡办点事——他给副团长当公务员。当我走进副团长家的院子里的时候，我惊讶地看到，那只从连队"跑"到营教导员家里的羊，竟然又"跑"到了副团长家的院子里！

我大吃一惊，不过我很快就明白了。我想这只羊，下一步也许会跑到团长或者政委家里去吧。

好在后来，我的老乡告诉我，副团长把那只羊交给地方政府了。

我想，这件事肯定是指导员和教导员所没有想到的吧。我对谁也没有说。连里有人后来问我，我说那只羊跑掉了。

13. 连长

连长最近还是爱去附近那个化工厂里跳舞。他带的还是那个军区什么首长的女儿，每当她来到连队，就好像是一块磁铁似的，把大家的目光全吸过去了。她走在左边，全连的目光就向左转；她走在右边，全连的目光就向右转，排长喊都喊不住——直到她踩着碎步走向连部，那些目光才依依不舍地收回来。这一点让指挥训练的排长有些发急，不过他是一个宽宏大量的人，并不怎么批评战士们。有一次，当他看到那个女的从连长的房子里走出来，还主动喊了一声"向后转"，这让那个女的和连长闹了个大红脸。

之后，那个女的来的次数就少了。

连长有一天问说："通信员，是不是连队里有人对我有看法？"

我说："没有吧，看不出来。"事实上除了指导员爱问，其他的人真的没有说过。

他盯了我几秒钟，说："没有就好，我们这些干部交一个普通的朋友也不容易啊。"

我想说那倒是，不过抿了抿嘴，没有说出来。说实话，我在心里边是同情这些基层干部的，他们一年四季守在这荒凉而又寂寞的戈壁上，心理上和生理上所承受的压力，远远不是那些在城里生活的人所能理解的。所以，每当那个军区首长的女儿来了，我对她都非常热情。尽管我知道，她与连长之间，除了谈谈弗洛伊德之外，根本不会发生什么。但好景不长，那个女的实习完后便回乌鲁木齐去了，我可以看出连长在好长一段时间里，有些郁郁寡欢的样子。他去跳舞的次数也渐渐地少了下来，便只是看书了，我有时在深夜里看到连长还没有熄灯，就想，他又是在看弗洛伊德的著作吧——关于他和那个女的讨论的那些问题，在我看了那本书后，成为我窃笑的理由。当然，在背后笑人家是不道德的，所以，我尽量使自己变得若无其事一点。

有一天晚上，大约是星期六，几个老兵叫连长一起出去了。那天晚上他们回来时，我已经睡下了。第二天早晨，我看到连长的头上缠了一道白纱带，就有些奇怪地问是怎么回事。连长红了一下脸笑着说："我昨天晚上骑自行车时，不小心摔了的。"

我想，戈壁滩上四处是石头，没准是真的撞了一下，也就没有往深处想。

吃过早饭后，老兵张德秀笑着问我："小李，连长昨天晚上回来有没有和你说过什么？"

我说："没有呀！"

"他没有说他头上是怎么回事？"

"没有。"

"那你知道吗？"

"他说是昨天骑车时摔了的。"

老兵张德秀抿着嘴笑开了。他悄悄地告诉我说："哪里是摔了的？是我们昨天一起去化工厂跳舞时，让地方上的人不小心打了的！"

我吃惊地"啊"了一声。

老兵张德秀是个嘴巴不关风的人，他心里藏不住事，果然他贴紧了我的耳朵说："我们去跳舞，有一个青年老是缠着另外一个女的跳，让女方的男朋友吃了醋，于是发生了争执，他们动了手，也不知是谁关了舞厅里的灯，有人扔了一块砖头，正好砸在了连长的头上，我们吃了一个哑巴亏……"

老兵还没有说完，我已笑得弯下腰去了。抬起头，我看到连长从那边走过来，连忙收住了笑。老兵张德秀一溜烟拐到班里躲起来了。

连长问："你笑什么？"

我说："我没笑什么。"一边说一边又去看他的头。

他说："不笑什么就笑成这个样子？"

我不敢再说话，飞也似的跑掉了。连队里的老兵们，看见连长没有不笑的。他一直和他们很好，所以笑也没有关系，不像我们新兵，那是万万笑不得的。

半个月后的一个深夜里，有人来敲连长的门，我听到是一个女人的声音，但没有起来看。我听到连长的门响了一声，听到了一阵吃惊的叫声，接着又听到了哭泣声。我实在是太累了，也就没有起来。到了第二天早上，我才知道，连长的老婆昨天从大老远的南方赶来了，而来的主要原因，就是我替他写的那封假信。他老婆生怕他得的是什么重病，坐了五天五夜的火车、三天三夜的汽车，外加半天的毛驴车，跑来看他了。

她说："你这个遭刀杀的，手哪里坏了呀？原来是头坏了，你老实交代，这头是咋个回事？是不是在外瞎来，让人给打破的？"

连长低声低气地说："哪能呢？哪能呢？革命的战士严格遵守老婆的规定，说每天十点半睡觉就十点半睡觉，哪里还敢瞎跑？"

他老婆说："我不信。"

连长说："你不信问通信员，我干什么事，他可都是跟着我的。他边说边给我挤了个眼色。"

我连忙说："是呀是呀，连长总是一心扑在工作上，扑在战士们的身上。"

他老婆说："这还差不多，只要不扑在其他的女人身上就行。"

连长说："你看你看，你对一个小战士讲这些，不好嘛。"

他老婆说："我就要这样讲，谁让你让我想死了？我就要，就要……"

她一边说一边用拳头捶打连长的胸，连长一边笑着哄她，一边骂了一句乱弹琴。

后来，连长还专门叮嘱我说："不该说的，千万不能说。"

我说："那当然。"

连长说："我本来可以光明正大地告诉她我认了个干妹妹的，可这事不像别的，只会越描越黑，干脆不说算了。"

我点头表示理解。连长拍了拍我的肩，嘿嘿嘿地笑了。后来，连长的老婆转弯抹角地问我时，我对她说："我向毛主席保证，连长根本不认识什么从军区里下来的女人。"

看着我那傻乎乎的样子，连长的老婆笑了。

我知道，她表示相信。

14. 营长

随着春天的过去，要想吃狗肉越来越难了。地方政府的打狗令虽然还未取消，但到营区里来的狗越来越少，营长馋得流口水，可他一再命令，谁也不准到营区外面去打狗，否则给人处分。

甘肃兵孙彦想了一个办法，不知他从哪里弄来了一只母狗，拴在营区后面的树桩上，然后他在树桩的周围设了栅栏，只留一个小口当门。母狗一叫，马上引来了许多"好色之徒"，特别是在夜里，狗成群结队地进来寻欢，孙彦就在旁边埋伏着，待狗一进栅栏，他把设了机关的绳子一拉，狗被围在里面便逃不脱了。

这个办法让我们连的人都笑得不行。特别是在夜里，那些狗叫起来，大家便跑到营区的后面，看孙彦捉拿狗的手段。张成把孙彦称作"头狗"，孙彦也不恼，只是在吃狗肉的时候，他总是要等张成自称是"头狗"时才给他打上一勺。

营长此时便在一边起哄说："是要少打点，一顿不能吃完了嘛，吃完了下次吃什么？"

孙彦说："营长，你放心，只要打狗令不取消，我保证大家每个星期都能吃到。"

营长说："你别光吹牛，当心狗咬着了你的手，狗急了也会跳墙的。"

孙彦说："营长，说别的你还可以小看我，说打狗，我可是从小就学了几招。"

营长说："可不，要不怎么把你送到部队上来改造？"

孙彦听后傻了，大家却一边吃一边笑。营长抹着嘴，美滋滋的。

我问营长："好吃吗？"

他说："好吃，好吃，简直他妈的太好吃了。我过去在青海当兵时，是工程兵，那时修路，就想吃狗肉，好不容易有人下山去买了一条回来，人多肉少，我一根骨头啃了一个月才舍得扔，那个味呀！"

周围的人听了，哄堂大笑。有人说："营长，你又在吹牛。"

营长说："那你吹一个看看？看有没有我吹得好？"

大家笑得更欢了，又夸起孙彦来。孙彦说："别光来虚的，年终评奖的时候，应该给我立个三等功！"

营长说："只要你干得好，没问题！不过，你立不立功，那是你们连队的事，我可不干预朝政！"

孙彦说："那还不是等于白说。"大家听了又笑。虽说没给孙彦记功，可他打狗的热情还是不减。这天，孙彦再展身手，又套到了一条狗。狗又肥又大，特精壮。那时恰逢劳动节，指导员见了很高兴，忙令杀了会餐。炖好了之后，每个桌子上都上了一盘，大家吃得滋啦啦地响。那天因为营长在团部开会没有回来，炊事班特地给他留了一大碗。夜里，营长坐着生活车回来了，炊事班长老李把狗肉热了一下给他送了过去。营长高兴得脸放红光，直夸我们连的兵真够意思。于是他手也没洗就撕着吃了起来，吃得满嘴油腻，"啧啧"有声。他一边吃一边连说"好，好，好！"，吃完之后还哼起了四川民歌，看样子非常高兴。

第二天早上，营长出完操回来，他儿子从团部那边打来电话问："爸，你看到咱家的狗了吗？"

营长说："没有呀！"

他儿子说："我昨天到你那儿去玩，你开会去了，我就回来了，可忘记了把狗带回来。"

营长说："那我怎么没有见到呢，奇怪呀。"

营长撂了电话，就喊营部的通信员小杨找一下看看。小杨找了半天没有找到，就跑到我们连来问我看见没有，我说没有。他便回营长那里复命去了。

营长说："真他妈的怪事！"

早饭后，营长上厕所，转到厕所的池子边，看到了一张狗皮，黄色的。他走近一看，不是他家的是谁的？

营长忽然感到一阵子恶心，肚子里像地震一般，突然翻了胃，"哇"地一下便呕吐起来，把早晨吃的连同昨夜吃的都吐出来了……

我从连部出来时，正看到营长哭笑不得的脸，他叉着腰站在我们连部旁边骂道："龟儿子的，打狗打到我头上来了。看我不收拾你才怪！"

大家一下子全都知道了是怎么回事，一个个都站在操场边掩口窃笑，但是谁也不敢笑出声来。因为我们知道，那只狗，营长养了它快十年，没想到最终却是自己把它吃了。他一骂，谁敢接话？

后来，营长到底没有治孙彦，只不过从那以后，他再也不谈狗肉，再也不曾吃过狗肉。

当然，我们谁也没有再在他面前提起过这件事。连队的生活还是一日三餐的老样子，我们还是一天天地训练三大步伐，这件事就慢慢地从记忆中淡下去了。只是在有一天夜里我突然想起了营长，想起了他那憨厚而又真挚的笑容，就写了他和狗的故事，发在部队的一家刊物上，当时的编辑打电话问我是不是真的，我说是真的。他说："我怕违反民族政策，违反军民关系，因为我不相信，部队的人怎么会去打地方的狗。"我说："是政府命令这样的，那个地方得了一种传染病，而狗是其中的主要的载体。"编辑问："那你们吃了不害怕？"我说："我们有军医，打的狗都要经过检查才能吃的，不能吃的，我们从来不吃。"

编辑放心了，于是那篇故事被他编入了"军营故事会"里，发表后，很多人看了都发笑，我有几个朋友打电话来，说他们想起营长当初骂人时的那种样子，简直让人笑得直不起腰来。

15. 指导员

我想每个人在自己的军旅生活中可能都忘不了指导员。无论他是作为一个合格的政工干部还是作为一种特殊的存在。

我很难定义我的指导员是一个什么样的人，这倒并不是因为他是直接从士兵中提干的原因。而是我每次想起他时，心中总是涌过那么一丝复杂的感觉：

那个每天对我们讲马列恩毛思想的但只会背大段理论的是指导员，那个整天对人笑眯眯的但盯上了谁谁便害怕的人是指导员，那个不爱回家可又不得不在半夜里偷偷地回家的是指导员,那个在台上讲起来头头是道但做起来却让我们为难的是指导员,那个总是让战士们讲真话但走到战士们中间谁也不敢讲真话的是指导员,那个爱孤独地站在营区里低头思索的但却常常爱鼓动大家士气的是指导员,那个常常说得崇高但却让人望而却步的人是指导员……

多年以后,我仍然无法给指导员下一个准确的定义。总之,在我的印象里,指导员常常是由那些内心非常复杂、想问题非常之多的人来担任。他总想走到大家中间去,但他也最难走到大家中间去。尽管在他的手上,掌握着我们的入党、考学、学技术、转志愿兵、立功受奖等诸项的"进步"。从指导员的身上我明白了,如果缺乏营长和副连长那样的真诚,人与人还是很难沟通的。

有一天,指导员对我说:"你把前几天开会的那个情况写一下,送到政治处去。"

我说:"哪个事呀?"

他说:"就是那个事呗。"

我想了半天,才记起了他所说的"那个事"。

前几天开会时,他当着全连战士们的面,把战士们从家里带来的特产都给退了回去。他说,他要做一个清官,坚持原则,希望大家理解。弄得那些从家里带了特产送给他的人一个个脸红红的。

后来,战士们在私下里表示,他们对此事表示不理解。他们说,自己回家一趟,这些东西都是父母让带来的,想表示一下他们对指导员的感谢,可他这样一办,好像他们这样做是很庸俗的。

一个战士说:"要是我父母知道了,真不知道他们该怎么想。"

另一个战士说:"他不要,当时退我不就得了,何必拿到会上去呢?"

老实说,我对指导员办这件事不以为然,所以当初也没有写的意思。

但指导员提醒了我几次，我便写了一篇稿子，大意是他如何清廉，如何爱兵，这篇稿子后来送到了政治处。主任说可以发。于是稿子便以报道员的名义在当地的报纸上发表了。连队里的同志看了，没有一个不说我的，我也不好开口争辩。指导员却把那张报纸剪了下来，压在他办公桌的案头下。

之后我见了他，表情总是有些不太自然。我想，现在的事情真是怪呀，不自然的应该是他，现在倒好，我自己倒不自然了。这件事过后，政治处的主任要把我调到报道组，我死活也没有答应。主任说："咳，大家都想到这里来，你怎么不愿意呢？"

我说："我不适合搞新闻。"

主任看着我好几秒钟，最后摇了摇头，笑了说，我明白了。

我相信，主任是真的明白了。

16. 排长

排长被连队里的一切同化了。他的一切举止和行为，都已带上了连队里浓厚的特征。比如抽烟，比如喝酒，再比如偶尔对着天空大骂上几句的样子，都打上了连队深深的烙印。

连长对营长说："排长走到平民百姓中间来了，这就叫作食人间烟火。"

营长说："人吃五谷杂粮，哪有不得病的，这样也好也不好。"

我不知道这样好在哪里，当然也不觉得这样做坏在哪里。我只是想排长现在吹箫的次数越来越少了，而且吹的内容十分的庞杂，有好几次，我竟然听到，他把本来是用唢呐吹的调子《光棍哭妻》改用箫来吹了，接着又把笛子声的《草原之夜》也改为箫声了。当然，这样吹出来也没有什么不好,只是让我听起来觉得奇怪罢了。

我想问一下他为什么要这样改,但我对这方面知道得不多,而且觉得他即使改了,也还悦耳,所以没有问。

他还是照样往那个地方寄钱,还是照样给那个已成为别人新娘的女人的母亲写信,说他们的关系一切都好,说他们准备结婚之类。

我说:"排长,你根本可以不这样做,别人无情,你何必有义?"

排长的笑容收敛了,他说:"这是我的私事,你不要多问。"

我便不敢再说下去了。

没事的时候,我们两个人在一起下围棋,或者打乒乓球,他说话虽然比过去多,但没有一句是内心深处的东西。只要一开口,他还喜欢来个"奶奶的"或者"娘的"之类。有一次,我实在是忍不住对他说:"排长,你变了。"

他头也没有抬地说:"我现在没法不变。"

我在心里叹息了一下。好像也预见到了我将来的样子,所以又摇了摇头。

连队的战士们说:"这个排长,是个好排长。"

连长听了很高兴,只有排长本人,对这个评价,不以为然。

张德秀说:"不听这家伙吹箫,我心里就没有底了。那些乱糟糟的想法,简直不知道该往哪里搁!"

可排长就是不爱吹箫,无事时,与大家把牛皮吹破了天。营长有次在饭桌上对连长说:"这和你当初分来时的样子差不多。"

连长说:"顺其自然吧。不打仗的年代,许多东西都千奇百怪的,让我不明白。"

我在一旁插话说:"不是不明白,是这世界变化快。"

连长纠正我说:"不只是世界变化快,军营的变化也快,让我不知道这和平年代的仗该怎么打呀。"

他这么一说，大家便埋头吃饭，默默无言，整个餐桌上静极了。

17. 副连长

副连长走的那天天气不太好。天空灰蒙蒙的，有雾。按上级的要求，他不适合再继续留在部队，因此只能提前转业。

分别的仪式是一场让我终生难忘的泪雨。副连长坐在轮椅上，由他的老婆推着来到连队。那天他老婆穿了一身洁白的裙子，而副连长则穿着一身整齐的夏常服，军衔、领花、领带，处处都一丝不苟。

全连的干部和战士都站在连队的操场上，分成两列，当他的那辆轮椅出现在连队的门口时，静寂的操场上响起了热烈的掌声。但是掌声很快落下去了，哭声竟然成了男子汉们表达感情的唯一方式。男儿有泪不轻弹，只是未到伤心处！

有谁，没有到副连长家混过饭吃？有谁，没有得到过副连长伸过来的那只粗糙的帮助之手？有谁，能够说副连长政治不合格、军事不过硬、作风不优良、纪律不严明、保障没有力？有谁，能说出他的一个不字？

风，拂着每个人的衣角；泪，滑过每个人的面庞。

轮椅在每个人面前移动着，走过一个人，一个人就把手伸向了轮椅上的他，伸向了可亲可敬的嫂子——她现在也似乎变得坚强了一些，尽管眼角挂着泪，可脸上却一直带着笑。副连长也咬着牙，拼命地挤出一丝微笑——自始至终他都在微笑。最后，他转过身来，缓缓地把手抬向鬓角，抬过帽檐，一个标准的军礼定格在凝固的时间里。

戈壁滩在那一刹静止了。

副连长说话了，他说："同志们，未来的事业是你们的，好好干吧！

我先走一步了，以后如果有时间，到我那里去做客！"

就这么几句话。就是这几句话，结束了副连长不想结束的军旅生涯。他转过身，我看到泪水已从他的眼角悄然落下。

那边，是等候着为他送行的车辆。他的轮椅，在他老婆的推动下向着那边转去。身后，整齐的队伍突然乱了起来，起初一个，接着又一个，最后变成了全体的高昂的喊声：

"副连长，副连长……"

他没有回头，就那样走了，就那样消失在他守了快十五年的戈壁滩，消失在那群他爱着的和熟悉的营区里。

别了，战友！别了，车辆！别了，兄弟们！

他挥起的那双带有无数疤痕的开裂的手，从此永远印在了我的脑海。

那是一九九二年的五月，一个很好的季节，在新疆那遥远的戈壁上，在我梦魂萦绕的记忆里。

那年的五月，有着浓郁的枣花飘香。那年的五月，我对军人有了另外一番理解和崇尚。我想，要做军人，一定要做个像副连长那样的军人。

18. 我

时间过得真快，第二年五月中旬的时候，我参加了全军的统考，感觉还不错。这时候，车队也开始出发上昆仑山了。浩浩荡荡的车队，像一阵旋风一样卷过了戈壁滩，向有着皑皑白雪的远山深处进发了。在那里，有着我们一年四季都守在冰天雪地里的兄弟，有着我们永远寂寞但不孤独的亲人。他们不过都只有十七八岁的年龄。

车队走了，我守在营区里，每天看天，都有些发呆，心里总是在胡思乱想。

好在经过一阵漫长的等待之后，到了七月底，我的入学通知书终于来了。我在医院里复查时又见到了小杜。但是，我不知道该对她说些什么好。我们沿着医院外面那条大道默默地走着，那时候塞外的春天正浓。火红的季节里，我们面对青春的热情，竟然都默然无语。

小杜说："我知道，你一定会走的。"

我说："我还会回来。"

她说："说不定。"

我说："一定。"

她伸出手来说："那我们拉钩。"

我伸出小拇指，和她的套在了一起。再见时，她说："不要忘记这儿，不要忘记这儿的葡萄架，这儿的骆驼刺和这儿的红柳树……"

我说："不会的……"话未说完，鼻子已有些酸。

19. 张德秀

我走的时候，连队里已没有几个人了，只有留守下来的几个。张德秀是留守班长，他全权负责连队里的事务。那天晚上，张德秀代表组织请我喝酒。我们喝着喝着就喝多了。张德秀说："小李呀，你是我见到的最好的一个通信员。"

我说："老兵，你过奖了。"

张德秀又喝下一杯说："你以后还回来不？"

我说："回来。"

"真的？"他有些不相信。

"真的。"我坚定地回答道。

他抿了一口酒说："要是真能回来，还在一起的话，那真好。不过，你不能像连长、排长那样,开头自己一直坚持着的东西,最后全没了。"

我说:"他们有他们的难处……"

张德秀说:"谁没有自己的难处?我没有?你可不知道,你嫂子一直过得可怜着呢。她一个人在老家,几年没有孩子,让人瞧不起,人家一吵架,就说她不下蛋!她常常是气得哭了又哭,可没有一个人在她身边安慰她!有时我做梦,总是梦见你嫂子在哭的样子,醒来后我怎么也睡不着了……"

老张说着,眼泪掉了下来。

我的鼻子酸了。我说:"老张,一切会有的,比如说面包,比如说爱情和孩子……"

老张说:"我那不算爱情,我那只叫过日子。你想想呀,我和你嫂子才见过两次面,就结了婚,一切都是靠通信联系,看不见摸不着的,也不知道她过得怎样,委屈了她呀……"

我说:"老张,你别说了,我懂。"

张德秀站起身来说,你说,我们中国军人为什么就这么难呢?而我们为什么又舍不得这个地方呢?你说说,你说说呀!

我没法说。因为我和他一样,也醉了。

那是我在离开老连队时,最后的一夜。

20. 我们

后来,我上了军校。

我所读书的地方,正是我们排长待过的那所军校,在一个非常大的直辖市里。我们学校在城市的边缘,一切热闹非凡,和我们连队相比,简直是一个在天上,一个在地下。

在那个大城市里，我常作些无端的幻想。我常想，连队的那些人，要是到了这里，看到这里人所过的日子，不知会作何感想。

只有在那一刻，我才想到，即使时代转到了二十世纪末，谁也不曾想到，有多少中国军人，连牺牲与奉献竟然也是默默无闻的。

在那个大城市里，我常常打听老部队里的消息。我和连队里一直保持着通信，我常常给那儿的人写信，因此连队里发生的一切，在半个多月后，我这里便知道了。

我们连长，作为团长的爱将，前途一直是被人看好的。但出人意料的是，他竟然选择了转业。因为他爱人来的那次，他在送她离开时，按规定本来是送到库尔勒的，但是他爱人在站台上哭了又哭，没办法他只好违令把她送到乌鲁木齐。可到了乌鲁木齐，她还是哭，不让他离去，他又把她送到四川老家。回家之后，团里给了他一个处分。从此，他便产生了转业的打算，刚好那一年有裁军的动向，转业的名额较多，他便如愿了。我后来多次与他联系，才知道他在一个市政府当上了办公室主任，过得很不错的。但他告诉我说，不知为什么，他还总是想起连队，想起连队里的人和事，还是觉得在那儿比较充实。

我说："怀旧的情结是每个人都会有的。"

他说："不是这样，我想起那个地方，总是无端地充满了忧伤，有时我在深夜的梦里还喊口令，让你嫂子发笑……"

营长接下来还干了两年，因为超龄，而上面又没有空位置，两年后也向后转了。具体的情形我不知道，但我听说，他离开时，除了老婆孩子，全部家当竟然还填不满一个小的集装箱子。而最贵重的，不过是那些穿得破破烂烂的军服……

营长走时，全营的战士越了十几里路，一直跟到车站。当他踏上公共汽车回头挥手时，他的眼睛湿润了。

在他的后面，是那些穿着整整齐齐的、曾和他一起抢狗肉吃的兄弟们。他们在眼里，滚动着滚烫的泪珠……

营长知道，不知还有多少兄弟，以后会站在这里，面对自己的青春，要作一次永恒的回顾。

比较幸运的是指导员，本来他也应该在转业之列的。但是，他留下来了。主要原因在于我们师政委下来检查工作时，在团政治处了解新闻报道情况，他刚好看到了当初指导员要我写的那篇报道，于是他说，这个人还不错，可以用。团里便在那一年把指导员留了下来。人的命运是非常奇怪的，连队里每个人都以为他会转业，但他却如愿以偿，幸运地留了下来。

张成写信给我说，似乎每个时代和每个单位，都还是需要这样的一些人，这才能让世界的天平保持着高度的不平衡中的平衡。

我不知道这到底是不是平衡，但我知道，像指导员这样的人，无论到了哪里，都是生存能力极强的一些人，他们能够从人生的低谷中走出来，看到个人的光明所在。

当然，在后来的日子里，我想起他来，心里还是充满了非常复杂的惆怅。而且我发现，那些被我们低估了力量的人，往往生活得更加美好。

副连长的消息是最少的，他回到乡下去了。尽管他评上了伤残，但是在漫长的岁月里，最先熬白了头的，将会是他的妻子。不管他在部队上有过怎样的辉煌，在日子长久延伸下去之后，谁也不会知道，在前方，有什么样的命运将会等待着他。而那时候，会不会有人想起他所做过的事业，他在军旅的忧伤？

他曾说，我过去是一个放羊娃，现在做到了国家的副连级干部，无论怎么说，我该知足了。

对于回乡，我相信，他的内心一定充满了深深的惆怅。但是，没有人再会像我们当初在部队上那样评价他了。无论他是怎样的坚强，也无论他是怎样的平静，世人只会把他当作一个残疾人看待，当作一个农民看待。

因为世俗的目光，总是那样乏味而又冗长。

我到了军校后，刚好被分在排长当初读书的那个学员队。我在光荣榜上看到了排长的笑容，原来，他一直是品学兼优的，有一朵大红花佩戴在他的胸前。后来，我听人说，排长那一年的确是被确定要留校的，但他们的队长为了培养典型，以体现自己的工作做得好，就鼓动排长带头写了到边疆的申请。他"启发"排长说，我年龄到了这一关口，这次如果没有机会提升，我就得转业，而你知道，我在部队上工作了这么多年，真是舍不得离开呀……

排长听了之后很受感动，他二话没说就写了申请，于是排长便真的被分到边疆来了。而他原来的队长，因为队里出了这么一个典型，自然又升了一级，并且肩章上又加了一颗星星。

再后来，也就在我读军校第二年的时候，我偶然在大街上遇到了排长当初的那位对象。她穿着很好，在大街上拉着一个孩子散步，看上去，她的日子过得舒适又悠闲。

我给排长写了一封信，告诉了他这件事。不久排长回信了，他没有提到我在信中说到的这件事，只是告诉我，他也成家了，爱人就是那个女人的妹妹——她知道了她姐姐的事后，毅然从大老远的云南一路走了二十多天，跑到边防来，死活要嫁给他。于是，他们结婚了。

　　排长在信中没有说他过得幸福不幸福，但我每天坐在俱乐部里开会时，抬头常常可以看到光荣榜上排长那张戴着光荣花的相片，不知为什么，我常常觉得眼泪就像要从排长的笑容中掉下来似的。

　　我便常叹，排长啊排长……

　　至于小杜，她第二年便复员回家去了。她的家在库尔勒，离我们连队一千多里，并不是太远。听说她复员后在一家工厂里上班，后来厂里的效益不好，她便跳槽了。最后跳来跳去，自己搞起了服装生意——她一直没有给我来信，可能是忙吧，也可能是变了。在军校里闲的时候，我便想，不知她是否还记得我们当初的拉手相约。

　　即使她已经忘记，或者，时间把她改变成了另外一个人，我却永远不会忘记，在我年轻时候的连队里，那娇滴的葡萄、美丽的骆驼刺、坚强的红柳树，以及五月里枣花的芳香……

　　而我毕业后，将来会是连队里怎样的一个排长、副连长、连长和营长？不知道。

　　也许那时我变了，也许那时我没变，以后的日子，谁知道呢？

东营盘点"兵"

东营是我原来在新疆当兵时驻守过的营盘。那里没有其他的特产，除了一年四季爱刮风下雪。我在东营一共待了三年，那是一个我后来在人生旅途上无数次爱回顾的地方。因此，东营戈壁滩，久而久之便成了我心灵上的一块永远醒着的冻土。

我爱做梦，多次做梦都是回了东营，踏着雪，或者唱着一首没有调子的歌。

梦回吹角连营。营内的一切，后来一次次苏醒在我的记忆里。我把我们营的人都写透了。他们说，那些事，我们都忘了，真亏你还有心记得。

过去，我生活在其中时，是忽略了的。但离开了那块土地后，不知为什么，一切反而更加清晰地印在我的梦里。我出了营门走进眼前生活的这个大都市，看到街头巷尾里的那些怡然自乐的人们，我们习惯地称之为"老百姓"，这些老百姓，曾经若有若无地闯入过我们的军营生活，若有若无地给我们生活中带来了另外的一些色调。于是，遥隔了几千里的营地和营地里的"编外"人物，有一天在我的记忆里走了回来，让我在曾经置身的那个真正的沙场上有了一次大"点兵"的机会。

澡堂的大爷

出了团部，再往东走上两里，便是东营。东营躺在戈壁滩上，孤零零得像个多年未娶媳妇的光棍。但是有了兵，这里便活了。东营的边上，也就几百米，有一个化工厂，据说是国务院直属单位，很大。那里每天收购棉花，堆得像山似的，人扎个猛子进去，能见着才怪。我们连的老兵说，那些棉花是用来造炸药的。我根本不信，因为以我有限的经验，我觉得柔软的棉花只能用来制造衣服，如何造炸药，我一直认为老兵是在瞎白话。不过新兵有了新的看法，一般是不能说出来的。否则老兵会说，新兵蛋子，才当几天兵？大有一副他走过的桥比我们走过的路多的样子。

不管这个说法是否属实，有一点是我们大家都知道的。那就是化工厂里是一个小社会，有工作间、贮藏间、休息室，有厕所，有饭店，当然少不了舞场、澡堂、理发室和小卖部。

舞场我们是不敢去的，那是我们连长的事。我们能去的而且是请假后才能去的，只有澡堂、小卖部和理发室。我每个月的津贴少，加之那时提倡节约，况且在那地方除了洗漱用品外根本用不着花钱，所以小卖部我也很少去。去得多的是澡堂和理发室。

澡堂不大，自制式的那种，摆在化工厂的一角。从外面看上去灰不拉叽的，还以为是个厕所。

管澡堂的是一个维吾尔族大爷。维吾尔族大爷长满胡子，老是一脸的笑。老远看见穿军装的便喊，雅达西，来了。我们说来了。大爷便把手横在胸前，做出一个请的姿势，手里的烟袋这时便叮当作响。我们掏钱，买票，才两元，不贵。到团部那边去洗澡来回还得两元的车费呢。

再说，遇到纠察，有时还说不清楚，没准儿会被拉上车关禁闭，教育几天才放出来，不值得。

　　大爷一边收钱一边说："军人优惠，民工三元。"我们说："军民一家，不收也可以吧？"大爷做个鬼脸，吐了吐舌头说："这是建筑费和水费，成本价。成本收回来了，你们洗便可以不要钱了。当然，你们要是暂时没有，可以欠账。"我们说："你不怕我们赖着不还？"大爷笑了说："你们，雅达西，一个个顶呱呱的。"我们便笑。大爷一边笑一边还给我们发一张奖券，说："我这儿好，洗澡可以抽奖。"我们常常说："算了吧，这样你的成本收不回来了。"大爷说："碰碰运气，小伙子，一个个运气都好。"我们乐着抽了，多半是没有运气的。其实最好的运气，也不过是一支牙膏，或者一个圆镜，大家都乐一乐。我们便跟着笑一笑，进去了。

　　澡堂不大，却很干净。冬天的时候，戈壁滩上全是风沙，干燥而又乏味。从训练场和劳动场上下来，小伙子们都是一身的臭汗。能洗上澡，那才叫舒服呢。水打在身上，叮咚作响，都沁到皮肤里去了。我们爱待在里面不出来，洗完了还想让热水再泡上一会儿，一边洗一边大声地唱歌，要么是《达坂城的姑娘》，要么是《花儿为什么这样红》……澡堂里乱哄哄的，其实一句话也听不清楚。洗来洗去也就忘记了节约用水的习惯。大爷便喊："雅达西，雅达西，快点出来，要停水……"

　　我们装作没听见。大爷便着急了，澡堂里只有几个热水器，可外面还等着一排人呢。他看到我们还在水下打闹，便钻进来说："雅达西，雅达西，你们的连长来了啊！"我们一听，连忙擦身子，穿衣服。等我们晃晃悠悠地出来了，大爷却在那里笑。我们说："连长呢？"大爷说："连长？他骑着车，从这里过去了。"我们才知道上当了，便和大爷闹着玩。大爷说："你们汉族小伙子，真不赖，把情况说说，明日我给你们介绍个相好的。"我们说："真的吗？"他说："那还有假？一定漂漂亮亮的。"我们便高兴地握了手，要往回走。大爷说："坐一会儿，坐一会儿，我们聊聊天……"其实他那里也没有坐的，我们便站着，顺着老头子喜欢的话漫无目的地谈一阵子。老爷子一边抽烟，一边拍我们的肩头说："我年轻时，厉害着哪，上天山采药遇到狼，打得它们趴在地上哭……"

我们说："老爷子，你是厉害。你也打过虎吧？"

"那不在话下。你看看，你看看。"他一边说一边挽起袖子，露出伤疤让我们看，然后说："这是让天山上的熊咬的，我都没怕过……"

我们说："你瞎吹了，天山上哪里有熊呢？"

"没有……没有我带你去看看……"

我们便笑了，一边笑一边要走。老爷子看到今天没有人再来了，便说："你们扣好衣服，别着凉了。"

我们一边说感谢，一边往外走。

老爷子说："欢迎下次再来！"

我们说："一定，一定，下次把水再烧热点……"

老爷子说："那当然，雅达西来了，当然要烧热点，下次一定来啊，奖品要提高档次了……"

我们握了手，就听到班长叫集合。我们便迅速地站成一排，因为班长说出来就要注意形象。所以我们排成队，向右转时，老爷子也跟在队伍的屁股后，一边学着我们走路一边摆手喊"一二一"。周围的人一见就笑了。老爷子有些不好意思地走出队列，向我们挥手说："走好啊！别掉队啊！"然后每次他都要站在那儿，看着我们走到拐角消失为止。

我们班长说："一个好老头儿，年轻时当兵没当上，到老了还想当兵啊！"

班长说完，便要借此事教育我们一番，要我们珍惜来之不易的军旅生活。班长的话几年来总是那一句：同志们哩，记住哩，当兵后悔三年，不当兵后悔一辈子！

我们听了只是偷偷地乐，一边乐一边把步子走得更军人化一些。

走到大门口，便有人对班长说："班长，我要理发。"

班长挠了挠头皮，装出思考的样子，最后才说："那当然，我们照例是要理发的……"

于是大家走出化工厂，到大门口的理发室里理发。

理发的女人

不知从什么时候起，兵们都不喜欢在班里理发，在班里理发，大家都觉得没意思。班长说："你们这些新兵蛋子，所谓的理发，就是在东营待得太久了，想到外面见见女人罢了。"兵们听了，不说是也不说不是，但连长知道他们是怎么想的。

连长说："你们去放放风也可以，但要班长带队。"于是每个班的班长都报名要求带队。

指导员说："这样不行吧？"连长说："这样可以减少打架和骂娘。你没看到冬天太长了，他们的脾气都上来了。"指导员便笑着说："你老婆在四川，敢情你的脾气也来啦。"连长说："扯，哪跟哪呀。"

大家便集合，由班长点了人数，出来了。理发室就在化工厂的大门口，两间屋子，一间工作室，一间起居室。简单得任何东西都不能多出一件，也少不得一件。

兵们进了理发室，都是规规矩矩的，一路上的玩笑没了。理发的女人一边让座一边擦椅子说："来了。"兵们便叫了嫂子，说："来了，麻烦你了。"嫂子说："不麻烦，你们这是照顾我的生意，解放军好呀。"

兵们便老老实实地坐下。其实理发的是一个三十多岁的女人，也没有什么好看的。好看的是她的手，她手下理出来的小伙子，一个个看上去蛮精神的。兵们在东营那兔子不拉屎的地方常年看不到一个女人，现在坐在人家的椅子上理发，头上便像触电一样。其实人家不知比他们大多少岁。可兵们不计较，兵们只是规规矩矩地坐着。看到头发纷纷扬扬地落下来，旁边没有理的便指手画脚地议论。这个说这里还得剪一点，那个说可以了。女人便笑着说："反正又没有女人看你们，又不是要见女朋友，有什么要紧。"兵们便说："嫂子你可不知道呀，这关系到军队的形象啊。"嫂子便乐了。

嫂子理发收的钱很少。她一边理一边与兵们拉家常，比如家是哪里的呀，家里有几口人呀，到这里当兵习不习惯呀，等等。兵们大都老实，什么都说了。下次嫂子就会问，你妈的凉气最近没复发吧？听说什么药很管用啊，你可记着点。或者说，你家给你说的那门亲事怎么样了？女孩寄来照片了吗？要给人家多写信啊。再或者说，你们队伍最近的口号喊得特别响，吃得好吧？

兵们一五一十地答了。个别兵滑头，明明是四川的，偏偏说是湖北的；明明家里是农村的，却偏偏要说是城市里的。回到营里，班长便要个别开会，批评这种不好的思想。班长一批评，兵就说，我怕她瞧不起咱。班长说，人家人好着呢，你不能骗人家。兵便说，下次不敢了。班长说，那是，小小年纪，思想要对头。

嫂子有一个孩子，女孩，跟在她身边。她丈夫对她很不好，打打骂骂的，她一急一气，离了婚，从大老远的老家跑到这里来学理发了，一个人带着孩子。兵们知道后，对嫂子的丈夫一顿瞎骂，这个说他没有良心，那个说他不得好报。嫂子一听，泪便要下来了。这时兵们便转移视线，逗嫂子的孩子玩。孩子很可爱，兵们没有一个不喜欢她的。他们休息时,便把孩子带到营区里玩。孩子很淘气,兵们给她买吃的,哄她。嫂子下次见了兵们便说:"你们不能惯她,从小惯坏了不好。"兵们说:"嫂子你放心吧,兵营里长大的孩子,根正苗红,出不了问题。"嫂子听了,心里喜滋滋的,脸上便红润了。孩子见了兵们便直叫爸爸,大家都乐,谁也没把一个孩子的话当一回事。

孩子是没什么事的,嫂子却差点出事了。一个流氓在嫂子店里闹事,想调戏她。嫂子不从,流氓便把店里的东西砸了。兵们听说后,在嫂子的店外转了几天,等流氓来后,几个兵围了上去说:"这是我们的嫂子,你下次识相点。"流氓说:"大哥,我啥也没干呀?"一边说一边跑了。从此再也不敢来了。可兵们不放心,有时上团部时从这里路过,就要到嫂子的店里去看一下。也不是亲不是故的,让嫂子很感动。下次给兵们理发时她再也不愿意收他们的钱。兵们说:"你靠这个生活,那怎么成!"于是把钱丢在房子里便走,有时整数也不用找。嫂子的店便这样保留下来了!

第三年,嫂子和一个退伍的志愿兵老刘一块儿走了。志愿兵把她娘儿俩带到了老家陕西。连长说:"也不知他们是怎么认识的,还真没看出来。"指导员说:"反正人走了,没出问题就行。"

兵们心里却酸酸的。有时候大家提起来,便说:"不知她和老刘过得好不好?也不写封信来,孩子长得咋样?"

其实大家都是怪想她们的,不愿说出来罢了。

"三突出"

兵们喜欢到化工厂的大门口理发,并非只为了理发的嫂子——他们到那里去,还是为了借理发室,看大门口走进走出上下班的姑娘们。

化工厂的姑娘多的是，但兵们几乎所有的目光都集中在一个汉族姑娘的身上。那的确是一个漂亮姑娘，我敢说我们后来那一茬的兵在提起新疆时，每个人都会说到那个姑娘的美丽。在上千人的厂里，她显得特别突出，因此大家把她叫作"三突出"。换我们连一个兵的话说，她走到哪里，哪里的表便停止走动了，哪里的目光便碰上磁场了。连里的兵到那儿去多半是为了看她，这一点我们都是晓得的，为此，连长还曾让我去侦察过。我之前听到兵们在连里说时并不相信，但那次我侦察时，眼都看傻了。乖乖，我再也没有见过那么漂亮的女人了。女人不高不矮，不胖不瘦，要身子有身子，要条子有条子，要脸蛋有脸蛋。一句话吧，后来我回到城里，见过的女人成千上万，却再也没有见过那样的女人。以至于我回来给连长汇报时，还结结巴巴的。连长说："你到底是怎么回事？"我说："连长，谁要是娶上那样的女人，简直美死了。"

连长吃惊地看着我，我不好意思地跑了。

其实并不只是我一个人这样想，我敢肯定我们连里的每个人都在这样想，因为他们常说，谁要是娶了这样的一个老婆，那简直是祖坟上冒了青烟。

是的，一个女人漂亮起来，你就找不到修饰她的词句了。因为不知用哪句词来说好。我们连的兵，每当看到她从马路那边的门口过去时，便有要吹口哨的欲望。更有甚者，还在她下夜班的晚上，抱着吉他坐在戈壁滩上弹，弹那种听上去有点忧伤的曲子。我们却没有笑话他，因为我们每个人心里都有个小九九，也就不好意思笑别人了。可那个姑娘路过时连脚步也没有停过，听到了与没有听到毫无区别。我们连的兵便自卑了。原来，在女人面前自卑是那样的一种感受啊。你明明心里如焚地爱着一个人，却又不敢告诉她，而且她根本不知道，连看都没有看你一眼，你说这是一种多么难受的感觉啊！

这个让人美死的姑娘后来嫁给了一个看上去并不怎么样的小伙子，这一点是我们谁也没有想到的。那个小伙子每天骑着一辆破旧的自行车，穿一身普通的衣服，走起路来摇摇晃晃的，根本看不出有什么好来。因此兵们对"三突出"的打分一下子低下来了。大家都疑惑这个小伙子是怎么把"三突出"骗到手的。

在好长的一段时间里，我们一直认为"三突出"是上人家的当了，是让人骗到手了。这事在连里议论了好长时间，大家对她的打分也像一条抛物线一样，时高时低。最后弄得连长也有了兴趣，连长说："什么样的一个女人，让你们像过年似的，要降低我军的战斗力。"便坚持要和指导员一起去看。指导员说："我老婆在身边，不能让她揪住小辫。"连长说："那我去看一下。"指导员说："可别犯错误。"连长说："看你说的。"年轻的连长便也笑着去看了一次，回来后却什么也没有说。指导员问咋样。连长说："你自己去看吧，别走不动。"指导员不以为然地笑了笑说："天下还真有那样的女人？全是你们吹的。"他不信，也不去看，这件事就算过去了。

我本来在心里也是暗暗喜欢她的。我相信那可能是我喜欢的第一个女孩子，但是我对谁也不敢说。有一次，我在去团部的路上还遇见了她，便鼓起勇气说："你好！"她说："你好。"一脸的笑。我的心跳起来了。我说："我们连的兵喜欢看你呢。"她说："我知道，你也喜欢看吗？"我脸红了。本来我想说非常喜欢看的，但是我只是脸红了。她便用手拍了拍我的肩说："谢谢你们连的兵，他们真可爱。"

我感到肩上热乎乎的，像被一股电流击中了一样。于是我在那茫茫的戈壁滩上跑了起来，一边跑一边觉得她的手还停放在我的肩上。从那之后，任何一个女人拍我的肩或拉我的手，我都没有那么激动过。

回来后，我对连里的人说了，连里的人都不相信。他们说："你看看,你看看,这小子吃不上天鹅肉,便异想天开了。"我说你们不信就算了。于是躺在被子里想她拍我的肩时的感觉,觉得肩上的那个地方还热乎乎的。

"三突出"出嫁的那天,我们指导员看见了,他伸出了舌头说:"我的天哪,从哪里来的呀?"连长听了,乐呵呵地笑。

我敢说,我们连里的兵那天晚上都失眠了。因为他们眼睁睁地看着他们的梦中新娘嫁给别人了。那天晚上,至少有几十个人或明里或暗里骂了新郎,觉得他不是个东西。大家把那个与自己毫无关系的新郎说得狗屁不值,好像自己才是最好的新郎。

从此,到理发店门口理发的人少起来了。特别是理发的嫂子被我们连的老兵带回老家后,新的女人尽管比她年轻,但基本上没有人再去了。

我离开新疆的那一年,又见到过一次"三突出",她那时已做了妈妈。我们连里的新兵们此时已变成了老兵,肩上又加了几道杠,他们便又觉得她的孩子很可爱,而她又美丽起来了。但是,大家自始至终都瞧不起新郎,觉得他真的不怎么样。

钢铁厂的女工们

东营的院子,原来是很大的,能装得下一个团。但自从团部搬到县城那边后,只留下我们一个营的人马镇守,这里便有一帮地方的人进来了。他们买了这块现成的土地和营房,迅速组建起了几个小厂。这其中,便包括刚建成的一个小型炼钢厂。钢厂不大,但口号叫得很响,墙上到处贴着"一流"之类的字眼。我们第一次看到钢厂的人上班的时候,看着那稀稀拉拉的一帮队伍,禁不住直笑。但后来,我们便不笑了,因为钢厂的人干起活儿来,甩开膀子是非常卖力的。一个两层楼的小高炉,一天到晚冒着黑烟,年轻的小伙子整天满脸的烟灰,却还唱着情歌,看上去让人发笑。但最让人佩服的还是钢厂里的铁姑娘们,穿着鼓鼓囊囊的衣服,夹在小伙子们中间,热火朝天地铲煤,投矿石,忙得不亦乐乎。

按说,我们东营可能会永远像以往那样寂寞下去的,让一帮男人的臭味充斥着。但有了炼钢厂,这里便从早到晚地热闹起来了。我承认那时我们并不特别关注那些男士,在一个少有人烟的地方,住着一大帮男人,还关注男士的话,肯定是不正常的。因此,我们的目光喜欢投到那些穿着鼓鼓囊囊工作服的女工们身上。那时我们觉得她们一个个都非常漂亮。

钢厂的女工们每天嘻嘻哈哈的,从我们营旁边走过去上班。我们营的人往往是条件反射似的立正,向这些可爱的女人们行注目礼。但是女人们只是漫不经心地望我们一眼,便迈着轻盈的步子飘然而过。即便如此,我们还是觉得这些女工们特别的漂亮。她们上班时开玩笑的声音以及唱歌的声音,能穿过戈壁飘到我们这边来,让我们对青春怀有了许多美好的梦想。

钢厂的女人们大都是一大早便上班的,因为那时候的天气还凉爽。到了中午,太阳火辣辣地射下来,让人受不了。每天早上,女工们打着哈欠从我们的窗后走过,我们甚至闻到了她们昨天夜里洒的香水味。那时,兵们便会一个个莫名其妙地从床上坐起来。到了中午下班时间,女工们一边走路一边哼着歌。她们的歌声非常美妙,而且旁若无人地唱着。个别的兵有时虚伪地骂上一句,这些娘儿们……其实他们的心里巴不得女工们能那样唱,而且像军营里一样,声音唱得越大越好。

女工们唱的歌大部分都是新疆民歌,兵们听了觉得格外的舒服。后来兵们都回到了内地,他们听到了最高级的音响里传出的歌曲,但怎么也没有在戈壁上听到的那么迷人。我知道我们迷上那群钢厂的女工们了。

当早上钢厂冒出青烟时,当上午钢厂冒出火焰时,我们便远远地看到了女工们映红了的脸,那是世界上最生动、最有血肉和最健康的脸。

女工们的笑是非常可爱的,尽管她们的身上每天都穿着脏兮兮的衣服,尽管她们的脸上流着的汗水带着黑色,尽管她们的目光只是有意无意轻轻地掠过我们年轻的脸庞,我们一个个却是真诚地爱着她们。有时候,兵们坐在屋子里,因为说起某件事而争吵不休的时候,只要有人提起钢厂的某个女工,大家的注意力便马上转移了。

"那个爱在头上插一朵花的小姑娘,你看她走路的样子,一定是谈恋爱了……"

"是呀,我看像,不过男的是谁呢?"

"总不会是钢厂里的小伙子吧?"

"那也说不定,你看那些炼钢的小伙子,一个个壮得像头牛一样……"

兵们的话匣子便这样打开了,钢厂的欢乐带来了他们的欢乐,兵们都希望钢厂兴旺起来。那时候,出入钢厂的大车每天叫个不停,运进来的矿石堆成山一样躺在那里,黑黝黝的,发亮。运走的钢铁也成批成吨的,看上去钢厂马上就会像墙上的标语一样,立即腾飞起来。可是好景不长,钢厂不知为什么停下来了,起初钢厂每天吐出的铁水少了,后来发展到一个星期不吐水了。上班的女人和男人越来越少,再后来,钢厂里除了那个看门的老头,没有一个人来上班了。因为没有了女人,钢厂里便渐渐地长满了蒿草。因为那里曾是我们的营地,地面上都是过去运来的沙土,所以杂草长得特别旺盛。在那一堆堆的铁矿石下,小草伸出了头来。啊,女人们,她们再也不来了,兵们再也听不到她们的歌声笑声了。因此营区里刮胡子的男子汉们又少起来了,不到检查军容的时候,男子汉们便让胡子杂乱无章地翘在嘴角上。同时,他们在闲下来时,又莫名其妙地开始说粗话。

有一天我实在忍不住去问了那个看门的老头。我说:"钢厂怎么不炼钢了呢?"老头喝着酒说:"人家说技术不过关,钢质不好,卖不出去。"

我回来对兵们说了。一个兵说:"啥卖不出去,我敢保证女人们炼出的钢,绝对比男人们炼出的好。"

另一个兵说:"是呀,是呀,我要是老板,我把她们的产品全包了。"

然后兵们静坐在那里,向着钢厂张望。最后,他们把目光定在那些疯长的野草身上,有人使劲地骂了一声"他妈的"。

日子便这样不紧不慢地走着。有天黄昏,我又忍不住去钢厂那边散步。这次我没有碰到那个爱喝酒的老头子,那堆铁矿石却还在那儿堆积着。我走过去时有些莫名的忧伤。我抚摸了那些矿石,感觉到它们全是热腾腾的,有些发烫,好像要燃烧起来。我感觉到心在猛然地跳动,仿佛又看到了高炉里那曾熊熊燃起的烈火,看到了高炉下一泻如注的铁水,看到了女工们举着铁锹往高炉里铲矿石,一边铲一边高声地唱歌。我便想起了那些一路踏歌而来的女工们……

不知她们到哪里去了?

后来我回到了城市,看到大街上的那些穿着奇装异服的女人们,尽管她们看上去比那些戈壁滩上的女工们漂亮,可是一点也不吸引我。我明白,我把那些女工们的笑脸带回来了。而她们,本来应该属于内地,只是因为她们的父母,曾在一个非常的年代选择了非常的理想,把她们的一生带到了那里罢了。

有一个退了伍的战友后来给我写信,他在叙了旧后告诉我说,我爱着那些脸上流着黑色汗水的铁厂女工们,我觉得她们是世上最美丽的女人……

我的看法和他一样。

穿橘红色衣服的石油勘探者

他们是最后一群在东营里定居的，其实说定居也不准确，因为他们就像一群流浪者。这从他们的脸上便可以看出来。我们最初与他们没有来往，因为他们咋咋呼呼的，看上去整天很忙碌。后来我们开始接触，是因为他们不得不到我们营区里来借水用。

东营里没有井，因此一切用水都是我们用生活车从团部那边拉来的。团里给我们每个连一天一车水，多了，团里的水便不够用了。没有水，再强壮的生命也会像胡杨树一样枯萎。新疆人告诉那些流浪者："你们一定要记住，有水的地方肯定有生命，有生命的地方就会有水。"

他们都穿着橘红色的衣服，脸上都是一脸的风沙，嘴上都是大胡子，长得很壮，他们是一群爱说爱笑的人。我后来去过许多地方，再也没有见到过像他们那样每天爱笑的人了。城里的人好像活得非常累，找不到一张笑脸，那时这些勘探者的笑容让兵们很羡慕。兵们离家久了，是想家的。大年夜一曲《想家的时候》唱起来，往往会有人哭。但那些勘探者好像天生就是要出来流浪的，因此很少看到他们脸上有忧伤。我那时刚看了一本关于吉卜赛人的书，总以为他们和吉卜赛人差不了多少。

他们都是早出晚归的。机器一动，一大帮人便出门了，跑到戈壁滩上打洞，然后量来算去的。他们一天到晚地忙，弄得灰头黑脸的，因此他们只有在晚上才能到我们营里来借水用。我们教导员开始有些不同意，但营长告诉我们要体谅他们，他们是在为祖国做贡献，是在吃大苦出大力。教导员还想说些什么，好心的营长一甩手，走了，教导员便不再说了。

其实我们都是喜欢他们的，因为他们能带来许多动人的故事。自从营里规定所有人员不许再到化工厂那边后，我们便觉得这些石油工人是我们的一本翻不完的故事书。他们的故事带了太多的传奇，有些传奇得让人不可思议。可我们都相信那是真的，因为这些男人们很豪爽，能大块大块地吃肉，大碗大碗地喝酒。他们很有钱，但他们说，钱是他妈的什么东西！

他们都是三十到四十来岁的人，说话的样子让我们这些年轻的兵们很羡慕。他们抽烟很厉害，姿势也很潇洒，因此兵们没事时喜欢围着他们，叫他们老同志，叫老同志讲上一段。他们很能讲，国内国外，天上地下，陆上海里，讲得头头是道。兵们当了听众，一边给他们续水一边听着，听着听着便喜欢咂着嘴唇，显得不满足的样子。特别是当哨子声响起时，兵们觉得时间过得太快，还想要再听一会儿，实在是时间的棍子打来了，他们才屁股一抬，没命似的扯开腿向营区里跑。

后来我离开了那里才发觉，那些石油工人什么都对我们讲过，可从来没有在我们面前提到过女人。这是一件让我非常奇怪的事。他们都三十到四十岁，而且一年四季也不回家，他们不想女人吗？他们家里没有女人吗？

我当时不知道。我只记得有一次过春节的时候，他们与我们一起联欢，听到中央台里向大家拜年的时候，他们才像我们一样，一齐哭了。同样的哭，是在他们打出了第一口油井的时候，那时那些三十到四十岁的男人们，搂在一起，像小孩般的长嚎，发出了天山上的狼一般的号叫。

我记起有一天夜里，当月光浮上来的时刻，他们中间不知谁吹起了笛子，格外让人忧伤和悲凄。我想，那个他们从未讲过的故事，一定是与女人有关的故事。因为，人最痛苦的东西，总是永远留在了上了锁的心里。

后来，我在其他的地方碰见了那些穿着橘红衣服从事勘探的石油工人，总是觉得格外亲切。我想起了当兵时一个应该问却始终没有问的问题来，那就是，啊，老同志，你们，还有你们的女人和孩子，都好吗？

我后来再也没有见过他们其中的任何一个人了。

菜地上的婆孙俩和她们的狗

在钢铁厂的东边，还有一片菜地。那里原来是我们团部的菜地。团里迁走了后，我们东营想继续耕种，但团里说要支持地方建设，便把那块菜地也支援出去了。

我们原以为菜地里肯定会有一些身强力壮的人来，可是没有。那么大的一片菜地，竟然只有一个老太婆和她的孙女在管理着。老太婆是上了年纪的，精瘦精瘦的，有时候风一大我真担心会把她吹走了。我的担心自然是多余的，因为她不仅没有被风吹走，反而在那一片地上种出了特好的青菜。起初，我没有注意到她的孙女，因为每天出入到菜地里的，只有她一个人，还有她后面跟着的一条狗。狗是黄里带黑的，一见生人就叫。我一看便知道那不是在部队上长大的狗，因为部队上的狗见了穿军装的人，是不会叫的。所以，我们远远地戒备着，尽量不走菜地。

我第一次见到老太婆的孙女时吃了一惊。那天黄昏，我们放假了，我照例在晚饭后到旷野上去散步，我突然想去看看菜地，因为那时天气渐渐变冷，见不到一丝绿色。长时间没有绿色，容易使人情绪冲动和激动，还有些东西压在心上，沉甸甸的。我去的时候，天还很亮。当我站在菜棚边，发现菜棚开了一个口子，我以为是风吹开的，便想把薄膜拉下来盖住。但刚刚动手，我便听到了一个女孩温柔的声音："你想干什么？"

我吓了一跳，她也吓了一跳。我说："我以为风把塑料棚扯开了……"她才一笑，低着头，脸上挂满了羞涩。那是一个很漂亮的女孩。

我那时候才知道老太婆还有这样的一个孙女。我们连的一个姓陈的四川兵经常帮她干活，但他从未告诉我老太婆有一个孙女。我后来回去问他，他才脸红着承认了。我说："你为什么不早说呢？"他说："他害怕别人说闲话，因为他经常帮老太婆干活。"我说："那不是好事吗？"他说："可是有人认为我是看上了她的孙女。"

我看着他，仿佛不认识似的。其实他非常老实，一个老实人有一个老实的想法也是正常的，而且有些可爱。他还告诉我老太婆的丈夫死了，儿子和儿媳都回到内地去了，孙女坚持要留下来陪着她，在当地县城里上中学。他还告诉我说，老太婆是开发新疆时进来的，年轻时是一个美丽的女兵。因为后来兵团就地转业，许多军人找不到老婆。上级想尽了办法，最后便采取了一个在今天看来有些荒唐的行政措施。有一天夜里，上级命令女兵们待在帐篷中，然后放进许多男兵进来，说是让他们选对象，摸着了谁便是谁，出去了无论对方怎么样都不能反悔。有一个男兵进来摸着了她的手，把她领出去了。她开头有些傻乎乎的，后来才知道上面用这种方法给她们介绍对象。她们是有理想的一代人，于是她想也没想就和那个从未见面的男人结了婚。婚后他们过得很幸福，他们那一代人有他们独特的幸福。后来我在兵团听到了不少这样的故事，让我感到奇怪的是，这些让现在的人看起来有些荒唐的婚姻，其结果却是非常稳固的，他们生活得非常幸福，比现在的人和谐美满多了。但是，到了他们的后代，却有不少人想尽了办法，要回到原来的故里。

按政策，老太婆也是可以回去的，但是她不愿回去，她要留在这儿。留的想法让我非常感动，她留在这里的目的，就是为了在每年的清明，给已经故去多年的老头子扫墓、烧纸钱。

我后来在一次帮老太婆劳动时与她有了交谈。老太婆说："我那老头子呀，对我可好着呢。我要是走了，他一个人孤零零的，咋办呢？"

说这些话时老太婆的脸上挂满了幸福。在谈到老头子对她好时，她苍白的脸上有了一丝红润。我对幸福观念的改变就是从那时开始的。那时候，老太婆的狗不再咬我了，我和陈每次来时，她的狗总在我们身边蹭来蹭去。说实话，我并不喜欢那只狗，因为它不漂亮，而且有次还差点咬伤了我，但后来我改变了这种想法。因为有次深夜，当一个偷菜的人进了菜园后，这只瘦弱的小狗，拼死咬住了那个人，并吓走了他。我一下子对它另眼相看了。更让我们感动的是，一个雪夜里，大雪压倒了老太婆的帐篷，是这只狗跑到我们班的窗下通风报信，它叫个不停，最后陈起来了。那只狗咬住他的衣裳不放，他跟着它，看到老太婆压在棚下，差点冻死了。我们赶紧把老太婆送到卫生队里。这件事我和陈一直到离开部队，也没有对任何人讲过。我们那时没有典型的意识，那些会宣传典型的人，也不爱到我们这个戈壁滩边上的营区里来，因此，这件好事我们全记在了狗的身上。我们都是些平常人，有时活得和那只可爱的狗差不多。

老太婆没有什么大的愿望，她只是想，孙女什么时候考上大学了，她就可以闭上眼走了。她常常对我们说，多好的孙女啊，多好的孩子啊！

那时候，她的孙女，那个十七岁的小姑娘，会在一边说，奶奶，你不要这样嘛……

十七岁的姑娘那年上高二，我们连的兵常常会在钢铁厂那边的废石边遇到她，她在那边高声地读书。我们连的兵听到了，总是要从旁边绕一大圈弯过去，以免打扰了她。以至于陈常说，我们连的兵，别看一个个看上去很粗野，实际上文明得很。

我离开新疆的时候，上高三的姑娘也考上大学走了。从此，在那个菜园子里，只剩下了孤零零的老太婆。后来，我们那一批的兵一个个都退伍走了，也不知那个老太婆现在到底怎么样了。她还活着吧？算来，她已到八十有四的高寿了。她、她的孙女，以及那只黄里带黑的狗，现在都还健康吧？

围场边上的人家

那些人经常出入我们的营区里。因为团部不在这儿，加之我们营里有几个维吾尔族兵，因此，附近的维吾尔族巴郎和女人们经常到我们营里卖葡萄、哈密瓜、西瓜或凉皮什么的。加之我们连的一个名叫吐尔逊的维吾尔族兵，找了一个女友就是附近村子里的，因此她带来的一帮人很快和我们连的兵混熟了。

村子说近，其实离我们也有十多里路。那些男人们，喜欢赶着羊群跑过来与我们聊天，或比力气。那些女人们，喜欢用一篮子的葡萄或核桃来换我们的鞋子和旧衣服。最初的时候，我看到她们穿着鲜艳的衣服，觉得非常好奇。后来，我问班长："女人们打扮得那么光鲜，男人们怎么穿得那么随便呢？"班长说："你可别小看了他们，他们有钱得很啦。"

维吾尔族的女人喜欢打扮，有时候，一个老太婆穿着艳丽的衣服，还抹着口红，出现在身边时让人吓一跳。她们有意思得很，总喜欢拍一下我们的肩，表示友好。我们连忙躲开，生怕连里的领导看见了，批评我们不注意形象，但有次我还是挨连长的批评了。那天我干完了工作后，坐在饭堂后面的台阶上看书。因为那一年我准备考军校，所以我经常在那里看书。我们连的兵们对我很好，遇上我看书时，他们就在一边坐着，听我背公式或背时事政治。有时，他们友好地坐在我身边，把手放在我的肩上，却从不打扰我。什么时候来的，什么时候走的，他们都不说话，我也从不回头去看他们。所以那天傍晚，当我看书正投入时，有一只手忽然搭在了我的肩上，我连头也没回，以为是连里的战友。因为他们常常这样。可这时却听到了连长在喊，喂，通信员，你干什么呀？我说："看一会儿书。"便想站起来，一起身，却待在那里了。原来，搭在我肩上的手不是战友的，而是一个经常到我们连里来的维吾尔族妇女的。我吓了一跳。那个妇女认识连长，她嘿嘿地朝连长直笑。连长脸上却一脸严肃，他说："你到我的办公室来一下。"我去了，说："我真不知道……"连长平时很相信我，但那次他还是审问了好长时间，后来吐尔逊过来解释，连长才放过我了。原来，吐尔逊想开我一个玩笑，便想了这个鬼点子。吐尔逊说："你看书太认真了，我想看你是真读进去了还是装样子……"

这件事后来在连队里成了笑话，从此大家都认为我是一个书呆子。他们没有想到，我们连的这个书呆子，后来竟然成了写我们团和我们连的第一个人。

我考上军校走时，吐尔逊请我到他家里去做客。为了表示庆祝，他父母在他家的院子里还举行了一个舞会。他们村子里的漂亮女孩们都跑来跳舞。女人们的舞都跳得非常好，而男人们则一边弹着冬不拉，一边亮开喉咙，粗犷地唱歌。那个曾开过我玩笑的女人，把她的孩子拉到我的身边说："小伙子哟，你要是回来，我把这个女儿嫁给你吧，你看她多漂亮啊……"

尽管我知道她们在开玩笑，可我的脸还是红了。院子里葡萄长得正好，葡萄架上铺满了一层又一层的果实，闻上去，四处飘荡着丰收的果香。

多少年后，我还记得那葡萄树下的香味，还有吐尔逊送我走时流泪的模样。只是我贪恋大城市的生活，毕业后好多年没有回去。吐尔逊后来退了伍，在他们村当了队长，生了一大堆孩子，还给我寄过一大堆葡萄干。

最好的葡萄干，是属于新疆的。东营基本上有大半年都是在下雪的。但是，在我的心里，因为有了东营周围的那些东西，我觉得东营好像一直没有下过雪。其实无数次，我待在自己的房子里，站在窗前望窗外那一望无垠的大雪，充满了无限的忧伤。

我离开东营的那个夏天，连队里出车到昆仑山上去了。那天夜里我们连的老兵请我喝酒。我奇怪我这个喝一两酒便上头的人，那次喝了半斤还没有醉。酒后，我围着东营走了一圈，眼泪不停地掉。我想不到，我竟然在那里度过了最美好的三年岁月。在那三年里，东营里的一切，都在我的心灵上刻下了深深的印痕。那是我十七岁出门远行时，在成长的岁月里留给了我最深回忆的地方。

后来，我走后，我们团已在团部那边为东营盖起了大楼，东营的人马全部搬了过去，那里已彻底交给了地方。后来到那里当兵的人，再也不会知道东营里有些什么样的故事了。他们只是从团志上知道，我们团曾在东边的戈壁滩上待过。而至于那里的化工厂，化工厂里的维吾尔族大爷、"三突出"，还有理发的大嫂、钢铁厂的女工、种菜的老太婆和她的孙女，以及她们的那只黄里带黑的狗，甚至包括在那里驻守过的已不知到了何方的老兵们，再也不会有人知道她们与他们的故事和心事了。

我一直认为东营是没有雪的，如果有，它也只是下在了我们的心里。然而，那已是很久很久之后的事了。我们那时已在另一个地方，认识另外的一些人，过着另外的一种日子。

一路花香

在戈壁的时候，我们曾相约去看海。

那仿佛是很久很久以前的事了，仿佛一个世纪般遥远。

记忆的车轮转过了青春期，青春期的事在今天回忆起来让人觉得相当遥远，在这个年代，我们都过于早熟了。

记忆中，戈壁滩上的风沙很大，我和她一前一后地走。

茫茫的戈壁上除了我们，没有其他的人影。她的话不是很多，我们大部分时间都保持沉默。偶尔说上几句，有时风大些，我听不见；有时风小些，我听得见。

记忆中，作为新兵，我总是背着一个陈旧的药箱跟在她的屁股后，看到军装把她包裹得紧紧的，看上去浑圆、性感。我一看便心跳加速，心跳加速就脸红，一脸红就不知道该怎样回答她的话。我甚至骂自己有些不健康，怎么看到风吹起她的军装，看到军装裹着她凸凹有致的身材便心跳加速呢？我有时觉得自己不是一个好人，不然的话，我肯定不会对一个已有三年兵龄的老兵怀有这样不健康的想法。这样一想，她回过头来时我便觉得无限的内疚。我得老实承认，我那时还特别希望风吹得再大些，最好把她的军装整个吹起来，头发整个吹起来。但非常遗憾的是，往往我这样不健康地想着这个问题的时候，一阵风沙便吹迷了我的眼睛。

我说:"我看不见了,你慢些走吧。"

她头也不回地说:"新兵蛋子,把眼睛收着点。"

她这样一说,我又心跳加速起来。我觉得她似乎看出了我在想什么,所以与她说话就结结巴巴的。

戈壁滩上的风便这样一阵接着一阵,一点儿也不嫌累,卷过来扫过去的,千里无人无树无草无飞鸟的戈壁上,只有我们两人在不停地走。那时候我常想,要是天空中有一架飞机飞过,有人有幸看到了两个黑点,那就是我和们卫生队的班长吴虹了。

但事实上,飞机上的人根本看不到我们。我们两人走在戈壁滩上,就像两块圆鼓鼓的小石头一样,撒在千万块戈壁滩的石头中间,根本就看不见。何况那一阵又一阵的风沙,常常吹迷了我的眼睛。我的眼睛里好像揉进了沙子。

记忆中,我们仿佛在戈壁滩上不停地行走,从一个连队跑到另一个连队,我永远跟在她的身后,直到一觉醒来,我发现自己已置身城市,原来又在做梦。

1

我真的没有想到,我们这群南方兵,入伍后竟然到了新疆大漠的深处;我更没有想到,新兵训练完毕后,我竟然被分到了团卫生队,在两位女兵的带领下,做了一名普通而又老实的卫生员。

这完全与我当兵时想的不一样。

"和女兵一起,有你受的,"我的老乡陈亮说,"女兵们的脾气大得很。"

不过陈亮很快又补充说:"话虽这样说,不过我还是很想和你换换。"

他一说，老乡们都笑了。

于是我的老乡老宋说："那些女兵都是有关系的，你尽量别招惹她们。"

这个我知道，在我们老家黄安，女孩子没有关系一般都当不上女兵。所以我说："我才不会惹是生非呢。"

老宋虽然不老，但他挺灵活，分兵那天他被挑到团部跟着团长当了公务员，每天到哪里都夹着个公文包，跟在团首长屁股后，牛得很。于是，我们那一年的兵都挺羡慕他，所以称他老宋。

那届分兵的时候，当听说参谋长来挑公务员时，大家一个个把胸脯挺得老高。但挺得再高，参谋长还是把目光罩在了那些长得好看的男兵身上——到哪里，都是长得好看的人吃香呀，要不怎么说第一印象很重要呢！

参谋长转了一圈，大家的眼光也暗暗地随着他转了一圈，大家都希望他站在自己的面前，大声说"把这个兵带走"。

但参谋长只是把眼睛眯着。直到他站在我与老宋面前，我一看就知道他看中的是老宋，不过后来老宋对我说，那一刻他也挺紧张，生怕这个参谋长不按惯例，挑走了我。

果然，参谋长问老宋："你叫什么名字？"

老宋说："报告首长，我叫宋平顺，来自革命老区湖北省黄安县，中共预备党员，新兵连被评为优秀士兵！"

宋平顺的声音挺高，其实参谋长只问了一个问题，他却答了一大堆。

参谋长眯着的眼睛睁开后笑了，回头对一个黑脸的参谋说："这兵还挺机灵，带到团部吧。"

那个黑脸参谋皱了皱眉，不过还是服从命令，把宋平顺的名字记了下来，带到了一边。

这样一来,我看出大家的心情都挺失落。经过三个月的新兵连生活后,我们自认为对部队情况多少有些了解,谁都幻想着到首长身边工作,成为公务员、警卫员或者炊事员之类,要知道在首长身边工作,凡是学技术、入党、考学、转志愿兵的好事,总是来得比较方便。

我当时并没有这样想。我是个长相一般、身高一般、表达一般的南方人,有着自知之明,对当公务员、警卫员并不抱什么希望,所以并不在意。我想,农村来的,只要不是烧火喂猪种菜就行了。因为我父亲在我走前说过,在部队里要是那样,还不如在家乡多打粮食为国家作贡献。

我父亲对我高考落榜抱有想法,所以他说话时,时刻都要挖苦我。按我个人的想法,我认为长相普通的人要想引人注意,就必须有一些与众不同的本事,因此我那时特别想到特务连去,幻想着自己有一天变成飞檐走壁的英雄,拿着枪神气活现地出没在大家面前,表演着各种武侠小说中那些好汉们才有的特技,多神气!

但那天分兵快要完了的时候,那个长得挺黑的参谋站在我面前,剜了我几眼后对新兵连长说,这个兵看上去还挺老实,就分到卫生队吧,那几个女孩子,要有一个老实些的作伴……

他的话刚落,我就看到刚才那些羡慕老宋的人,又把羡慕的目光投向了我。要知道,我们在新兵连训练了整整三个月,还没有见过女人呢。听教导队的老兵们说,他们有的好几年都没有见过一个女人,更有甚者,有的基层老兵直到复员转业,也没有见到一个女人的影子。

教导队算是基层,驻扎在离团部两百多里外的一个山沟里,当然也不可能看到女人。即使看到,也是志愿兵的家属。教导队都是些年轻的班长,几乎没有人结过婚。所以,对女同志的看法只能靠记忆与想象,这一点完全可以理解。

而现在,我却被分到卫生队的女兵们身边去,在大家眼里,不啻天上掉下的馅饼，简直算得上是一种艳福。

老宋说："傻小子有傻福，天知道哪块石头砸到了他。"

我当时傻乎乎的，并不知道天上掉下来的馅饼砸在了我的肩上。十七岁那年，我只知道因几分之差，就与大学错肩而过；知道我父亲在我没有考上时，脸立即由晴转阴。我来当兵是有目的的，所以分到哪里都无所谓，当然，如果时间不像新兵连那样紧张最好。

我背起背包走时，可以看到男兵们，不管是认识的，还是不认识的，都一个个睁大了眼睛。从老兵们平时的谈话中，我知道，除了团部大院——说是大院，其实也不过只是团部的机关在这儿——他们下去后根本见不到女同志呢，据说，我们教导队的新兵连班长们，本来有许多人是不抽烟的。但是，长时间寂寞的生活，不仅使他们学会了抽烟，而且吐的烟圈还挺有水平，个个都有一手。

我跟在那个黑脸参谋的后面，跳上了去团部的吉普车，老宋也在上面，还有另外两个长相清秀的兵，也是去当公务员的。

老宋说："李左右，你的运气不错嘛。"

我说："彼此，彼此。"

黑脸参谋回头盯了我一眼，我便闭嘴了。吉普车冒着黑烟一蹦一蹦地在戈壁滩上向前跑，司机一看就是个老手，好像要在我们面前露一手，在没有路的戈壁滩上把车开得飞快，把我们的屁股颠得屎都快出来了。

一路上，除了那些枯黄的骆驼刺，我没有看到其他的生物，仿佛地球上的生物都死绝了。如果不是我们的军装还有一丝绿色，我真怀疑这儿是否还有生命。没有办法，从南方水乡来的兵都有这种感觉。

大约走了两个小时之后，我们到达了团部。我原想团部一定非常气派，但令人失望的是，团部那清一色的灰白色砖块垒成的房子，像天空一样阴暗。即使机关的办公楼盖了四层，也只是用灰褐色的水泥抹了抹外墙，与戈壁滩的大地颜色无异。

我看到哨兵们直直地站在那儿，如外面四处可见的胡杨树一样笔直。团部这儿的胡杨树，算是我们见到最早的植物。据说教导队那儿之所以没有树，是因为那儿没有水源，水也引不到那儿去，完全种不活。我们那批兵都是三月份入伍的，训练三个月后下的连队，可一直到了六月，团部大院里的胡杨树还是赤条条的，裸露着身子。没办法，这里冷啊。春天总是要比内地晚上几个月，就连时区也差了两个多小时。

吉普车在机关楼前甩下了宋欢等人。黑脸参谋说："李左右，你等一下。"说完，他带着宋欢等人钻进机关楼里去了，宋欢回头对我做了一个鬼脸。

我站在那里，趁机扫了一眼团部。团部的大院里除了楼前的哨兵，根本见不到人，而那个哨兵，几乎是目不斜视，看也不看我一眼。

过了半天，黑脸参谋从机关楼里领了一个老头过来说："这是卫生队的队长，你以后的领导。"

这个老头满脸的皱纹，头都快秃顶了，看上去有五十多岁，肩上扛着上校的牌子。我连忙立正，敬礼，打报告说："首长你好，列兵李左右向你报到！"

那个老头笑了笑说："好好，我叫刘茂盛，你叫我刘队长好了。"

我说："刘队长好。"心中暗暗好笑，头发都快没了还叫"茂盛"，这么大年龄了还是个队长，不禁有些狐疑。要知道，团长也不过是个上校啊，听说还是刚提的。

刘队长与黑脸参谋交谈了几句，握了手后准备告别。黑脸参谋说："李左右，你是我挑来的，可别给我丢脸啊。"

我赶紧又立正说："我一定做一个好战士。"

他们笑了。

我跟在刘队长的后面,向卫生队走去。一路上看到的都是没有开花长叶的胡杨林,还有刚刚冒芽的沙枣树,一条又一条的树带沟整整齐齐的,像我们整内务时叠的被子。

刘队长问我:"你怎么叫了这样的一个名字?挺有意思的。"

我说:"报告队长,我出生时,一个眼睛向左,一个眼睛向右,所以我父母就叫我李左右。"

队长笑了,他停下来,端详了我一眼说:"你的眼睛并不偏向呀。"

我说:"报告队长,长大之后,眼睛就正过来了。"

"眼睛正过来了,名字就改不了啦。有意思。"走了几步,他说,"以后说话,别再一口一个报告。"

我点点头,觉得队长特别慈祥。

当队长把我领回队部时,有两个女兵在门口列队欢迎我。一个一道杠的手上还提着一面铜锣,刘队长说:"这是孙莉"。

我刚想说"你好",她举起敲锣的棒在空中停住了,好像要欢迎我一下的,不过脸上已堆满了失望。

孙莉说:"队长,你看这个兵穿得鼓鼓囊囊的,干活肯定不利索。"

刘队长没有理她,又介绍另一个有两道杠的下士说:"这是你的班长,吴虹同志"。

我说:"班长你好。"

我当时还没有心理准备。从山清水秀的南方来到戈壁,这是三个多月来我第一次见到女同志。所以我的目光盯着自己的脚尖,不敢随便乱放。

既然是班长,吴虹的觉悟比孙莉要高一点。她伸出手来说:"你好,欢迎欢迎。"

我没想到她要与我握手。我的心跳加速了起来,就是读高中时,我也从没有与女生握过手啊。

我把手在衣服上擦了擦,也伸了过去。吴虹却只是非常礼貌地碰了我的手一下,迅速缩了回去。

我的脸红了,虽然只是那么轻轻一碰,我便觉得手心都出汗了。

我感觉,她的手温软、柔和。

于是我抬头看着队长。队长摆手说:"你们两个先忙去,小李同志来了,你们以后在工作上要教他,在生活上要帮他。"

吴虹与孙莉同时说:"知道了。"

我还没有看清她们的脸,她们便扭着屁股进门了。

之后,队长把我领到住的地方说:"李左右,除了通信站外,这是全团唯一有女兵的地方,你以后的一言一行都得注意。"

我说:"我肯定会注意影响,我向毛主席保证……"

话没说完,我听到身后一阵笑声,原来她们两个站在黑处呢。她们一笑,我的脸又红了。队长也笑了。

这是我到卫生队来的第一天。那天晚上的风刮得呼呼的,让我心烦意乱。我原以为下连后可以改善一下伙食,至少第一餐应该加几个菜,但吃饭时,吴班长来喊我说,要带上盘子,到机关食堂的窗口去打。

卫生队原来不吃大锅饭,我看了一下,这里的伙食比新兵连稍好一些。

吴班长与我坐在一桌,孙莉开头与另外穿干部服装的坐在一桌,后来也过来了。吴班长一边吃一边对我说:"李左右,我们这儿条件有限,吃水都得用水车拉,你要节约用水。"

我"啊"了一声。

孙莉说:"班长说话,你听到没有,要抬起头来表示尊重。"

我又"啊"了一声,可是不敢抬起头来。她们两个又笑了。

我马上感到这个孙莉不好对付。

2

事实上也确实是这样,我来后不几天便知道,这两个女兵看不上我。

孙莉说:"一个南方人,却长着北方的相貌,鼻子却又没有北方人的挺拔,一点儿也不秀气。"

孙莉是当着我的面说的。我感觉到自己好像受了伤害,想说当兵又不是选美,但刚来,我还不熟悉情况,不敢多说。再说,我想过了,无论她们看没看上我,我又不是为了她们而来的,也没有对她们抱有什么想法,由她们说去吧。

我甚至还想,总有一天,要叫她们重新认识我。

孙莉一直想挑我的不是,有一天她说:"李左右,你想听真话还是假话?"

我说:"班长,我想听真话。"

当吴班长不在的时候,我一直称她为班长,她挺高兴。不过她还是毫不留情地说:"你看你,穿着肥大的军裤走来时,站远些看,简直像个小皮球。"

我还以为她要表扬我呢,没想到又在挖苦我。我听了挺恼火的,但不敢应声。我最害怕与女孩子吵架斗嘴了,因为我不会说话嘛。

其实我心里是这样想的,孙莉长得也并不漂亮嘛。她圆圆的脸,胖嘟嘟的身材,单眼皮,比班长吴虹差多了。要不是她笑起来脸上还有两个小酒窝,我想她是要怎么不可爱就怎么不可爱。

我过去没当兵时,一直觉得女兵们特别漂亮,但是来到部队后,我发现漂亮的女兵并不是太多。

为了以后和她们好好相处,我决定不得罪她们。

于是,我尽量装作老实,装作什么也不懂、什么也不知道的样子。

每次,当我的目光从班长吴虹或副班长孙莉脸上掠过的时候,我告诉自己目光在那几个地方停留的时间绝对不能超过五秒。所以,即使我一直在用心看她们,她们也并不知道。

孙莉的话多,说完后希望我表态,我一表态她又认为我是牛头不对马嘴,我便选择沉默。

每当这时候,孙莉便要叹息着说:"人家都说南方人机灵,我们卫生队,来了个马大哈呀。"

我装作没听见似的,不搭腔,她便觉得没有意思,于是忙自己的工作去了。

吴虹说:"她这个人,是刀子嘴,你让着她些,男子汉嘛,大肚量一点。"

我看了看班长,觉得她与孙莉相比,挺顺眼的。但我的目光只能停在她的鼻子至嘴角,其他的地方,我是不敢看的,看了让人紧张。我没有想到当兵之后,我会有如此强烈的性别意识。

初来时,我什么都不懂,每天等着班长吴虹给我派任务,但她给我的任务是:跟着我就行了。

于是,我每天跟在她屁股后,在卫生队里晃来晃去,刘队长看了说:"哟,这个人,倒像你弟弟。"

吴虹笑了。她的笑总是一带而过,看不出实质的内容,不晓得她在想些什么。不过,队长这样一说,我便觉得她看我的目光有些温柔,心中不禁暗喜。

孙莉看出了我和班长走得比较近,便问我:"李左右,你为啥老躲着我呀?"

093

我说:"我躲着你了吗?"

她说:"就是。"

我说:"那麻烦你对班长说一声,让我跟着你吧。"

我一边说一边用手去擦眼睛,显出非常窝囊的样子。她看了说:"得,拜托你别跟着我了,你看你的衣服,才来几天就脏兮兮的。"

我说:"就一套衣服嘛,洗了没得换的。"

她说:"别找理由好不好?你要是想穿我的,拿去好了。"

我说:"你是女的,我怎么能穿你的衣服?"

她可能发现自己说错了话,哼了一声说:"拜托……快干你的活去吧。"

我飞快地逃走了。

到卫生队来还不到一月,我便感觉到了她对我不太友好。我的老乡老宋说:"别介,每个女兵走到哪里,都希望男兵们看她,目光越多,她们越高兴,但她们脸上故意装出冷若冰霜的样子。"

一个月中,老宋跑过来找了我四次。第一次来时,我对班长吴虹说:"这是我的老乡老宋,给团长当公务员。"

老宋的腰挺了挺。

我以为这样说,她们会对老宋另眼相看,让我这个老乡也沾沾光。

孙莉说:"哎哟,团长的公务员,看上去还挺像个干部嘛。"

老宋开头没明白孙莉在讽刺他。他装作谦虚的样子说:"哪里,哪里,多多关照。"

孙莉吐着口香糖斜视着他。

老宋又说:"用得着我的地方,尽管说。"

这是老宋在电话中常对每个老乡说的口头禅,让每个老乡都挺感动。没想孙莉毫不客气地说:"啊,还用不着,什么时候我提干时你给团长吹吹风，投我一票就行了。"

说完，她一扭屁股走人。

这话明显在讽刺老宋嘛，老宋还显得挺得意。

班长吴虹在老宋走后也对我说："部队要搞五湖四海，别搞狭隘的老乡关系。"

我想，老宋要来我也没办法呀。

老宋后来也看出她们对他并不欢迎，但他对我说："李左右，女兵嘛，我了解，向来喜欢装出清高得不得了的样子，她也不看看她长的什么样！"

话虽这样说，老宋还是多次找借口跑到卫生队来看我。其实我知道，他是醉翁之意不在酒，并不是来看我的。在同年兵中，我太普通太普通了，放在哪里我都像戈壁滩上的一块小石头，怎么看怎么不起眼。老宋这样自负的人，怎么会看得上我呢？

他来时，往往人站在我的房子里，却把过道的门开着。听到有脚步声，就要把脑袋转过去看，但班长与孙莉都装作没看见似的，不理他。

老宋每次把目光从女兵的脸上收回来，便叹息着拍拍我的肩说："你真是上辈子做了好事修来的吧……"

我嘿嘿地笑。

老宋便迈着八字步，带着遗憾慢吞吞地走了。

我站在那儿想，也不知道当初那个黑脸的参谋从哪个地方看到了我的老实，可能是看到我长着一张北方人的脸吧。

后来我才知道，卫生队前任班长，服役时曾偷偷地与一个女兵谈恋爱，让团里知道了。团里没有声张，但迅速安排他们复了员。

卫生队刘队长总结说："卫生队这个地方，没有女的不行，女的多了也不行；没有男的不行，男的多了也不行。"

男女在一起，总会有些故事，这是人所共知的事实。为了从主观和客观条件上消灭这些"故事"，团里觉得卫生队是个需要"重点防卫"的地方，所以选人时，很是用了点功夫。卫生队刘队长说了，来卫生队的男兵要具备这样几个条件：一是年龄要小，二是长相不要太帅，三是人要老实，四是要从农村来的兵。

黑脸参谋综合考察了整个新兵连，才挑中了我。

当然，这些都是我后来从孙莉的嘴里才知道的。

3

卫生队在团部大院边上。这个角落看起来显得有些萧条，一大堆渐渐变绿的树，包围了这儿后根本看不出这里还有这样的一个院落。卫生队的后面是一条铺满了石子的土路，每当维吾尔族的群众唱着歌从后面经过时，他们的马车便会扬起一路的灰尘。

这里原来开有一个通向后面的小门，是用来应急的。因为从团部门口出去，还要绕上老远的一段路。但是，由于许多战士知道了这个秘密后，当请假没批准时就偷偷地从这里出去。纠察们在挨了参谋长的许多批评后，发现了这个小后门，就到团里告了一状，团里让营房科把后面装上了一扇小铁门，门虽小，却上了一把特别大的锁。从此再也没有人从这里偷溜了。

这事一问老兵们都知道，新兵们连卫生队在哪里都不知道，更不会知道这里还有一个后门。

说真的，卫生队平日比较清冷，来人很少。即使来了几个病人，也是一些军官或志愿兵的来队家属。她们很易于满足，能够随军到这里，有个公费医疗，便感动得不行。随便开点什么药，她们的脸上便有喜悦。

要知道在农村,或者失业人口太多的城镇,多少人有了病不去治啊。

孙莉叹息着说:"她们太容易满足了。"

班长说:"她们好不容易摆脱了农村,来到这里,很容易便能感受到部队大家庭的温暖。"

两个女兵对那些家属非常客气,这是我没有想到的。因为在我眼里,总觉得她们瞧不起人。

家属们经常到卫生队来,有个小病也不忽视。好像是一下子从外地来,掉进了保险库里,要美美地体味着做人的滋味。当兵的则完全相反,他们来得挺少。这些小伙子一般身体挺棒,来部队训练一阵后,一个个像牛一样结实,得病的挺少。即使那些真正有病的,也不外乎是个伤风感冒、咳嗽发烧、头痛脑热,不用队长,我们待了一阵便能应付得了。加之卫生队并没有什么好药,战士们也不喜欢来看病。我亲眼见到那些战友们,几次把医生开的药条撕了说,又是这些狗皮膏药,还不如不要呢。

我一般不敢接话,他们都是老兵,我不敢批评他们,而吴虹与孙莉就不一样了。只要听到老兵这样说,她们就会反驳:"什么什么?你是哪个连的?没病跑到卫生队来干啥?我们的药品是正常渠道进来的,你这样说要负责任!好呀,你这样对待我们的工作,那你把名字留下,我与你们连长指导员通过电话,让他们给你开开小会,做做思想工作,看你们还能不能入党,转志愿兵……"

她们一脸认真,还表现出很生气的样子。她们一说,那些老兵也有些害怕了。一般假装争辩几句,然后说"好男不和女斗",便头也不回地跑了。个别胆子大的,没话找话,想和她们搭几句,但班长脸一黑道:"走不走?再不走我便给军务科打电话叫纠察来了。"话说到这个份上,老兵们便会败下阵来,落荒而逃。

他们一跑，两个女兵便开怀大笑起来。

孙莉说："李左右，我告诉你吧，在部队，是新兵怕老兵，老兵怕女兵，你就乖乖地接受我们两人的统治吧。"她好像挺有经验地笑着。

我问："那女兵怕什么呢？"

孙莉摸了一下头说："女兵？女兵……女兵什么都不怕！"

吴虹说："你别瞎说，赶快去看看昨天的那个病号吃饭没有。他们连队忙，到现在也没有抽出人来陪床。"

孙莉极不情愿地去了。

后来，孙莉告诉我说："李左右，你知道吗，我并不是不想干活，我就是不习惯听班长的指挥，好像多大个领导似的。"

我不敢表态，便不吱声。

孙莉说："李左右，你这个人还挺滑头的。"

我只是笑，她有些气恼地扭着屁股噘着嘴，一步一摇地走了。

我来了一个多月后，便渐渐地感到卫生队好像没什么意思。一天也听不到训练的声音，一天也见不到队列，几个月摸不到枪，一点儿兵味儿也没有。两个女兵穿着军装倒有些兵味儿，但与她们站在一起，我的心里老是想些别的，还是看不出兵味儿，心里有些失落。

不过，让我感到高兴的是这里有充裕的时间，我可以看书，我以后还准备考军校呢。

我把这个想法对老宋讲了。老宋以老机关的样子告诉我说："李左右，你可不能太明显，先得好好表现，太明显了你们班长可能不会高兴。"

我说："不会吧，部队不是鼓励大家考军校吗？"

老宋说："你看吧，如果你想考军校的念头太明显，她们一定会认为你会因为考试耽误或影响了正常工作，会对你有看法。"

我说："那是那是。"

老宋说："凡事要长个心眼，我说你傻，你还不服。"

我说："感谢感谢，到底是在首长身边工作，见识不同。"

老宋说："要不是老乡，我可不会说这话。"

老宋便在我的房子里抽烟，一边抽烟一边用眼睛瞅门外，有几次我把门关上了，他又装作没事似的打开。

我明白了他的意思，便不关了。

老宋吸烟挺厉害，一会儿我的屋子里便烟雾缭绕。

看到有烟雾从我的门里飘出来，班长吴虹从外路过，敲着我的门说："李左右，是不是你的被子着火了？"

我连忙跑出来说："报告班长，不是。"

她冷冷地打量了一下老宋，老宋像个弹簧一样从床上弹了起来，伸出手说："大班长，你好。"

吴虹没有握他的手，她冷冷地对老宋说："请不要在这里抽烟，卫生队里有些易燃物，出了事谁负责？"

老宋把烟掐了说："坚决服从班长命令！保证下不为例！"

这时孙莉也过来了，她说："没事来这里瞎转啥？"

老宋挺尴尬。

两个女兵看了我一眼，说："李左右，拿上铁锹，和我们一起去给菜园子浇水，今天团里放水来了。"

我站了起来，看看老宋。老宋说："去吧，班长的命令要坚决执行！我也走了。"

我便拿起铁锹，跟着两个女兵出了门，老宋却若无其事地唱着歌："达坂城的姑娘，辫子长啊……"

吴虹说："李左右，你的老乡看上去像个老兵似的油滑，你可别跟着他学坏了。"

我说:"他给团首长当公务员呢,团首长身边的兵要是坏,还能当公务员?"

孙莉说:"李左右,你的意思是我们没当公务员,就不是好兵了?"

我连忙申辩说:"不是不是,你当然是好兵,不是好兵还放在治病救人的岗位上?"

吴虹笑了,还是那种浅浅的。

孙莉说:"那你是什么意思?"

我也说不清我是什么意思,于是扛着锹,跟在她们身后,啥都不说了。一路上,我看到不少路过的兵,向她们行注目礼,我便又挺起了胸膛。个别大胆的兵,还冲着她们吹起了口哨。

吴虹冷冷的,不说话。倒是孙莉,转过头去做鬼脸。等人家笑时,她又怒目圆睁,让兵们的笑容一下子静止在脸上。

我心中暗暗发笑,很想甩开喉咙,高声地唱一支歌。

戈壁滩上六月的风,吹得人心里直舒服。高高的胡杨树上,开始渐渐有了绿意,长出了一些调皮的芽子,放眼望去,一排又一排整整齐齐的树,像我们新兵时阅兵似的,站在那里任凭风儿调戏,一动也不动。这时,团部不知从哪里引来的水,一股脑儿地奔流过来,淹没了那本来有些发白的土地,我仿佛听到了树木在滋滋滋地生长的声音。因此,我跟在两个女兵的屁股后,干起活来特别有劲,也特别卖力。

4

卫生队的编制大致上是这样的。除了队长与两个医生——说是两个医生,其实其中一个是副团长的老婆,并不负责具体的医疗事宜,只负责药品的调入——就是我们三个兵了。

卫生队的任务不是太重,不过遇上出诊时,都是刘队长与张得宝医生两个忙乎。而边防团下面的点多面广,分散得很,有些位置上的兵病了,不可能到团部来,因此卫生队刘队长说:"抱着为广大基层官兵服务的目的,我们要时常下去巡诊。"

巡诊时医生的人手忙不过来。刘队长负责重点人物的保健,张得宝医生得坐诊,所以这时,班长吴虹便充当了重要角色,有时也得下去巡诊。好在她在家时跟着父亲学过一段时间的中医,有那么一点儿水平,只要不是大病,还能应付得过去。

孙莉就不同了。在我眼里,她与我一样,也是个半瓢水,水平谈不上,倒是晃荡得很。有次出去,她还不小心发错了药,挨了队长的批评,我来后队长就很少让她下去了。她一般不出诊,在家里负责护理那些因训练或工伤而生了病的战士。

在我的眼里,她长得那么胖,还爱咋咋呼呼的,见了来看病的兵,说话时声音高得不行,挺牛气。

没想到刘队长几次表扬说,卫生队没有孙莉不行,因为有些兵为了逃避训练,总是借故装病,想来卫生队休息几天,结果每次都是孙莉把他们赶回训练场上去了。

我说:"她还有这样的一手?"

队长说:"人不可貌相,谁都有优点。"

我说:"那是那是。"

我有些害怕孙莉,所以对班长吴虹有着特别的好感。说真的,班长看上去并不是特别漂亮,大部分时间还显得特别冷淡,但比较起来,我觉得还是她好些。

一想到一个人的好,做事便不自然了。比如帮她打个下手呀,发个药品呀，学习打针呀，只要两个人在一起时，我便心跳加快。今天我还心律不齐，可能就是那个时候开始产生的。

我在卫生队里负责一切勤务，比如搬东西呀，整理药品架呀，操作那只基本上不能用的 X 光机呀，到别的连里拦水来浇菜地呀，打扫卫生呀……凡是重一点儿的活，我基本上都包了。更多的时候，我是穿着白大褂，坐在窗口发药。因为副团长的老婆总是上班晃一晃，便找不到人影。

吴虹说，副团长的身体不太好，早点回去是应该的。反正她又不是干部，我们不能按干部的标准来要求人家。

我点头称是，老宋也对我说过，团部的哪个家属不厉害？只要她们不找我们的麻烦便行了，千万不要得罪她们。

老宋这样一说，我哪还敢说人家迟到早退？在家属院，我们见了那些女人，不管是年轻的还是年老的，都清一色地恭敬地叫嫂子。

副团长的老婆身体不好，做过大手术，是全团都知道的事。她不在，我便离不开这个岗位。

有一天，一帮老乡从这里经过，来看看我，顺便想弄点好药。我说："真的没有好药，有了，我会想着你们的。"

老乡陈亮说："弄些好点的伤湿膏，这鬼地方的天气，我的关节老是痛。"

我说："等有了，我再留一些。不过，你们还得到医生那里开条。"

另一位老乡说："我们还开条？你在这里我们还得开条吗？"

我脸一红说："这是规矩，我也没办法呀。副团长的老婆别看有时不来，可负责得很，什么药品有多少，她一清二楚。"

老乡磨蹭了半天，最后挺不高兴地走了。

因为这个，孙莉对我的印象好了一些。她说："李左右，没想你还是个有原则的人。"

我说："向你学习。"

她说："我？向我学习，你就会学到粪池去了。"

我说："为啥呀？"

她说："我开头对老乡是挺大方的，结果有次抢救一位危重病人时，急需那种药，而我把那种药发光了，好在副团长家属还藏有一支，不然的话，闯的祸就大了。"

我笑了说："还有这事。"

她说："丑事传千里，班长没对你说过？"

我说："没有。"

她"啊"了一声，好像不相信，不过她又表扬我说："李左右，你这个人，长得丑点，还算勤快。去年走的那个老兵，别看人长得蛮帅，可就是懒，有了活儿，总是喜欢指挥我们两个干。"

孙莉有什么想法都写在脸上。她一表扬，我便觉得不好意思了。

这时刘队长过来了。他看见我们俩在一起说话，就问："在说我的坏话吧？"

我脸红了说："没有，没有啊。"

刘队长说："是吗？这个小丫头，总喜欢在背后说我头发少啊。"

孙莉笑着说："队长，我那是表扬你呢。你想你在高原上待了十五年，多不容易，头发少说明贡献大！"

刘队长笑了说："你这个人呀，嘴巴可不得了啊。"

孙莉说："那看是谁的部下，强将手下能有弱兵？"

刘队长开怀大笑说："我的嘴要是有你这样，早就升官了。"

孙莉说："你要是靠嘴升了官，没准儿我们连话也不敢和你说啊。"

刘队长一怔，马上反应过来，笑呵呵地进了自己的办公室。

孙莉说:"队长人挺好的,就是升不上去。正团都好些年了,比团长政委的资格都老。"

我说:"是吗?那团长为什么训他时,好像挺厉害呀!"

孙莉说:"官大一级压死人,这道理你还不懂!"

不过,她好像觉得这话说得太过,又补充说:"团长对队长其实挺尊重的,就是性子急,有时遇有抢救,没有好药品呀,行动慢了一点呀,团长便急,他爱兵呢。"

我"啊"了一声。事实上,我并不觉得团长厉害,厉害的是参谋长,整天扎着腰带,带着一个夹着文件的参谋,四处转悠,遇上有违纪问题,脸马上变黑。

我们见了参谋长总是要躲的。

有次,他来卫生队检查,看到我的脸盆里还放着未洗的衣服,毫不留情地批评了我一顿。我站在那儿,大气都不敢出。

好在他批评过后,班长就悄悄地把我的衣服拿去洗了,我见了她特别不好意思。

当我的衣服在风中飘起时,我看着吴虹,她也看见了我,我们两人都不好意思。

孙莉却笑着对我说:"李左右,是不是班长喜欢上你了?"

我红了脸说:"你可别瞎说,这事可不是闹着玩的。"

孙莉看着我认真的样子,大笑着说:"啊,还认真了?是不是真有意思?"

我生气了,把门重重一关,没理她。

她从窗口探进头来:"喂,别那么小气,以后不开玩笑了。"

5

  刘队长与参谋长不一样。参谋长让我们害怕,而他一般不训我们,也不喜欢动不动就上教育课。

  他说:"一切有制度,大家遵守制度,按照规章办事,便不会犯错误,别让我整天罩着你们,像看人犯似的。"

  我们都点头如蒜,十分感激。

  大多时候,我在里面发药,吴虹与孙莉负责打针,有些重伤员需要照料时,还得她们两个轮换值班。

  有一天夜里,戈壁滩上的风突然刮得太大。有位重病人不停地呻吟,轮到吴虹照看他的时候,半夜里,她来敲我的门说:"李左右,李左右,你起来一下。"

  我一个跟头爬下床,裤子还未提上就开了门。她连忙把背转过去说:"你过来,快点。"

  我迅速穿上衣服过去了。外面一团漆黑。走在楼道里,我忽然觉得像掉进了一个无人的旷野,除了有风卷着树枝的声音,周围像根本没人生活似的。

  等我到观察室时,吴虹说:"李左右,你能在这里坐一会儿吗?"

  白天忙了一天,我特别想睡,但我看到她的脸上露出了深深的恐惧,就点头答应了。

  她说:"李左右,我有些怕。"

  我说:"不怕,我在这儿呢。"

  她点点头,坐下了。

  我也坐下了,我看了看病号,病号在睡梦中呻吟,根本不知道有人在照料他。

班长说:"李左右,过去我从来不怕的,可今天我觉得挺怕。"

我说:"为什么呀?"

她说:"我刚才接到了一个电话,半夜里一个鬼似的家伙,在电话里阴森森地笑。"

我吃了一惊。

我听说过通信站的女兵常接到一些莫名其妙的电话,说是有些寂寞的老兵,睡不着时,尽想给有女兵的地方打电话聊天,如果女兵不聊,他们就会做鬼叫吓她们。

我没想到卫生队里也有。

我说:"再有这样的电话,我们就报团部值班室。"

班长说:"都是内线,没法监控。"

我不知道怎么办好,于是只好安慰她说:"我来替你值班吧。"

她说:"病人情况严重,随时得观察体温,有些情况你还不会处理,你只要陪我一会儿就好了。"

我说好。这时才看了看她,在那昏暗的灯光下,我一下子觉得班长非常漂亮,心跳又加速。我连忙把目光投到病人的身上。

那一整夜,我听到的,都是自己的心跳。

班长基本上不与我说话,只看书,看什么书,我不敢问。反正我瞥见书上画着各种奇怪的图形。

到凌晨时,班长靠在病人身边睡着了。我看了看她那露出笑意的脸,听着她平稳的呼吸,看着她那白色的鼻翼一动一动时,觉得这个夜晚,真是世界上最美好的夜晚。

我把自己的衣服脱下来,披在她的肩上,坐在那里,看着她安心地入睡。

我觉得那个夜晚是我一生中最美好的夜晚，美好得我自己都毫无睡意，希望还会有这样的夜晚。

但让我失望的是，这样的夜晚再没有发生过。

6

有一天夜里，我在替孙莉换班的间隙，电话响了。我还没说出"喂"字时，电话里却传出一个非常阴森的声音："女兵同志，我在这里觉得太寂寞了，聊聊天吧。"

我说："聊你个头，再打电话……"话没说完，那边突然挂了。

放下电话，我忽然觉得那个声音挺熟悉。这件事，我没有告诉班长。

原来我以为，到了部队，肯定是像电视上一样，天天热热闹闹。新兵连也的确是每天热热闹闹的，时间安排得让人喘不过气来，不过到了团部，除了早晨出操的时间有点像部队，到了正课时间，整个团部大院却静悄悄的，像没有人一样。

团里规定，没事时不准在团部大院里瞎转悠。为此，司令部还派出了一些纠察，四处巡逻，让我们谁也不敢瞎晃荡，时间一长，我觉得自己的心像戈壁滩一样空旷。

夏天到来时，我也没有想到，到了夜里，风还会突然刮得那么大。每天夜里，当戈壁滩上的风呼呼地刮起来时，我觉得心底的风也呼呼地刮起来。恼人的风，总是那样没完没了，而平淡的日子也让我感觉到了无边的孤独。

有时候，我一个人坐在卫生队的院子里，听着风声由远及近地刮着，便感到无边的心事像潮水一样涌来。我坐在那里，遥望着浩渺的星空，胡思乱想着一些杂七杂八的事，茫然地看着月亮躲进云层，觉得空空荡荡的,我甚至还听到了自己的脉搏与心跳。

不知为什么,我特别想江南,想念故乡,想念妈妈,想念火热的连队。

7

有一天,张得宝医生对我说:"你和吴班长一起,到十二连去巡诊一下,好久没到他们那里了,听说有个战士得了感冒。"

十二连在离团部十多公里的地方,由于没有车,我们只好步行去。

出发的时候,天气很好,艳阳高照。我看到那些放绿的树木,整排整排地在阳光下站立,我仿佛听到了它们在滋滋滋地不停上扬,我还感觉到了自己的骨骼也似乎在呼啦啦地生长。

我们在戈壁滩上深一脚浅一脚地走。

我背着药箱,跟在班长的后面。我发现,班长穿上军装时,身材很好,那一身得体的军装,把她包裹得非常迷人。

我不知自己为什么会想这个,于是在内心把自己批斗了一通。

班长的话挺少。

我的嗓子却痒痒的,特别想说话。在南方时,我特别喜欢唱歌,一个人常在故乡的大别山里无边无际地唱。

一望无涯的戈壁滩也给了我这种欲望,但是由于班长在身边,我忽然不敢唱了。

我对班长说:"班长,你在家排行老几呀?"

班长说:"你问这个干啥?查户口吗?"

我说:"没事,唠唠嗑。"

班长说:"新兵就是话多,告诉你吧,我家就我一个孩子。"

我说："那挺好，非常好。"

班长说："什么意思？"

我说："这意味着以后你家的财产都是你继承了。"

班长回过头，满脸不高兴地问："李左右，你什么意思？"

班长的声音挺大，吓了我一跳，我说："没……没什么……意思呀！"

她说："以后不要说这些不吉利的话。"

我这才明白过来，人家的父母活得好好的呢，我却说什么家产继承，没话找话就是容易犯错误。

于是我不说话了。

过了几个山头，我正觉得脚痛时，云层忽然黑了起来，密密麻麻的云层，像赶集似的，往一块堆积。

班长抬头看了看天说："李左右，注意了，可能有风沙。遇上沙尘暴时，你要学我的样子，往避风的地方躲。"

我不以为然地"啊"了一声。

说真的，在那之前，我没有见过风沙，所以也不在意，心不在焉地跟在她的后面走着。天空越来越暗，越来越灰，当我们走到一个开阔地时，发现整个戈壁滩好像连在了一起一样，明明是上午，可戈壁滩上却像黄昏似的。

这时，一阵风掠过了我们的头顶，我觉得一阵寒冷。

吴虹停了下来。

她看了看风向，说："李左右，看来我们真的遇上沙尘暴了。"

我说："不会吧……"

她又看了看天，然后吸了吸鼻子，好像在闻空气的气味似的，肯定地说："快，快找个沙包，跟到背面的避风处……"

她的话音刚落，一股特别大的风扫了过来，差点把我吹倒了。

"李左右，快跟着我跑！"她的声音挺大，我站在她身后一米的地方，却没听见。

她转过身，一把拉住了我，没命地向一个沙土堆后面跑去。

一股大风，把我们吹得东倒西歪，我忽然害怕起来了。

这时整个天空像一口锅一样倒扣下来，四处一团昏暗。我刚张开口，一股沙迅速地蹿了进来，等我闭上嘴时，满嘴全是沙子。

我的心紧张起来。

我什么也看不见，除了沙子打在我身上的声音，我什么也听不见。

班长拽着我的手，拼命地在风中穿插。我没想到，看上去纤弱的她，手劲竟那么大。

这时，大风挟着风沙，吹得我都站不稳了。我想拉紧药箱，腰刚直了起来，好像有什么东西把我推了一把，一股疾风把我扑倒在地。

班长不知从哪里来的一大股劲，她一把拽起我，顺着风跑。我看不清她的脸，只觉得她的手劲好大，把我的手都拽痛了。

疾风如刀一般打在脸上，生痛生痛的。

我的脚被石头绊了一下，又打了一个趔趄。班长又一手把我拉了起来，我忽然觉得眼泪出来了。

就这样跑了几分钟，班长对我说了什么我听不见，也看不清她的脸，但我感觉到，她忽然把我推倒在地，然后我便觉得什么东西重重在压在了我的身上。

再后来，我感觉到一股猛烈的风在空中呼呼作响，感觉到自己的脖子里进了沙，全身一阵阵麻痛。

我有些害怕。

这时，我感到一双手捂住了我的耳朵，才察觉到是班长的整个身子压在了我的身上。在那么大的风沙中，我竟然还闻到了一股香味。

110

我感到身上很热,眼泪突然流了出来。不知为什么,我竟然哭了。

我真希望风沙的时间长些,再长些。但半个小时后,风沙蓦地去了。我的眼睛没有睁开,班长说:"李左右,起来。"

我才知道风沙停了。

我站起身来,眼睛都睁不开了。努力了半天才睁开,发现班长的脸上、身上全是沙土,像化了妆似的。

班长看着我,我看着她,我们两个哈哈大笑起来。

我不好意思地望了望班长的身后,她身后那个本来很平坦的地方,在风沙过后,竟然堆起了一个小沙包。我后怕起来了:天啊,如果不是她把我拽到这个地方,我们可能会被沙堆埋了!

我对班长有说不尽的感激:"班长,是你救了我的命。"

班长淡淡地说:"那以后你可要对救命恩人好些。"

她说完,转过身去拍身上的土。

我想帮她拍背上的土,刚拍了一下,她吓了一跳:"你干啥?"

我脸红了,那一巴掌拍下去,像拍在海绵上的似的。而刚才那么长的时间,她压在我的身上,我除了感到热量和闻到一股特别的香味外,根本没有这种感觉。

或许,她是怕我被石头砸着,被风沙埋没?我不敢问她,只是跟在她身后接着往前走。

大风过后,戈壁滩上迅速升起了阳光,好像太阳就在头顶,晒得人生痛。远远近近、高高低低,四处看不到一棵树,我觉得口渴难熬。

我问她:"班长,以往你出去时遇到过风沙吗?"

她说:"有那么几次吧。"

她的声音恢复了平静。

由于大风过后空气干燥,我看到她嘴角上干白干白的,好像风干了一样，嘴唇也开始发裂。

我说："班长，你也不抹点口红，口红可以保护嘴唇啊。"

她回过头，站住，狠狠地盯着我说："抹什么口红，战士不准抹口红。你想到哪里去了！"

我不知她为什么不高兴，心想不就是提点建议吗，至于这么凶？但我不敢说。

她又转过身走。

我跟在她身后，感觉到心中特别燥热，便把药箱顶在头上。药箱太重，一会儿头就受不了，军帽里全是汗。于是我把外面的夏常服脱下来，盖在头顶。

她回头来看见了说："李左右，你看你，简直像一个乡下的农民。"

我也不高兴了，我最不喜欢她说我像个农民。农民怎么了，你家就没有农民吗？你即使不是农民，不也和我们一样在这戈壁滩上当兵？不也背着个药箱，上那些山沟的连队里去巡诊？不也大口大口地喝西北风，让风沙吹得灰头灰脸……

我很想与她理论一番，但还是忍住了。一则她是班长，二则她刚才救了我啊。

于是，我们又一路艰难地往前走。茫茫的戈壁滩上，我们就像两块从未让人注意到的戈壁石，远远的犹如两个小黑点。我们费了老大劲，走到筋疲力尽的时候，才进入到一个有着胡杨林的沟里，听到有不少人的欢呼声时，班长才面无表情地轻声说："李左右，到了。"

许多年后，在我上军校时，班长打电话问我在沙尘暴来临时，将我扑倒在地的那一刻想到了什么。

我说："我闻到了香味，很香很香的。"

那是她身上的香味。

班长又问我那天为什么要哭。

我说:"那是我第一次离一个女孩子那么近,我不知怎么的就控制不了自己。"

我又说:"当时我有些害怕。"

我还想说,我希望那样的事件再发生一次,让我再能闻到她压在我身上时的那种香味,再或者,我们两个被永远压在那堆沙下,成为烈士,当然,如果团里的人挖出了我们,最好把我们葬在一起……但是我没有说。

我只是问班长那天为什么对我紧紧地绷着脸。

她说怕我有其他的想法。

我问什么是其他的想法,班长没说。

啊,那莽莽苍苍的戈壁滩,请记住那个有着沙尘暴的日子吧,如果傻乎乎的我在十八岁时就懂得了爱情,那么我相信那天上午就是我的初恋时!

8

真没想到,我们到连队巡诊时,会受到那样热烈的欢迎。

虽然我们对医学知识懂得不多,但那些可爱的战友们,却给了我们很高的评价。

而班长吴虹,自然成了他们心中的天使与公主。

她也一反常态,见到连队的战友们时,脸上始终荡漾着灿烂的微笑。那是发自心底最真诚的微笑。

我看到那些战友们,不管是新兵还是老兵,围着她问这问那。她坐在他们中间,好像懂得挺多,她那温柔的声音,令人陶醉。

她替他们听诊，把脉，推拿，发药。

爱屋及乌，他们自然对我也非常好。连队中午加了好几个菜，吃饭前，连长听着外面的歌声说："小伙子们的口号与歌声好久没有这么洪亮这么有气势了！"

指导员笑着说："客人的魅力真是大啊。"

吴虹的脸红了，又笑了。

我们与连长、指导员坐在一桌，饭堂里静悄悄的。连长又说："好久没有这么安静了。"

指导员说："听说你们来巡诊，几个不爱刮胡子的把胡子也刮了，几个不爱换衣服的把衣服也换了。"

他一说，大家就笑。

我发现，所有人的眼光都往我们这一桌上瞧。当我们回过头看他们时，他们把目光迅速收了回去，装作没事似的。

指导员说："吴班长，你干脆在这儿住几天，你一来，我的思想工作也好做，兵也好带了。"

吴虹只是笑，不答话。

吃完饭，我上厕所，听到厕所里一个老兵似乎在批评一个新兵："小秦，你这家伙，上午没病，还缠着人家吴卫生员说有什么病，非要人家看，还让人家听心跳！"

新兵笑嘻嘻地说："班长，我当了半年兵，没有见到一个女的，就想和她接触接触呗！"

老兵说："你这家伙思想有问题！"

新兵又笑着说："班长，她把听筒放在我的胸口时，我的心跳真的加快了呀！心律不齐，真的！"

老兵缓了口气问："有什么感觉？"

新兵啧了一声说:"那感觉,没法形容,当她的手碰到我时,我觉得头上的血都往上涌!"

我一进去,他们便沉默了,也许他们很尴尬,尿没撒完就跑出了厕所。

我在厕所里笑了。

回来的路上,我很想对吴虹说这件事,看到她脸上又恢复了严肃的神情,于是半截子话又吞了下去。

走了好长的路,我还是忍不住找话说:"班长,没想到在这样的山沟下还有那么多树与花草啊。"

她说:"在戈壁滩,有水的地方就有树,有树的地方就有人。"

我知道她是陕北人,就问:"班长,你的老家也是这样吗?"

她忽然有些忧伤地说:"那个地方……树很少啊。"

我说:"城市里的树也少吗?"

她说:"我老家,靠甘肃这边,那儿……全是黄土,风起风落,也是一头的沙。"

难怪她对风沙知道得这么多,但我很奇怪:"那你的皮肤为啥那么白呢?"

她站住了:"李左右,你又在想什么?"

我低下头说:"班长,我没想什么啊,你的皮肤是真的白啊!"

她不高兴地说:"我的皮肤白,你怎么知道?"

我的脸红了。我没敢说是风掀起她的衣服时我看到的,我看着脚尖,没回答她。

她说:"李左右,你看你,才多大,就胡思乱想。"

说完她一笑,又往前走了,可以看出,她对我说她皮肤白还是挺高兴的。

不过，她没说我胡思乱想前，我还真没胡思乱想，她一说我胡思乱想，我倒真的走神胡思乱想了。我只觉得她的身影在我前头飘来飘去，她的头发在我面前晃来晃去，她的香味在我心头悠来悠去……

走了好远一截，她回头问我："李左右，你见过大海没有啊？"

我说："我们家在大别山下，那里全是山，我没见过大海。"

她说："如果有一天，能去看看大海，该多好啊。"

我不知道她为什么走在戈壁滩上却突然想到要去看大海。我说："大海，肯定很大。"

她笑了说："废话！大海当然很大，就像戈壁滩这么大，只要有了大海，就有了水，一定会长出很美很美的树、很美很美的草来。"

我说："海水是咸的，长树很困难吧？"

她说："海水可以改造成淡水啊。你看这恼人的戈壁滩，既不能养鱼，也不能长草，一大片一大片就这么荒芜着，多可惜呀。"

她又叹息着说："我的老家也像戈壁滩一样，那里缺水，人们要到老远的地方去买水，每当早上我看到人们去拉水时，心里那个难受啊。"

我说："你不是城里人吗？城里不是有自来水吗？"

她说："难道只有城里人才能当上兵？我家在一个镇上，由于缺水，人们背井离乡，方圆几百里没有人家，听说当兵是到新疆，许多城里的女孩不愿意来，只有我来了。"

我明白了，对班长又加了另外一些敬意。

快到团部的时候，她说："李左右，回去后，对孙莉不要提沙尘暴的事。"

我问为啥。

她说："不提的好。"

我点了点头。

果然回来后,刘队长、张医生和孙莉都守在卫生队门口,一见我们进来,刘队长说:"可把我吓坏了,听说今天戈壁滩上有了沙尘暴,我生怕你们光荣了呢。"

　　张医生说:"是我工作没做好,今天一大早送孩子上幼儿园,没有收听天气预报。"

　　孙莉说:"敢情你们没有遇上吧?"

　　我刚想说遇上了,吴虹班长却说:"幸亏我们走得快,没有遇上。"

　　刘队长说:"那就好,那就好,以后出去巡诊要注意啊。"

　　吴虹笑着说:"怕什么,牺牲了也算得上是个烈士嘛。"

　　张医生也笑着说:"还是不牺牲的好,你们要是牺牲,我和队长可能都得脱军装。"

　　孙莉说:"脱就脱呗,这个地方有什么稀罕的。"

　　刘队长拍了拍她的头说:"看来,我又要做你的思想工作了。"

　　孙莉缩了缩脖子说:"拜托,别这样,我是随便说说,随便说说,不要计较。"

　　第二天,我问班长:"你为什么不对他们说实话啊,明明遇上了沙尘暴呀!"

　　她脸一红说:"我怕他们担心……"

　　后来我才知道,怕他们担心只是一个借口,她其实是怕他们问起细节。

　　总之从那天连队巡诊回来后,我觉得与班长之间,好像有了某种默契,彼此都心照不宣。

9

　　过了几天,孙莉问我说:"李左右,怎么样?和班长一起出去散步挺好的吧？"

我说："我没有和她一起散步啊。"

她笑着说："你们两个一起在戈壁滩上走来走去的，几十里路，不叫散步叫什么？"

我说："这个呀，那种散步的滋味还真不好受……"

其实我心里说，这样的散步真好。

孙莉说："班长就是冷了点，也不知她在想什么。李左右，世界上的人不是都像我这样坦率吧。"

我不知道她说的是什么意思，没有应声。孙莉又说："李左右，既然与她散步的滋味不好受，我们俩吃完饭到戈壁滩上去散个步吧，我有后门的钥匙。"

我说："是吗，你怎么有？"

她说："在封门的那天，我配了一把没上交啊。"

我说："算了吧，我可不敢违反纪律。"

孙莉却不罢休，有一天吃完晚饭后，她拉着我说："李左右，我最近几天挺烦的，出去走走吧。"

我说："你和班长一起去吧，我不去了。"

她说："不行，非得你陪我，不然和你没完。"

我没办法，只好和她一起出了卫生队。我说："我们不要出团部，就在大院的操场边走走。"

她说那好。

我们便一起出去了。路过值班室的门口时，我看到了班长，她没说话，却意味深长地看了我一眼，就把头低下去了。

我和孙莉来到大路上，大路边上，团里移土种植的各种花花草草，此时全长了起来。有些军官和家属们在散步，我觉得与孙莉两人出去影响不好，就尽量往人少的地方走。

孙莉好像看出了我的心事，说："光明正大的，你怕什么呀？"

我脸一红说："不怕什么，就是不习惯。"

孙莉说："李左右，你人小小的，鬼肠子还挺多啊。"

我说："那么多的人，你看……"

孙莉停住了步说："算了，算了，和你散步真没意思，让人一点兴致也没有……"

我觉得对不起她，便硬起头皮说："走吧，我不怕。你都不怕，我还怕什么？"

她说："这才够意思，够哥们！"

才走了几步，就碰到了一帮老兵。一位老兵故意大声对着我说："啊，这不是掉到了花丛里的那个傻兵吗？听说整天让两个女兵收拾得没脾气。"另外几个跟着起哄。

孙莉一下子生气了。我还没说话，她不知哪里来的勇气与力气，一把抓住了那个老兵的衣领说："你什么意思？你哪个连的？想耍流氓不是？"

老兵没想到她会来这一套，开头嘴还挺硬，可孙莉喊："耍流氓呀……"

她一喊，老兵的脸都吓白了。由于是女兵，其他的几个老兵也不好帮忙，站在边上连话也不敢说。

那个老兵的脸迅速红起来，结结巴巴道："我没有，没有……没有这个意思……"

"那你是什么意思？走，我们到参谋长那里理论去，你敢在大马路上耍流氓，这还了得！"

那个老兵吓得连话都说不出来了。好男不和女斗，到了参谋长那里，他就是跳到黄河也洗不清了。好在当时路上没有纠察，不然的话，够他受的。

其他的老兵只好劝孙莉说："好妹妹，他不是那个意思啊，你是白衣天使嘛，我们是知道的，我们还到你那儿领过药啊，这一次是我们不对，算了吧！"

孙莉放开那个老兵说："你必须向我道歉才算完！"

老兵嘴硬着，孙莉的脸一黑："不是吧，那好，走！到团部值班室去！你不去我也查得出你，我见过你，我知道你叫什么！"

老兵害怕了，到了参谋长那里，他准没好果子吃。于是他只好说："我叫你班长还不行吗？班长我错了还不行吗？"

"下次还敢不敢这样了？"

"不敢了。你给我这个胆我也不敢了。"

"这还差不多。"

那帮人灰溜溜地走了，等他们走后，孙莉哈哈大笑了起来："李左右，我表演得怎么样？"

我也大笑了起来："很好，很好，就是厉害……"

从那以后，我有些害怕孙莉。

10

到卫生队的新鲜劲一过去，我便觉得日子开始单调。事实上，我是一个并不安分的人，觉得这样过着没有枪摸的日子太平常了。

于是，没事时我便拿出书来复习着，准备考军校。

开始时我并没有让人知道，可是有一天，由于做一道习题走了神，我把药发错了。

那个战士本来是拉肚子,我却错给他发了一打感冒药。结果几天没好,他找上卫生队来,说那个小药袋里的药装错了,让他越拉越厉害。

当时队里刘队长与张医生都不在,班长吴虹接待的。我听到她说:"我知道了,我们一定会上报队里,狠狠地批评他。"

那个战士不依不饶。吴虹班长说:"你放心,我们肯定不会就此算了,在此,我代表卫生队先向你道歉。"

那个战友看到一个女兵这样温柔地道歉,便不好意思再纠缠下去了。他说:"我听说卫生队的女兵挺厉害的,不讲理,你还是挺讲道理的嘛。"

吴虹笑着说:"那是他们瞎说,你看我们不是狼不是虎的,都是革命战友,都是革命兄弟,同吃一锅饭,同举一杆旗,你可别听信谣言。"

于是那个兵挺高兴地拿了止泻药走了。

我听后有些害怕,那时全团都在整风,这事说大也大,说小也小,如果捅出去,我可能连军校也考不了了。

接连几天,我都忐忑不安。

可几天过去,风平浪静,啥事没有。我看了看班长吴虹的眼睛,她还是像往日那样,一点儿也看不出什么异样。我想问她,又不敢开口。

于是,我打电话给老乡老宋,老宋吓我说:"这事可大了,要不你请你们班长出去撮一顿,我作陪,有话好好说。"

我心中更是紧张。

有一天,我壮起胆子对班长说:"班长,请你吃饭吧。"

她说:"为啥呀?"

我说:"你看我来的时间也不短了,在你的教导下,学了不少东西,你还救过我的命,也该请一顿了。"

她说:"别给我来这一套啊,是你那个老乡教你的吧。"

我脸红着说不是。

她冷冷地一笑说："不是，不是才怪。"

我于是又打电话给老宋。老宋说："不怕，有事我顶着。"

我说："你怎么能顶啊？"

老宋不高兴地说："我好歹也是团长身边的工作人员，你也太小看我了吧。"

老宋说完，挺不高兴地挂了电话。握着话筒，我突然想起了那夜接到骚扰电话的声音，觉得挺像老宋。

这样一想，我不寒而栗。

于是，我认命了，决定不求助老宋。听老乡说，老宋到部队就变了，仗着在首长身边，说话口气大得不行，好像没有什么事是他摆不平的。老乡有事找他，还得请他吃饭才行。事实上，老乡们还说，老宋什么事也没办，什么事也没办成。

于是我安心地等着队长找我谈话。队长却没事似的，好像没有要与我谈话的意思。他越没事，我越觉得有事。

有天吃完饭后，吴虹说："李左右，今天我要与你谈心。"

我的心沉了下去。

晚上，我在房间里等着。孙莉过来说："李左右，我们出去转一圈吧。"

我说："我要看书，不去了。"

孙莉没说啥就走了。

一直等到十点多，吴虹才过来说："李左右，我们走走。"

我说："你不值班吗？"

她说："今天张医生值班，我对他说过了。"

我"啊"了一声，便往外走。吴虹说："我们走后门。"

我说："你也有钥匙呀？"

她说:"我拿的是应急钥匙,队里特批留下的,有了急事从这里可直通大路。"

我想说孙莉也有一把,不过话到嘴边还是没说。

她在黑暗中摸索着打开了卫生队的后门,后门通向广阔的戈壁滩。门一开,一股清新的空气马上亲热了我的脸。

夜里的戈壁滩,与白天完全不一样。九月夜里的戈壁滩,显得那样宁静,燠热的石头此刻恢复了温柔,四野犹如温顺的少女,静卧在天地下。星星与月亮的光辉使得那一望无边的土地,显得那样神秘。好像那是万古未开的荒地,有着世纪初的朦胧,高天厚土,月白风清,使得这块神秘的土地那样高渺与不可捉摸。与充满灵气、乖巧而迥异的江南风光相比,戈壁滩看上去无疑更深沉一些,更粗犷一些。

我和班长在夜色融融的戈壁滩上默默地走着。我心怀忐忑,不知道她要说些什么。

好久,她才开口说:"李左右,你准备考军校吗?"

我说:"嗯。"

她说:"那挺好。"

她默默地向前走,问:"你为什么要考军校?"

我说:"班长,我家在大别山下的那个深山里,不考军校,我回去只有种田,那里太穷了。"

她说:"我知道那个地方,是出将军的地方嘛。你们黄安县出了两百多个将军,真了不起啊。"

我说:"穷地方,可不得革命!"

"考军校是对的,你得好好复习啊。"她幽幽地叹息了一声说,"李左右,我也曾想上军校,可惜这个梦没做下去。"

我说:"你也可以考呀。"

她说:"考了两次了,都没考上。"

我说是吗,心想这事怎么从来没有人告诉我啊。

她说:"李左右,你不会看不起我吧?"

我连忙保证说:"怎么会呢?肯定不会。我挺尊敬你的。"

班长摇了摇头,淡淡地笑了。她突然问:"李左右,你看过大海吗?"

这是班长第二次在我面前提起大海。我不知道她什么意思,于是问:"你对大海很感兴趣吗?"

她说:"我总在想象大海,因为它关系一个人。"

我感到非常奇怪,问:"一个人?什么人呀?"

我忽然觉得自己问她的口气有些酸酸的。

她说:"一个朋友,一个从未见面的朋友。"

从她的话音可以听出,她好像对那个朋友有着挺深的感情。我更好奇了:"什么样的朋友呀?"

她说:"给你讲一个故事吧。你想不想听?"

我说:"当然想听。"

"那个人是我们在通信中认识的。有一天,我在报上看到了一篇文章,是写大海的,很感人,他眼里的大海好像与别人不一样,那绵绵不绝的巨浪,对于常常面对干涸的土地的我来说,是一种巨大的诱惑。读那篇文章,让我感觉到了里面藏着深深的忧郁。不知为什么,我冲动地给他写了一封信。他回信了,他在信中写了他眼里的大海,因为他就住在海边。他说他每天可以看到它,可以听到它。他喜欢大海,是那种发自心底的喜欢。我那时感到特别奇怪,别人喜欢大海都是因为它的神秘与广阔,而他喜欢大海是由于它的声音与心跳。他说,他常常能够听到大海的心脏在跳动,并以此来判别它高兴了,失意了,悲伤了,失恋了;他还说他能通过大海的声音,来感知大海的奋斗,大海的拼搏,大海的抗争，大海的愤怒……

"随着通信次数的增多，我也对大海感兴趣了。他无数次地描述了大海，我也通过他的信认识了大海，更对大海充满了向往。通过大海，我们成了好朋友。那时我刚当兵，他的大海，成了我莫名的寄托，我总是盼着他的来信。你知道，我的故乡缺水，所以自小我对找水吃有着特别难忘的记忆，几百人呀，挑着桶，大人带着孩子，孩子拿着碗，四处找水，有了水就像见了亲人一样……而他把他的大海，把那滔滔不绝的水源，描述得那样迷人。我多么盼望，有一天，那样的水源，突然降落在家乡的土地上，让家乡的人们不再逃离家园，让故乡的乡亲们不再为了找水而带着沉重的叹息背井离乡……

"我们渐渐地成为好朋友，我也在信中描述了我们的戈壁滩，描述了我们青春期的生活。于是我们相约，等有一天，我一定要带他来看看戈壁滩，他也答应要带我去看看大海。我们互相鼓励，互相牵挂，直到有一天，好久没有他的信了……"

班长突然停了下来，她似乎哽咽了一下。

接着，我看到她抹了一下眼睛。天哪，她居然哭了。眼角上挂着晶莹的泪珠，在明亮的月光下，闪闪发亮。

我问："后来怎么样了？"

班长努力地控制住自己说："他走了……"

然后是她一声长长的叹息。

我当时没明白"走了"是什么意思，便问他走到哪里了。

班长说："有一天，他去看海，落在了海里……"

我心头怔了一下。我问："为什么？他是不是想自杀？"

她说："不是自杀，不是的。他是失足落在水里的。"

"失足？怎么回事啊？"

"因为他是一个瞎子……"

这一下我更吃惊了:"瞎子?瞎子还能给你写信呀?到底是怎么回事?"

"后来我才知道,他是一个复转军人。他原来是工程兵,有一次打山洞时出了事故,把眼睛弄瞎了。后来他回了老家,他的老家在大海边,起初他烦恼,他痛苦,他咆哮,他愤怒,觉得活着没什么意思。但是后来,他在海边听海的时间长了,他觉得自己从大海的潮涨潮落中,听懂了命运,读懂了生活。他平和了,开朗了,平静了。虽然他看不见,但他请他的妹妹帮助记录他想说的东西,有个记者偶尔看到了那些东西,把它带回去发了出来,让他体会到了生命的另一种意义。他写给我的信,其实都是他妹妹代笔的,我竟然一直没看出来。直到有一天,我收到她妹妹的信,才得知有一天夜里,他悄悄地摸出家门,来到了大海边。也许那天他只是想亲身感受一下海风的吹拂,可没想到那天半夜里大海突然涨潮了,他被大浪卷走了,连尸体都没有找到……

"他妹妹在信中对我说,感谢我在他哥哥生命最后的岁月里,给了他温暖和关怀。他妹妹还告诉我,在他哥哥失踪前的几个月里,已经查出患了绝症。他一再说,不要再浪费国家的钱了……"

班长忽然哭了出声来。她的双肩在月下抖动,我不知道该怎么安慰她。我也没有想到,她找我谈心,竟然讲了这样一个故事。

我想用手拍拍她的肩来安慰她,不知为啥,我刚伸出手,她却一把抱住了我,哭得更厉害了。

啊,这就是我心中一直坚强的班长啊,原来也这么柔弱!

可能她觉得不好意思,又推开了我。

我们走到一堆沙枣树前坐了下来。围着团部院墙那一汪汪的沙枣树,散发出一种特别的清香。我们没有说话,只是默默地坐着。我,一个刚满十八岁的列兵,与我的班长,一个已近四年军龄的中士,穿着军装,静静地坐在那广阔无边的天地里,感受到了生命的呼吸。

就是从那时开始,我对生命有了另外的一些认识。茫茫的戈壁滩,千年不语,在无语的天空下,我仿佛看到了大海,看到了那乘风破浪的生命之舟,缓缓地向我们驶来……

那一夜的沙枣花香扑鼻,让我沉醉其中。我忽然懂得了我们脚下守着的这块土地,是多么深沉……

11

第二天,孙莉问我:"李左右,你昨晚干什么去了?"

我说:"没干什么。"

她疑惑地看着我说:"李左右,你是不是谈恋爱了?"

我说:"开什么玩笑啊!"

孙莉说:"我昨天晚上看到你了,和班长一起……"

这次我一点也不像往日那样惊慌。

我说:"班长找我谈心呢。"

孙莉说:"不会只是如此吧?"

我突然有些生气地说:"你爱怎么想就怎么想吧,别冤枉了班长那样的好人就行。"

她围着我转了一圈,把我从头看到脚后说:"李左右,你怎么一夜之间,像变了个人似的?"

我说也许吧。

可能她是第一次见我生气,便摇头走了。

从那以后,我专心致志地工作,专心致志地看书。虽然一切平淡,但我觉得心里非常充实。

那期间，我还和班长一起去巡诊，和孙莉一起值夜班，和刘队长与张得宝医生一起学习业务。刘队长有天对张医生说："嘀，这个李左右，来的时间不长，可好像成熟了许多。"

张医生说："部队就是改造与锻炼人的地方。"

刘队长说："别改造得像这样没脾气就行了，年轻人还要有一点个性才行，有个性才有创造力。"

张医生说："在部队讲个性？我觉得那些老兵的沉默便是个性，便是长大。"

他们一起议论如何才算得上是成熟的问题，然后商量着如何把心理教育引入医学领域，解决一些战士的实际问题。

他们说的问题，有些我不太懂，于是我便忙自己的去了。

有天夜里，孙莉值班时，我又接到了一个神秘电话。那个声音刚开口，我便说："宋平顺，你不要再这样搞了。"

我刚说完，电话便断了线。

后来我见到老宋时，他特别不自然，有些尴尬。我装作没事似的，开口不提，他也不提，好像根本没这事一样，不过他在我面前，从此似乎不再摆架子了。

日子的流逝似乎是不知不觉的，时间过得飞快，边上的胡杨树，从绿到黄，再到叶子不停地落下来，我才一惊：转眼我到卫生队就快一年了。

当北方的风越过了天山吹来时，戈壁滩上的树又赤条条地光着身子。我虽然感到特别冷，但是不再像新兵时袖着手走路了。

孙莉说："还看不出，把农民的习气洗干净了啊。"

我说："哪像你呀，市民气怎么也掉不了。"

孙莉有些生气："李左右，当了一年兵就成老兵了不是？是不是想统治我啊？"

我说:"不敢,统治你?没有个三下两下的人恐怕不行!"

她笑了,拍了拍我的脑袋说:"那还差不多。"

有一天,孙莉又来敲我的门。我问:"有事吗?"

她迟疑了半天说:"李左右,有件事想和你说说,不知行不行?"

我说:"你吩咐就行了,今天怎么这么谦虚!"

她进了门,塞了一袋可可豆给我说:"吃吧,吃吧,要注意身体。"

说完她坐我的桌子前,对我说:"李左右,你觉得我对你怎样?"

我说:"挺好的啊。"

她说:"有件事,我想探探你的口气,不知该不该说?"

我说:"你一向做事都挺利索的,今天咋啦?"

她脸红了。我发现,她脸红时也挺好看的。

她用手拿着的铅笔,在桌子上画了半天才说:"李左右,你看年底就快评功了,我想你能不能投我一票啊?"

我没想到她会为这个。

我说:"我不知道这事呢。"

她说:"我听队长说了。李左右,你想想,我这两年来工作也不错,今年如果立个功,明年复员回去也就好安排工作。等到明年如果立不上,回去连工作都不好找。"

我没有表态。

她又说:"李左右,你是不是觉得我这样做,觉悟太低了?"

我摇摇头。

她不好意思了。她说:"李左右,我父亲说了,如果我在部队上立个功,以后我回去可以进公安局,这是我们那里的政策。"

我表态说:"反正我肯定不会争的。"

她说:"我知道你不要,可是……"

她停了下来,看了我一眼,可能看到我脸上没有任何表情,就说:"要是班长呢……"

我明白了。

我想了一下,不知该怎样答复她。

她在我房子里又坐了一会儿,等着我的答复。

我想,怪不得这些天来,她总是抢着值夜班呢。

我实在不知道怎么回答她。按说,她和班长两人的工作都不错,但从心里来说,我更愿意把票投给班长……

孙莉说:"李左右,我没有勉强你的意思……"

我说:"要不,等我想想再说。即使我投了你的票,如果支部不同意的话,也是白搭。"

她说:"那倒是。"

她站起来,说:"李左右,你还可以考军校,我们是考不上的。你以后肯定会有个好前途,我们就惨啦。别看我们女兵当得风光,回去也不好办啊。"

我说:"那是那是,活着都不容易。"

她又说:"李左右,你复习的时间紧,队里有什么事,如果你忙不过来,就叫我一声,我肯定会帮忙的。"

我说:"谢谢。"

她要走了。走到门口,她好像又不放心似的:"李左右,这事不要对人讲啊。"

我说:"当然。"

她便跑开了。

这时班长进来了,她说:"有衣服要洗吗?"

我说:"没有。"事实上,一大堆衣服在床下放着。

她说:"没有?没有才怪,你看你这几天的衣服,一件比一件脏。那件白大褂,都快成黑大褂了。"

说完没等我同意,她便掀开床,把衣服卷走了。

我坐立不安。冬天戈壁滩上的风,吹得人脸上起了口,如果见水后不及时搽点油的话,人的手与脸,马上会裂开一道道的口。

我跑过去对班长说:"要不,我自己洗吧?"

她说:"你去给炉子上添些煤,烧点水不就行了?我洗得比你干净啊。"

我跑到外面的火炉里添了煤。那时团里卫生队还没有暖气,只靠火墙起暖。队长每天都嘱咐我,烧火墙时不要太热,门窗不要关得太死,如果煤气中毒的话,那可不得了。

于是,队长命令我每天晚上要检查她们的房子,看小窗开着没有。

有一天,当我检查到班长与孙莉的房子时,推开门,我吓了一跳,孙莉竟然只穿着那么一点衣服。我马上退了出来。

孙莉在里面窃笑。

我不好意思地等了一会儿。孙莉把门重新打开说:"也不通报一声就进来了。"

我说:"以往我通报时,你说我话多。"

她说:"你没看到什么吧。"

我脸红了,但我挺了挺胸说:"我什么也没看到。"

孙莉笑了,我看到,她的脸也红了。

她们的屋子里有一种特别的香味。她穿着睡衣,露出了迷人的曲线,在灯下让人怦然心动。

我压抑住自己的心跳,没话找话地问班长到哪里去了。

她说班长在值班室。

我连忙看了一下小窗，小窗开着，于是我说我走了。

孙莉说："坐一会儿吧。"

我说："不坐了，太晚了。我还要看其他的几个房间，病人们的房间也不能马虎呢。"

她好像挺失望的，站在门口看着我走了。

转了身，我发现自己的手心全是汗。

来到值班室时，班长坐在那里看书。

我说："今天没有大病人，你睡吧。"

她说："我不想睡，房子里太热了。"

我说啊，然后我也坐了下来。班长手上拿着的，是一本有关机械与工程方面的书。我说："看的啥呀？"

班长笑了说："说来让你笑话，我在看打井方面的书呢。你说，这戈壁滩下埋藏着成千上万吨的石油，我的家乡地下怎么会没有水呢？"

我说："你想找水啊？"

她说："我退伍了，一定要带着乡亲们找水，我相信地下有水。"

我说："你？一个女兵，带着大家找水？"

她说："那有什么怪事？我们陕北的女人，什么苦都能吃，什么活儿都能干，一点儿也不比男人差。"

我说："那是，从你身上就可以看出来。"

她说："李左右，还学会了拍马屁啊。"

接着，她仿佛找到了知音似的，又对我说了一大通有关打井的常识与参数。可以听出，她对打井方面的东西已经研究好久了。于是，我不禁多看了她一眼，那一刻，我觉得班长特别漂亮。

班长说："李左右，听说你喜欢写小说？"

我说："你听谁说的？只是爱好而已。"

132

她说:"李左右,以后你写小说,可不要写我们啊。要写,也写好点,别坏我们女兵的形象。"

我说:"你有哪些不好呢?"

她笑着说:"当然有啊。比如吧,孙莉刚来时,穿得那么好,我总是想与她比;我没当班长的时候,为些小事,还与她吵过嘴;两个人做事时,爱较着劲,对着干。"

我说:"是吗,有这回事吗?"

她说:"啊,你不知道啊。那时候,要多可笑有多可笑,要多可爱有多可爱,我们甚至为队长表扬了谁,张医生多看了谁一眼,都醋来醋去的。"接着她话题一转说:"也不知这戈壁滩是咋的,就让我们在不知不觉中改变了自己。好像我们的心胸变得开阔一些了,好像对许多问题,不再是原来的看法了。"

我说:"我也有这种感觉。"

她笑了说:"李左右,你刚来时,我心里也暗笑过你。你看你那样子,蔫坏蔫坏的,黑参谋不知咋就看上了你呢?"

我说:"你看我坏吗?"

她说:"有时,有那么一点吧。不过比前任班长好些,他没事时总是找我们,要不是与前任老兵谈恋爱,也许他现在转志愿兵了。"

我嘿嘿地笑。我想起自己刚刚来时,跟在班长后面巡诊,常常偷看她的事,觉得自己是有那么一点坏。这样一想,我的心跳又开始加速了。

班长说:"李左右,你听说没有?过几天我就复员了。"

我大吃一惊,这事我还真的没有听说。

我说:"你听谁说的?"

她说:"今年退伍提前了。团打字室的老乡告诉我的,退伍名单上有我。"

我说:"咋没听队长说呢?"

她说:"队长在为我争取转志愿兵呢,可是我要回去。"

我说:"转志愿兵也挺好啊,为什么非要回去呢?"

她扬了扬手中的书说:"李左右,有些事,你是不懂的。所以,我一直觉得你就像是我弟弟。虽然我没有弟弟,但我觉得像。"

我有些感动,不知说什么好。

班长说:"我走后,李左右,你少写些小说,先考上学再说。以后写小说时,一定要写身边的事,莫胡编乱造。"

我说啊。

班长说:"你去睡吧,我再看一会儿。"

我不知该陪她还是去睡,但我怕孙莉说什么,还是站起来走了。

那一夜,我没有睡着。

屋外的风,像要掀翻整个屋顶似的。戈壁滩上,风呜呜呜直叫,我的心好像是大海,掀起狂风巨浪。

第二天起床后我才发现,外面下起了纷纷扬扬的大雪,透过窗户,我看到整个戈壁滩,一片银白,望不到边。

12

还没等到支委会研究立功授奖的事情,班长就要走了。

她走的那天,大雪不止,整个世界像一块白色的大幔。

走前的那天夜里,班长把她带不走的东西全送给了我。

我也送了一个笔记本给她。我在笔记本上写了几句诗,并对她说:"你一定要到走后再打开它。"

她答应了。她对我说:"李左右,你一定要考上。我们卫生队好多年都没有考上一个,你可得争口气呀。"

我点点头。

孙莉站在一边帮班长收拾东西,她的眼里有泪光在闪。

班长说:"孙莉,我走后,你可能就是班长了,以往有啥对不住你的地方,多原谅啊。"

孙莉说:"班长,你别说了。你对我的好,我都记着。"

班长说:"队长家里挺困难的,你多值些班,尽量让他回家里去睡。"

孙莉说嗯。

收拾完东西后,班长提议我们出去走走。

我们一起打开后门,来到了戈壁滩上。冬天的戈壁滩,风很大,茫茫的夜色,好似在讲述着许多人间故事。

孙莉说:"班长,回去后,有事你就说一声。"

她说:"那当然,谁让你是我的战友呢?"

我也想对班长表达什么,但我不知该怎么说,在我心里,她除了像姐姐,还像别的什么,但到底是什么,我说不上来。

不过这样一想,我的心就加速跳起来。

我决定什么也不说。夜风吹在人的脸上,有些痛,我看到她们紧了紧衣服。

班长说:"人不管在哪儿,都要团结,团结就是力量。"

我们点头。

班长说:"孙莉,李左右,我真舍不得你们!"

她一说,我们的鼻子开始发酸,我抬手去擦眼泪。孙莉也小声地哭了起来。

班长温柔地搂紧了我们两个,眼泪也掉下来了。

我们一动不动地立在戈壁滩上,远远看去,就像一堆千年不语的胡杨树。

我闻到了她们身上的香味，听到了她们的心跳，好像有一朵什么样的花，忽然在我的心底开了。

如果不是我们——谁还会想到，在那茫茫的戈壁滩，在那悄无声息的卫生队后，有这样三个普普通通的士兵，不分男女地搂在了一起？如果不是时间的见证，又有谁会相信他们之间绝对无邪的纯洁？

那时我们年轻，觉得人生的分别就像生离，就像死别；那时我们特别重感情，不像今天这样淡然地对待身边的生死。

啊，年轻是一件多么美好的东西！

我们就那样站着，没有寒冷，没有害怕。无边的戈壁滩，给了我们无穷的力量，也带给了我们无限的忧伤。

第二天天刚亮，班长出现在退伍老兵们的队伍里。她的肩上没有肩章，她的帽子上没有帽徽，她的领子上没有领花，她像一个普通的老百姓一样，从哪里来，又要回到哪里去。

我和孙莉站在一起，紧紧地挨着她。我们都不说话。

我感觉到，那天她特地化了妆，还洒了很浓的香水。这让我产生了要拥抱她的感觉。

她看着我，起初是笑着，但接着，我看到眼泪在她眼眶里打转。

参谋长与黑脸参谋站在我们的身后。那曾是我们纪律与军规的象征，不知为什么，我却不怕他们了。

所有领导们的讲话，我一句也没有听进去。

当团长宣布登车的时候，我不知从哪里来那么大的勇气，走上前去抱住了班长。所有的人吃惊地看着我们。

队长转过身去抹眼泪，孙莉也从背后搂住了班长。

换作以往，参谋长肯定会脸色铁青，拉开我们，但是这次没有，真的没有。

我听到背后的黑脸参谋说:"又一个兵长大了。"

我感觉到班长的身躯上下起伏,也就是在那一刻,我才想到了班长是一个女孩,一个非常单薄的、削瘦的女孩。

这是十八年来,我第一次拥抱一个异性,而且当着那么多的人面。

我听到了身后响起了热烈的掌声。

我的热泪就下来了。

我对班长说:"班长,以后我一定要找个像你这样的护士做老婆。"

我看到,泪水从她眼里流了出来。

她说:"李左右,你记住了,你答应要带我去看海。"

我点点头。

她推开我,跳上了送行的吉普车。车子在凌乱的雪地上放了一屁股黑烟,一会儿就在茫茫的戈壁滩上没了影。

我突然感觉到有种什么东西被她抽走了,觉得心像戈壁滩一样空荡,自己像戈壁滩上一棵孤零零的胡杨树,是那样无依无靠。

我在送给她那个笔记本上是这样写的:

> 我相信在那临海的地方,
> 一定住着我漂亮的新娘
> 我相信在水天相衔之处
> 一定有着我美好的梦想……

13

那一年底,孙莉顺利地立了三等功。

她来到我的房间说:"李左右,我心里很不安,这个功应该是班长的啊。"

我说:"大家都投了你票,你就别胡思乱想了。"

她说:"我想班长,她走后我特别想她。"

她问我想不想。

我说想。

她看着我,盯了那么几分钟,走了。

那天老宋到卫生队来了一趟,他说:"李左右,你那天搂着你们班长时,把我们都吓坏了。你哪来那么大的胆子?你和你们班长不一般呀!"

我说:"不一般还二般!"

他说:"我们真羡慕死了。"

我说:"老宋,你不懂。我说了你也不懂。"

老宋笑着走了。从那以后,他再也没有别着腔调往卫生队打过电话。

日子又恢复了往日的平淡。

我开始抓紧时间看书,准备考军校。从我们那批兵开始,满了一年就可以考军校。第二年春天,我参加了全军的统考,并在八月底收到了军校的通知书。

我走的那天,和刘队长、张得宝医生、孙莉一起喝了酒。

刘队长说:"卫生队里出个秀才,我脸上也有光了。"

于是,我们拼命地喝酒,酒后我在卫生队里睡了整整一天。第二天一大早,没让孙莉知道,我一个人提着行李,去了车站。

火车路过陕西的黄土高坡时,我不停地往车窗外看,我一直在想,会不会哪堆黄土的后面,冲出一个姑娘,就是我们亲爱的班长?但是一路上,黄土高原特别荒凉,除了茫茫的黄沙与灰尘,除了破落的窑洞与青灰色的天空，我什么也没有看见。

这让我感到无边的惆怅。

14

上军校后，我开头还与班长通过信。在有一次的信里，我还忍不住告诉过她说，我爱她。

她回信从来不提这个问题。

她来信常常谈她的井，谈她的大海，谈她带着乡亲们找水的故事。

那是一切与水相关的故事，充实了我军校的记忆。

非常不幸，有一天，她不来信了。

几个月过去后，我才得知，在一次打井过程中，她替换男人下去掏泥，几十米深的井突然塌方，她被压在了下面……

等人们挖出她时，她已停止了呼吸。

那时，她和她组织的打井队，已在黄土高坡上打出了整整九口井了。

她曾对我说，每次看到白花花的水从井底溢出时，看到乡亲们用嘴大口大口地汲水时，她的脸上便露出了微笑。

她走时，脸上也是一脸灿烂的笑容，表情非常平静。

我在北方，在我所上的那所军校里，禁不住号啕大哭。

那一夜，我又梦见了遥远的戈壁滩，闻到了戈壁滩上的花香……

今天，我站在海边，和我老婆——全军最有名的那所医院妇产科的一名护士。我们默默地看着大海。无边的大海看上去像戈壁滩一样广袤，海风吹着我的脸、我的头发，海浪在脚下一波又一波地折过来，翻卷过去，后浪很快覆盖了前浪，仿佛前浪从来不曾存在。一阵阵泥土的芳香与土腥味扑鼻而来，把我带回到几年前，让我想起了戈壁滩，想起了戈壁滩上枣花飘香的岁月。那时,班长的影子横插进来,让我感觉她仿佛也站在海的另外一边,回望着我们共同走过的青春日子。

　　海风吹起我老婆的长发,扫过脸庞,拂在了我的脸上。她张开双臂,做出拥抱大海的姿势说:"多美啊,多美。"

　　我也说:"多美啊,多美。"

　　在我老婆的眼里,最美的当然是大海,而我的眼里,最美的却是大海底下那千年的泥土,仿佛那是已看不见的戈壁滩。

　　不知怎的,那一瞬我突然记起了初中时代学过的那首歌,那是很久很久的一首老歌了。

　　我对老婆说:"我给你唱首歌吧。"

　　她说:"好。"

　　于是我便唱了:"苦涩的海风／阵阵吹送／寒夜一片朦胧／何处有你影踪／远处的汽笛声声杂着海浪声／吹老我美丽的人生／想起过去的岁月里／在这长长的海岸上／和你朝朝暮暮看日落又日升／虽然你不在我身边／但你的情谊永在我的心里／此情此景／旧日里呀／只有挥手说再见……"

　　我老婆看着我说:"你哭了?"

　　我说:"我没哭。"

　　我老婆摸着我头说:"不对,李左右,你真的哭了!"

　　我说:"我没哭。"

　　我宁肯相信,是风沙吹迷了我的眼睛。

穿透北京地铁的忧伤

那天下午本来与平素没有什么两样,生活还是像往日那样不咸不淡的,天空也是不阴不阳不死不活的,风也没有改变它的肆意,一天到晚在城市里乱窜,像一个发情的动物。

本来,那天下午我也可以不紧不慢地消磨时间,像过去那样把手从容地插在裤袋里,慢慢吞吞地上班,坐在办公室看一会儿报纸,聊一会儿天,不停地看表,议论某种社会现象,然后再和办公室的同事们亲切地说声拜拜,做一个鬼脸慢吞吞地回家去。可坏就坏在那天下午我不知为什么做了一个噩梦,梦见一个女人把我带进了一条幽深而又漆黑的隧道里,那是一条充满了黑暗的隧道,各式各样的动物做着怪脸,在隧道里不停地奔跑,似乎永远都不会停下来。我跟在那个女人的身后,她的手拉着我的手,传达着一些有关暧昧的情绪。我刚想为这种艳遇偷着笑一下,身边的那个女人却突然不见了,只见我站在两条无限延伸的铁道上,一个劲儿地随着那些动物们奔跑,我一边呼叫一边想停下来,但没有人理我,周围黑漆漆的,心脏在此时停止了运转,肌肉发出铿锵铿锵的声音……

我想这下完了,梦从枕头下溜走,我醒了。在灵魂复归于自身的那一瞬,我突然想起了北京地铁,想起了北京地铁里那一天到晚都拥挤着的人群,那粗大的石柱,还有那些一双双在不停地行走的双脚……透过那密密的人群，穿过那哐当哐当的地铁声，我看到一个女人微笑而又忧伤地向我走来，把我带回了过去的日子。

我不由自主地喊了一声"丹"，她回过头来笑了一下，不过没有理我，径直走了。我想追她，但人群挤得我不能动弹，好像是在复兴门一带，人们都拥挤着穿过地铁，急急忙忙地要通过地铁去寻找着什么，根本没有人理会我的失恋，也根本没有人知道，在那冰冷的地铁里，还发生过一段缠绵的爱情故事。我不知道在北京的地铁里发生过多少这样的故事，但我知道自从有了我和丹的故事，北京的地铁就不再寂寞。是呀，每天都有那么多的人穿过北京地铁，从一站到另一站，从一个地方到另一个地方，一年四季，南来北往的人，不可能没有故事。我曾挤在人群中总想遇上点什么，结果还真的遇上了。

我没有刻意地去遇上丹的意思，我相信那天发生的一切都是上帝的安排。如果那天我不在北京，如果那天在北京的我是打的或者坐公交，如果那天我进地铁时晚了一步，我想我肯定会和丹错过。当然，人生没有那么多的假如，如果有那么多的假如，一切的故事便不再是故事。正是因为人生只有那么一次，所以我们一生中才会那样，把一件小事看作是惊心动魄的大事。

多少年后，我一直在想，假如我那一年没有遇见丹，我肯定还是一个有理想的青年。不过也不能这样说，难道不遇上丹，我一辈子就像往日那样生活在空中楼阁里不成？但是那天傍晚我们还是遇上了。那天我刚陪着外地的一个朋友逛了故宫回来，要乘坐地铁回到我们那所大院，那当然是一所部队的大院。我那时就在那里工作，那个大院里的人大都不穿军装上班，这正符合我的个性。我喜欢部队，也喜欢军装，却不喜欢穿着军装出去。在北京，这完全是一件可以理解的事情。但是，遇上丹的那天我却正好穿着军装。生活总是有些巧合，如果我那天不穿军装，

143

丹不一定会回过头来看我。

　　陪了朋友们一天的我的确很累，所以走在地铁里没有任何精神。直到从前门上了地铁，我还是一脸的愁苦。当我刚钻入地铁时，风便拍打着我的衣服，呼呼地从我耳边穿过。地铁口照例跪着一个要钱的中年人或者老年人，他们的面前照例是要放一个破旧的瓷缸的。按惯例我给了他两毛三毛或者五毛，以我那时的生活标准，不可能超过这个数。所以多少次，我和同志们一起上街时，当我把手伸进口袋时，同志们便会说，看，我们的慈善家又在为立功捞资本了，你放心，我们下次一定投你一票。我的手往往这时便会在衣袋里僵一会儿，然后凭着感觉摸出一张钞票来，放在那个破旧的瓷缸里。

　　那天我接着往前走，看到一大堆人挤在报摊前，买有关时尚和生活之类的报纸。当然，在北京的地铁里，永远有着当下卖得最畅销的书。所以我常想，如果一家报纸要统计书的销售情况，根本不必去问那些大书店，只需到地铁里去问那些穿着蓝色的制服、脸上并没有太多热情的卖书人就可以了。他们提供的数字，绝对比书店里统计的准确。报纸的炒作无非是得了作者或者出版社的好处罢了。比如说，在你不经意穿过地铁的时候，总是有人装作不小心地碰了一下你的胳膊，然后向你道歉，在你说没关系时，他看到你修养这么好，便向你推销他们的产品。他们的产品没有说明书，如果你有意，他们就神秘地向四周看看，然后从衣服里掏出一本书来，在你眼前晃一下。光是那封面，那提纲和内容简介，使你扫了一眼就有了好奇的感觉。我之所以在这里啰唆地讲这些东西，是因为我在遇到丹的那一天就碰到了这样的事，而丹刚好又看见了我那种成熟的、对那些"地下革命者"不屑一顾的样子。所以，丹就注意到我了，说起来，我还是一个很有个性的人呢。

　　那天我可能绅士般地耸了耸肩，也可能从鼻子里哼了一下，卖书者就把书从手里缩回去了。从外表看，他不像是个没有钱的人，但也不像是个有钱人。不过，经济状况可能不是太差，因为他的腰里别着一个手机，最流行的那种。卖书人看到我脸上有了怒色，转身便撞别人去了。

我就怀着很疲惫的心情随随便便地钻进了一个车门。人群挤得连车厢也在扭动，男人与女人的气味都闻得清清楚楚。多少次我动机不纯地想到，如果是在地面上，男人与女人们离得这样近，拍成照片肯定要搞垮不少的家庭。

我记得那天门关住时可能夹了一个人的手指，那是一个北京男人的手指，因为他进行国骂的时候带着一口纯正的京腔。那个北京人皱着眉头骂着——但是没有人理他。我自然也一样，我不喜欢听北京人骂的国粹，也不喜欢看他那种苦大仇深的样子，谁叫你在挤得不能再挤的时候还抢着上车呢？谁叫你上车时踩了一个老太太的脚连一声道歉也没有呢？我在听到他的叫声之前已经对他没有了好感，我只是想找个地方把脚舒服地插进去，但是这种幻想在那天没有实现，我在人群里被挤得透不过气来，一种体臭的味道直冲鼻子，我几乎想呕吐。但是，我很快闻到了一种香味，这种香味很不纯正，因为它有些刺鼻。我抬头看到一个时髦的女孩子，她的头发染得一片金黄，让人想到在大洋彼岸的那些人；她的嘴唇涂得腥红。当她穿着一件低胸的真丝衣服，突然出现在我身边的时候，我被吓了一跳，以为我站在剧院里的舞台上。她一边嚼着口香糖，一边看着我的军装微笑。我可能也笑了一下，当然，肯定不太自然。我们面对面地站着，我几乎可以听到她的呼吸，可以看到她那隐约可见的胸在一起一伏地抖动的样子，当司机在猛地刹车时，她的前胸就碰到了我的身体，于是她发出一阵笑声。我的心跳加快了，脸也红了。我还不太习惯与一个异性离得这么近，于是我吃力地转过身去。

这一转身，便在命中注定了我和丹的相遇。

一年后，当我和丹已各自天涯时，我问自己，如果那天遇到的不是丹，我们还会相识，并有那么一大串故事吗？曾几何时，我从边疆来到首都，无论是公事还是私事，无论是大事还是小事，我都在想自己是个人物。我在想，公民们呀，你们知道我是谁吧？我现在在代表一个大机关给上级送公文呀，我刚才见到了你们在电视上常常见到的那个大人物呀，我们还亲切地握了手呀，别看我现在每天出差只有八元的补助……

每次我都要这样做出幻想。因为每次我匆匆忙忙地穿过地铁，看到从全国各地来到这里的人在地铁里穿来穿去行色匆匆的时候，我都会想，难道在北京地铁里就没有一段动人的故事吗？我根本没想到，这个故事有一天会在我自己身上发生。也许，别人发生的故事，都被时光带走了，没有留下任何的见证。我总不能堵在地铁口问他们吧？但是，通过这个发生在自己身上的故事，我才真真切切地感受到，原来在我们过往的岁月中，曾经错过了许多不经意的瞬间，而那个瞬间，可以使人的生命在一刹那，发出最耀眼的光芒。

我在转过身的那一刹那发现了丹。她当时睡着了，在靠近门的那一边，她的头正好倚在扶手上，而她的手里，拿的是北京那些白领阶层们常拿的《精品购物指南》。首先让我吃惊的是她的漂亮，一刹那犹如一颗子弹从我的心头穿过，让我感到了一种透骨的凉意，在全身散发开来。我说过那天我陪朋友一起逛街，身心俱疲，但在那一瞬间，好像夏日的炎热里有一杯清茶，灌下去让我从头到脚有说不出的舒畅。在见到丹的那一刻，我便开始想，要是有这样的一个女人相伴，一生足矣。可到后来，她的那种静美却使我连拥抱她的想法都逃掉了。我抬头看她时已带了一丝的羞涩，好在她睡着了。

在人群鼎沸的地铁里，她居然能够睡着，而且还睡得很香，这给了我偷偷观察她的机会。她长得很白，使人想不到她会是北京人，那种皮肤，只有在我们的老家南方才可以看到。北京的许多朋友都这样对我说，北京是不太出美女的，北京的美女大都是些外地人——他们在去了南方之后回来，给我谈得最多的就是南方的女人，谈论她们的皮肤和她们的气质。他们这一讲让不少的北方人很生气，但他们到了南方后回来，也不得不承认所言不虚。其时丹还在熟睡，我想，要是换一个地方，也许没有几个人能挡得住这种睡态，还有那种让人揪心的、怕风一吹便散去了的美丽。她漆黑的头发如泼墨一般飘落下来，在周围很闲适地披着，那是我最喜欢看的披发；而她的眼神——尽管她一直闭着眼，但那种和谐、安详与宁静，使人联想到幽深的湖水和深不可测的清潭，以及自然开放的羞羞答答的玫瑰。更可爱的是她的嘴角，微微向上翘着，带着少女那种天真和骄傲的神情。尽管她已睡着了，但是在她的嘴角，还是露出了一种神秘的、温柔的笑意。那是一种我多年来在城市里所未见过的笑意，所以，当时我的心咯噔了一下，一种爱意已在我的心中荡漾了。我不是一个相信一见钟情的人，以往我总认为那些一见钟情的人有些轻浮。之所以改变了我这种陈腐的看法，很可能就是在那一刻。

　　列车一站又一站地走着，不紧不慢，我的心也一上一下地跳着，忽忽悠悠。我看着丹，看着地铁在这个城市的心脏中穿过，看着站台上人们的脸，看着他们和她们的麻木。我想我从来就没有发现一张笑脸。

　　而这个睡着的人却露出笑意。列车从前门到和平门，再到宣武门，我生怕丹会下去，但是她仍然睡着。我突然害怕她这样睡着是不是误了下车。我很想叫醒她，但是那一刻，我怎么也不好意思开口，后来我想自己其实是想多看她一眼而已，所以才不想叫醒她。当地铁到了长椿街时，我还在想，她会不会突然间醒来呢？会不会突然间从这里下去呢？所幸，这种情况没有出现。丹还是在那里规规矩矩地坐着，仿佛旁边没有任何的过客，仿佛她是睡在自己的家里。直到这时我才发现，尽管我喜欢看她这个样子，但是心头却没有一点不健康的想法。我不是一个伪君子，在那一刻，我的心头的确是明净的。我还想用胳膊挡住拥挤的人群，不至于让他们惊扰了她，打扰了她的好梦。后来我常常想，为什么生活中许多时候，我们对长期生活在自己身边的人视而不见，而对一个萍水相逢的人，虽仅仅一面之交，却记住了一生？人生真是怪啊。

地铁终于到了复兴门，这是我们在这个城市中的一个永远的转折。生活中好像没有永远可以一往无前的直线，命运的河流总是要拐许多弯。我不知道地铁公司为什么在这条道上弄一条直线，让大多数人都得在此换乘。我看着丹，心想她是否会在此地下车呢？这个念头从我在长椿街时就已产生了。但看着周围那么多的人——他们都用眼光死死地盯着她——我忽然没有勇气了。在北京这个城市和一个漂亮的女孩说话，是需要勇气的，除非你有钱，或者你有地位，你要是两者都没有，那你必须有着一副厚脸皮了。后来我意识到，北京真是一个让人容易改变自己和放弃真情的城市，周围有那么多的人在这里迷失了自己。但不管怎么样，因为是首都，还是有一拨一拨的人想挤进来，在这里寻找着发财与出名的机会。我有时不明白，为什么那些人在这里付出了那样大的代价之后，还能笑出声来。

复兴门到了。我终于推醒了丹："喂，该下车了吧？"丹从梦中醒过来，揉了揉眼睛，看了看我，脸上的笑意并没有消失。她说："谢谢，到哪儿了？"我说："到了复兴门。"她说："啊，我不转车，我一直向前走。"

我为自己的自作多情而脸红了，她笑了笑，没有说话。不过她还是看了我一眼。我的军装在那一刻吸引了她的眼神，这使她的目光荣幸地多停了好几秒钟，也就是在这几秒钟内，我错过了下车的机会——我本来是要在复兴门转车的。这一错，我也就不好意思再下去了，于是我想，那我就这样错下去吧，反正今天放假，也没有什么事。后来的事实证明，如果我当时下去了，北京地铁里也就少了这一段故事，我也不会写她。因为有了她，北京地铁才没有出现过空白。从此，回想往事常常成了我在现实生活中不如意时的主要主题。

我看着她，她也看着我。我笑了笑，她也笑了笑。最后她开口了："喂，你在部队里？"

我说是。心想她不会像有些人那样，对军人有看法吧？还好，这种情况没有出现。她没有抬头看我，却一直和我说话。

"你在哪个部队？"

"我在海军部队。"

"海军真好。海军的服装真漂亮。"

"还凑合吧。"

"你们部队放假了可以外出吗？"

"可以，当然得请假……"

她抬头看了看旁边的人——他们都用一种羡慕的眼神看着我——然后说："你肩上的两个星星是什么军衔？"

我说这是中尉。她笑了。她的牙齿真白，我想。

接着，我问她在哪里下车。我的心就在此时怦怦地跳了起来，所以问她话时有些结巴。

她没有回答我，却问我在哪里下。我说革命的战士四处为家，到哪里下都一样，条条道路都在北京。她听后又笑了一下。这种笑，老实说，让我有些痴呆，以往我没见过一个女人笑时，会这么好看。

我们就这样有一句没一句地边说边穿行在北京的地下，走在时光的隧道里，直到地铁到了终点。她站起来，我也站起来，我们一齐向外走去。出了地铁口，她问我往哪里去，我随便说了个名字。她说："我知道，中尉先生，你在撒谎，对不对？你根本不应该在这里下车。"

她的这句话打乱了我全部的阵脚,但正是这一句话,却使我们在北京这个古老的地方相识。我说:"那是,光顾和你说话了……"她听后做了一个鬼脸,很调皮的,我喜欢这个鬼脸。因此,我们认识了。

那是 1998 年的 5 月,在北京的阜成门口,我们站在五月的花香中,风轻轻地吹着,我看着那个美丽的姑娘,她低着头,手里拿着几张印刷精美的报纸。其时,阳光正好射在我们的身上,我感觉到一种无边的莫名其妙的幸福。后来我才想,如果这也是幸福,那幸福是非常盲目的。

我们一起沿着城市的街道行走,她看起来和我十分般配,我以为。我问她叫什么名字,她说:"你问这个干什么?"我说:"你一定有一个很漂亮的名字。"她说:"何以见得。"我说:"你这么漂亮,没有一个诗意的名字怎么对得起人呀?"她笑了说:"那我就告诉你吧,我叫丹。"我说:"这个名字很好听。"她偏过头来看我,然后脸开始有些红了。

我们说了一些笑话。她说她看见我在地铁口给了那个中年人钱。我说,是吧,有些漫不经心。她说:"你为什么要给那个人钱呢?他可以自食其力的。"我说:"因为我过去……也曾流浪过,在那些日子里多希望能有人给我几毛钱,可以买上一张烧饼充饥。"她看着我,停止了笑,说:"你流浪过?"我说是。情绪一下子低落了下去,我想,一个男人如果这样真没出息。

她笑了笑,摇了摇头,可能是叹息。接着我们便漫无边际地谈了几句,尽管我并不相信一见钟情,但我还是被这种爱情的情愫给左右了。我想这种浪漫在回去后要是让领导知道了,他一定会批评我,认为我不守纪律,但是我认为爱情从来都是不守纪律的,她可不管你是不是穿军装的。爱情总是能让人脱去面具,感受到一个真实的自我。人生的相识,都是被某个无形的东西安排好了,方式、时间和地点,早已注定了。无论你怎样的焦急,这种安排不到时候是永远会若无其事的。

我说："你家住在此地吗？"她说："不是。"我问她到哪里，丹说她到姥姥家去。她说这话的时候眼圈红了。我问她怎么了，她不说话。我说："我送你一会儿吧。"她没有肯定也没有拒绝，于是我跟着她走。我有些奇怪，刚才还好端端的她，现在竟然不说话了。直到我跟着她来到一幢楼前，她才回过头来看了我一眼说："你走吧。"我说："我走了？"其实我真的不想走。她说："你走吧。"我迟疑了一下，说不知我们是不是还能见面。她说："该见面的时候自然能够见到了。"我"啊"了一声，转身走，她在原地站着，我说了声再见。她把手抬起来，但很快放下去了。走了老远我回过头来，发现她还在那儿站着。

我想，结束了。爱情便这样在一瞬间产生，在一瞬间结束了。回来的路上，撒下了我满地的忧伤。我想，人间际遇总是这样一闪而过，太多的遗憾铺满了我们匆匆的旅程。

从那以后，我开始喜欢上了坐地铁这种出行方式。每次在地铁里，我都希望还能够遇上丹。但是很多次，在那茫茫的人群中，我却从来没发现丹的影子。北京的地铁，每天还是那样繁忙，从春到夏，从秋到冬，每天人们穿着不同的衣服，踩着各式各样的鞋子，从那洁白的地板上叮叮当当地踏过。地铁口每天还是有人讨钱，地铁里还是有人在卖那些畅销书，还是有红男绿女打扮得非常鲜艳，边走路边拿着手机说个不停。我站在人群里，看着那些人的脚步，感觉生活像是在进行展览一样。地铁好像是一个舞台，人们在做各式各样的表演，最坏的表演是有一天，一个男人把一个女人推到站台下去了。尽管轨道上的电压并没有电死她，我听旁边的说，那个男人有了外遇，决意要杀那个女人才假装她是无意中掉下去的，当时一辆地铁已高速飞来，好在司机及时地刹住了车。我看到警察，佩戴着公安的袖章，抓住那个男人的衣领，像是拎了一只鸡一样把他带走。还有一回夜里，我看到那些来城里打工的农民兄弟，睡在地铁的椅子上，被工作人员吆喝着赶走……日子一天一天地过去，只要有空，我就守在阜城门边，期望能够在那里再看到丹。

这个秘密，让我们营里的战士发现了。有天我们排里的一个兵问我说："排长，你在这儿干啥呀？"我说："不干啥。"他们说："排长我们一块回吧。"我说："你们先回。"他们回来对营长说："三排长每次在阜成门口转悠，像是失了魂似的。"营长说"你们这些毛孩子不懂，你们排长准是恋爱了。"

不过，这话营长从来没有对我提起过。他也从来没有问过我，只要是我请假，他一律照批，莫名其妙地看着我，露出意味深长的笑容。

这年的夏天，我穿着便衣正在阜成门边转，突然，我感觉到有人在我身后轻声地说了声"嗨"，我没有在意，但接着又有了一声。我回过头来，一下子呆住了：天哪，这不是丹吗？

她穿着一条白色的长裙，亭亭玉立地站在桥上。我的心怦怦直跳起来。她说，好久不见了。我说好久不见。她说过得还好吧。我说还好。我说话有些结结巴巴的。丹说："你好像是在等什么人？我几次都看到你了。"我说："真的？"她点点头。我胆子大了一些说："是在等人。"丹说："你要是等人，那我走了。"我连忙伸出手来抓住了她说："你别走，我等的……我等的……等的就是你呀！"

丹的脸一下全红了，我慌忙松开她的手。过了好久，她才问："你等我有什么事呀？"我说："我想再见到你。"

丹说："你要不是军人，我可能把你当成流氓了。"我说："这是真的。"丹的脸又红了一下。她说："你每次到这儿来转悠，就是想见到我？"我说："是的。"自己的脸也不由自主地成了红桃子。

丹站住了。她看着我，像是看着一个怪物。我抬头看她，丹的眼里不知为什么充满了泪水。她说："我的父母亲都不管我，没想到，竟然有一个人能够想着我。"

我正想问怎么回事，丹说："我知道你想问什么，你不要说了。"我看到有一丝忧郁涌过丹的额头。她转过身来，对着我笑了一下说："你这人哪，真是有点奇怪。"

然后我们沿着阜成门大街徜徉，大街上热热闹闹，但好像与我没有关系，我的眼里只有丹，只有她那在风中飘来飘去的白裙子。

从那以后，我和丹开始约会。每次，我们都在地铁口相见。

有一段时间，在丹从我身边消失了以后，我真不明白，这个世上还有什么东西可以永恒。每次当丹从那个地铁口露出头来，我感觉她像是一个天使，要将我们这些生活在俗世的人拉出污垢。直到日后，我爱着的丹为了过上另一种生活而走上了另外的一条道路。

我们的约会本来很平常，不多，而且平平淡淡，挤不出故事的油水。我相信大部分中国人的恋爱都是平平淡淡的，因为我们是在选择结婚而不是选择恋爱。我们活得实际，因此我们的激情最终被自己抛掉了。为了过日子，我们可能选择那个我们并不怎么爱的人结婚。但我和丹那时是在恋爱阶段，一切出乎纯情。我以为。

我们直到第七次见面才拉手，后来她笑我进度太慢，差点从我身边逃走了。这使我想起了另外的一个女人，我和那个女人谈了很长一段时间还没有进入正题。她分手时对我说我不爱她。我说，没有呀，我一直很在乎你的。她不信。我们便分手了。介绍人后来告诉我说，女孩认为我从来没有动过她，肯定是不爱她。我听了那句话当时差点闭气了。后来我的朋友们开始以这个理由来笑我，当然带有一种善意。

我第一次吻丹是在我们见第十次面的时候。那是一个傍晚，北京的风不大，天空中有几颗星星，看上去给人一种舒服的感觉。丹总是说北京的污染太厉害了，天总是阴着脸，就像她的父母的脸一样。

从丹那里，我知道了，她的父亲是一个工人，母亲是一个研究员，这种结合好像带有了一些错误，但是他们在那个特定的年代里结合了。那个年代的结合是政治的不带有感情的，就像我们这个时代的结合是金钱的而不是感情的一样。他们在生下了丹后，两个人分别下海，各自有了自己的公司，到后来，两个人分别认识了别的女人和男人，那是他们自己要找的女人和男人。因此两个人友好地离婚，友好地搬了出去。他们在搬出去之前没有想到他们曾在欢乐中留下的果实——于是那间空荡荡的房子里只留下了丹。

丹说，她从很小的时候就憎恨金钱，她很有钱，因为她妈妈和爸爸都给了她一笔巨款，但她却一个人住在空荡荡的房子里。

"所以你才老是上你姥姥家去？"我问她。

"我没有地方可去。"

"所以你总是买那些白领报纸。"

"是呀，我每天就买那些报纸来消磨时光。"

说来也许没有人相信，丹在大部分时间里，就是从地铁的这头坐到地铁的那头，所以她常常在地铁上睡着了；而我这个傻小子，那段时间痴痴地在地铁口傻等，却不知我一见钟情的那个人正在北京的地底下穿行，体验着这个城市带给她的寂寞和伤痛。

我吻丹的那天，她哭了。她说："你要是抛弃我，我会杀了你的。"

我听了毛骨悚然，她的声音冰冷得让人打寒战。

从我吻了丹的那天起，她不再像往日里那样，每天吃了饭就坐着地铁漫游北京了。倒是我，常常感激地铁里那个通道，让我认识了这样一个可爱的女孩子。从此我们坐着地铁谈恋爱，我穿着便服，搂着她，从地铁的这端坐到那端。丹习惯于在地铁里生活，习惯于在地铁里搂着我接吻。但是我却渴望地面的阳光，我多次这样对丹说："我们到地面上去呼吸一下空气吧。"丹说："地下多好，地下能够安全着陆，而地面上的人群太坏……"

我说："不是所有的人都坏。"

丹说："我在地铁里认识你的，你便是上帝送给我的礼物。"

我们就坐在地铁里说情话，从1998年6月到9月，那些一直乘坐着北京地铁的人，如果看到了一对常常搂着看上去无所事事的年轻人，在地铁里说着情话傻话，不用说，那就是我和丹了。

我对丹说，地铁公司应该给我们发奖章才对，我们是他们多好的旅客，他们很多人的奖金就是从我们的口袋里掏去的。

丹只是温柔地笑着依在我的怀里，不说话。幸福像夜雾一样笼罩着我们，它使我感觉到，在人生漫长的旅途上，身边一直有个温柔而又可爱的女孩子，该是多么幸福。

有一天，我把丹带到了我们的营里。营长见了，看着我笑。我以为他会问我什么的，但他什么也没有问，和丹说了几句话就走了。按以往的情形，营长是不会这样的。

生活像陀螺一般转着，转过了秋天便是冬天。北京的地铁还是像往日那样繁忙，一年四季，里面塞满了各种各样的人和思想。我们坐在地铁里，体味着这个城市带给我们的快乐和痛苦、欢乐与悲哀。

我们连的兵多次在地铁里遇见过我，但他们只是偷偷地笑着，从我面前走过去。后来连里编了个小调说：我们排长真奇怪，地铁里面谈恋爱。穿着便装看不出，这头进去那头来。有心地面走一遭，又怕对方说拜拜……

我听了，哈哈一笑。后来对丹说了，她更是笑得直不起腰来。地铁里的人莫名其妙地看着我们俩大笑。

后来，我们便渐渐到地面上活动了。有一次，我还在地面上见到了丹的妈妈。当时我们正沿着长安街散步，一辆白色的宝马车在我们身边缓缓停下。一个身着华贵长袍的女人从车上走了下来。丹看着她，她也看着丹，她们两人都不说话。最后，女人把目光移到我的脸上。

"你是干什么的？"那女人问我。

我很不喜欢她这种盛气凌人的姿态，所以看着丹不作回答。

女人哼了一声，转过身来问丹："他是干什么的？"

丹说："他是军人。"

"是军官还是士兵？"

"军官。"丹说，一边说一边把手伸向我。我握住了。

女人的脸上抽搐了一下，口气缓和多了，她说："那还差不多，要是士兵，我可饶不了你。"

我听后极不舒服地问："难道军官和士兵有什么区别吗？"

女人说："如果是士兵，我会认为他是在勾引我的女儿，但你另当别论。"

我说："人人生而平等。"

女人不屑地说："别给我讲这个，我比你更明白尊重人权，但小伙子你要记住，你要是对我的女儿不好，可别怪我无情。"

我这才知道她是丹的母亲，想到她们只顾自己，于是便想幽默一句："我可不是被吓大的。"

女人没有理我。她只是回过头抓住丹的另一只手说："不要轻易相信这个世界上的任何一个男人。男人没有几个是好东西。"

我听了极不舒服，但是想到她是丹的母亲，忍了忍就算了。女人吻了吻丹的脸，上车走了。她那白色的宝马车在城市的街道上像一只在水里游得自如的鱼。

我和丹站在那里，我看着她，她耸了耸肩说："我妈妈永远是这样莫名其妙。"

我没说话,我想问丹一些什么,最终却没有问。我只是在那一刹间觉得,丹忽然离我很远。于是我有些担心地搂紧了她。

丹说:"你怎么了?"

我摇了摇头。丹没在意我想什么,她对着天安门,唱起了《采蘑菇的小姑娘》。老实说,她唱的歌真好听,有一种非常纯真的味道在空气中飘荡。

回来的时候,我们坐着地铁,这时人已稀少。通道里显得空荡荡的,我看到几个女人穿着非常鲜艳的衣服,在地铁里游逛,丹以肯定的口气告诉我说,这些人全是……

我奇怪地问她怎么知道,丹说:"那还用问。我爸就是在地铁里遇到这种人,才叫她们带坏了的。所以,你今天得原谅我妈妈才对,她是一个受害者。"

我听后瞪大眼睛说:"你家还有这样的故事?""这奇怪吗?这样的故事在天下哪个地方都有,每天都在发生,谁知会发生在哪个家里呢?"丹一边说一边嚼着口香糖,一副若无其事的样子。

那天晚上我把丹送到楼下。丹在夜里闪着明亮的大眼睛说:"今天你就不要回去了。"

我使了坏地问她:"那你让我睡在你那里?"

她捶了一下我说:"你这人真坏,我要让你睡在地板上。"

我说:"别逗了,我还得回营盘里去,我是不会在外留宿的。"

丹笑了。她一边上楼一边说:"你这人还真不坏。"

其实我本来就不坏嘛。我想。

回来的时候,我坐着最后一班地铁,听到整个地铁里风声呼啸,好像有千百万人在呐喊,我便想,在此刻,这个城市里不知几家欢乐几家忧愁。

我感觉自己好像是穿行在一个远古的隧道，不知来自哪里，又要去向何方。从夏天走到秋天，从秋天走到冬天，我们在那永不停止的地铁里，穿行着。

冬天说到就到了。北京的冬天很冷，风大且烈。早晨营里出操的时候，我看见营长戴着手套。他看见了我说："最近还顺利吧？"

我说："还算顺利。"

营长说："凡事不可强求，一切随缘。"

我奇怪地看着他，不知他说的是什么意思，但我没有细想。部队进行集合后，大家迅速走开了。我看到营长意味深长地站在那儿，抽着烟，不停地咳嗽。我没有太深入的想。

日子过了很久，直到我和丹分开后，营长才告诉我说，他从见到丹的第一眼起，就觉得丹不像是在地面上生活的女孩子。

我听了，像树桩一样怔在那儿。营长还是没有多说，他只是拍了拍我的肩便走了。眼泪从我脸上滑落下来，我哭了。

姜是老的辣，这话一点儿也不假。

在那个冬天，我和丹谈到了结婚的问题。丹说："好呀，我早就想这一天了。从我爸爸抛弃了我们的那一天起，我就盼望着有一个爱我的男人守在身边。"

我听后把丹紧紧地搂在怀里，生怕一阵风把她吹走了。她温柔地伏在我的身边，睁大眼睛，含情脉脉地看着我。那时候我觉得我是世界上最幸福的人了。

我们去这个城市一家最大的店里吃麦当劳。那天我没有穿军装，我们紧紧地相拥着，彼此深情地看着对方，好像我们生来就是彼此的一部分，不会被分割开来，也不会被剥离出去，我以为幸福就这样不知不觉地降临到我的身边了，但没有想到，这只不过是一种表象罢了。

那天回来的时候，我们还是坐的地铁，地铁里的风真大，吹得我们倒抽冷气。但即使这样，我们也不觉得寒冷，幸福的人是不会觉得寒冷的。我们的脸被冻得发青，但是我们的心却张开大口笑着。过检票口时，我第一次觉得冷漠的收票人看上去带着微笑，这种微笑使我觉得她很美丽。

在地铁口，我们又看到了那一个乞讨的老人，他还是跪在地上，低着头，像往日那样从不抬头看人。我正想走过去，丹却把我拉住了，她把我们两人口袋里的钱全部掏了出来，从中取出了我们回去的路费后全部给那个老人了。老人跪在地上，我以为他会像往日那样深深地向我们鞠上一躬的，但是没有，老人只是漠然地看着我们，奇怪地扫了一眼，然后一言不发。尽管这样，我和丹还是非常高兴，不以为然地走了。

那天夜里坐地铁的人出奇地少，他们以一种复杂的目光——我一直认为那是羡慕的目光——看着我们，看着我们相拥着走过漆黑的地下铁道。那是一条幸福的地下铁道，它通向幸福，通向了我们早就想过的那种日子。我透过列车的玻璃看靠在墙上的丹，她的脸上洋溢着一种从未有过的幸福，那是我们俩共同的幸福。

我们在地铁里站了好长时间，对地铁充满了深厚的感情。人们纷纷从我们身边走过，我想，穿行在地铁里的这些南来北往的人们，有几个能像我和丹这样走到一起呢？缘分啊！缘分啊！我在心底无限地感慨，并且装满了无限的幸福。

我们拉着手，彼此深情地看着对方，陶醉在短暂的欢乐里。我甚至不敢相信，幸福就这样光临在我这个傻小子的头上了。在一刹那，我甚至有这样的一种感觉，她是一只会飞的鸟，有一天会飞得无影无踪……

我笑着对丹说："如果有一天你飞走了，你一定要提前半年告诉我，让我有一个心理准备。"丹笑着说:"你真会开玩笑。不过你记住,如果你离开了我,我会杀死你的。"

丹说最后一句话时,带着一股杀气。我却觉得心里热乎乎的。

那晚在她家的楼下,当我看到丹走向那漆黑的楼群又回过头来对着我微笑时,我们便紧紧地拥在了一起。背后奔流的人群和灰暗的城市,在我们眼里不复存在。我们之间只有热吻,只有热泪,只有两个人构成的世界。这个世界,不再是整天灰暗的天空,也不是街道上那些冷漠的人群,它是丰富的,又是美丽与和谐的;而在我们的地下,在那条永不停息的地下铁道里,却有人为了生活,在匆匆忙忙地奔波。我们在地面上,享受着这种短暂的幸福。

是的,幸福的东西总是非常短暂的。它像是一针兴奋剂一样,一眨眼便消失得无影无踪。

有一天,丹的母亲给我打电话,我正在操课。通信员喊我时做了个鬼脸,我以为是丹的电话,就过去接。丹的母亲说:"你是真的爱她吗?"

我说:"爱还有假的吗?"

丹的妈妈说:"如果你不是一个当兵的,我还真的不会相信你。"

我说:"不是当兵的也有好人。"

丹的妈妈冷笑着说:"男人有几个是好东西?都是喜新厌旧,追名逐利……"然后她话锋一转问:"你将来拿什么来养活我的女儿?"

我噎住了,我还真没有想到我们以后怎么生活。于是我吞吞吐吐地说:"我有工作,有工资……"

丹的妈妈打断我说:"你的工资才几个钱?如果你要对我女儿负责,我劝你现在就离开她。"

我对丹的妈妈这种盛气凌人有些气恼,但是我心平气和地说:"这是我们两个人的事,我们会商量的。"

丹的妈妈说:"商量?你以为这个社会就是靠你们奉献才站得住脚的?爱情也需要面包和房子。在北京,你凭什么说自己能养得起一个女人?"

我尽量耐住性子说:"也许我们开头会有一些困难,但我相信一切都会好起来的……"丹的妈妈在那头冷笑了:"在北京,你以为你是谁?"

我的自尊心好像有某根弦被触动了一下。我不太善于表达,因此沉默在电话的这边。我说:"我可能不知道我是谁,但是我知道该怎样生活。"丹的母亲把电话挂了,我清楚地听到她轻蔑地从鼻子挤出了一个"哼"字。

我把这件事告诉了丹,丹说:"我妈妈就那个样子。"我搂紧了丹说:"你会不会像你妈妈说的那样,有一天会从我身边跑了?"

我说这话时声音里带着明显的颤抖,我相信丹没有感觉出来,她嚼着口香糖,若无其事地说:"我怎么会和我妈妈一样呢?"

丹说这话时还调皮地眨着眼睛,有一种纯净得不能再纯净的水在她的眼里泛着光亮,那一刻,我相信她说的话全是真的。于是我爱怜地搂着她,眼泪都快掉下来了。对于我们这些长年在外、过惯了大集体生活的军人来说,我们总是容易被女人感动。我们往往爱把一个女人对我们的好处当作爱情而失去理性的思考。无论外面的世界怎样变化,我们总是糊涂而又固执地坚守着我们精神上的东西。

我感动得把丹紧紧地搂在怀里。这时有一个战士进来了,他掀开门时正好看到了这场景,吓得掉头就跑,一不小心还在外面摔倒了,接着"哎呀哎呀"地远去了……

丹哈哈大笑起来,我开头也笑了一阵,不过笑容很快僵硬了,我也说不上是为什么。从心里说,我一直盼望着失去了关怀的丹会快乐起来、幸福起来,但我看到她那天真无邪的脸上露出那种青春之光的时候,我却总是高兴不起来,害怕这样的日子会太短太短。

那天晚上，我送她回去时，她很开心。她一直在不停地想办法逗我笑，我却怎么也笑不起来。最后，丹说："我可不喜欢整天板着脸孔生活的人。"我只好笑了。

再过一个月，便是除夕，我决定带着丹到我乡下的老家去一次。当我把这个念头告诉她时，她显得非常高兴，因为她一直羡慕乡下的阳光、空气和土地。

"我们什么时候去呀？"

"放了假就去。"

"你们什么时候放假？"

"估计得等到二月份。"

她不满意地嘀咕着说："你就不能请假吗？"我说："连队里走不开。"

她不再说了。但过了几天，她又问我："我们什么时候走呀？"我说："还没有放假呢。"她不高兴地噘起嘴唇说："我们早些去嘛。"

我想了想，反正这几年也没有休假，早点回去也不是不可以，再说指导员刚从家里办好离婚手续回来了，看样子一时半载不会再离开连队这个窝了。于是，我便到连里请假，连长很大度地说："回去吧，毕业两年多了，是该回去看看。"指导员也表示同意，于是我很高兴地打电话对丹讲了。

丹还不相信地说："真的？"

我说："真的。"丹在那边肯定高兴得跳了起来，因为我听到电话里咣当一声响，果然，丹告诉我说是话筒掉在地上了，她说："我太高兴了！"

我想她真的是太高兴了，但是我却不知为什么总高兴不起来。因为她想看到的是乡下那些美丽的景色，然而乡下有太多太多的东西是她不能接受也接受不了的。我想到了故乡那低矮而又破旧的房子，斑驳而又千疮百孔的墙头，还有那些衣衫褴褛、饭前不洗手、饭后也不漱口的父老乡亲，以及那些看着生人来后睁大了眼睛好奇地盯着他们的小孩子……

我说："你要有心理准备，恐怕你住不上几天就想回来了。"

丹说："我一定要在那儿住上半年，住到你妈妈想赶我走。"

我说："我妈妈是不会赶你走的，赶你走的只会是你自己。"

她在电话那头咯咯地笑了说："我要吃光你们家里所有好吃的东西，才走。"

我说："我们家里没有什么好吃的东西。"

"我没有吃过的东西都是好东西。"

"那你就等着吃那些东西吧，到时怕酸了你的胃口。"

"你下班后到我这里来吧，我们一起去购物。我要买好多好多的东西，给你的父母及你姐姐……"

我说："没有这个必要吧。"丹说："我第一次去，总要表现自己一番才行，不然以后你妈妈不喜欢我。"

我说："只要是我喜欢的，我妈妈肯定喜欢。"丹说："那我也得好好表现一下。"我听了便没有再坚持。

丹那些天买了许多衣服，全是给我父母、我姐姐和我弟弟的，还有我姐姐的孩子和我弟弟的孩子。丹一再笑我说："你弟弟都有孩子了，你却找不上老婆。"

我说："我不是在等你吗？"丹说："要是有一天我从你身边跑了，你怎么办呀？"

我堵住了她的嘴说："傻孩子，你千万别说这样的话，有些话会应验的。你要是跑了，我想我该不该去上吊？"丹的眼红了。她抱住了我，柔声说："你放心吧，我怎么会丢下你不管呢？"

我们紧紧地拥在一起,天地间没有任何一点儿声音。我们进了地铁站,丹说:"今天怎么没有看到以往那个乞讨的老头呢?他会不会出了什么事?不会冻死了吧?"

丹一边说一边像往日那样掏出几角钱,放在台阶上。我感到心里热乎乎的。

等我们买好了车票,准备回家的时候,丹的妈妈来了。她把丹叫到一边说:"你来,我有话对你说。"丹过去了。好半天我都站在那里,看见她们母女两人在那边说什么。最后丹双眼红红的。丹的妈妈对我说:"你先回连队去吧,今天我要带丹出去吃饭。"

丹说:"我不去。"

她的妈妈说:"你今天必须得去。今天你父亲也来了,我们要谈一谈你的事。"

丹还是说不去。她的妈妈拉着她的手,两个人僵了一会儿。我不知道她们之间到底谈了一些什么。但我想,既然与丹的父亲有关,就让她去吧。于是我对丹说:"你去吧,回来给我打电话。"

丹扑在我的怀里,嘤嘤地哭了起来。

我说:"你去吧,不要任性,你去了好好与你父母聚一聚。"

丹吻了我,随她妈妈一起去了。这是她在她的亲人面前第一次吻我,她说:"我去了。"

我本来不想让她去的,但看到她妈妈在望着我,我便点了点头说:"你去吧,别忘了给我打电话。"

她答应了。她走了,不知为什么我心里有些忧伤。后来我才想起,丹走的那天夜里下了雪。雪虽然薄薄的,踩上去却吱吱有声。其实,那也是我一生中在心里下得最大的雪。如果我知道从那天起,丹会在我的视线中消失,我是怎么也不会让她走的。那天夜里我待在营区内一直睡不着，一直在等丹的电话。为此，我一直守在通信员的电话机旁到深夜。通信员是一个甘肃的小伙子，他打着瞌睡对我说："排长，我估计你今天是等不到了。"

本来我平素对这些小伙子们都是很好的，下了操课后我们便不分上下级。但那天夜里我的火气特别大，我说："你少说几句行不行？"通信员怔了一下，他低下头，不作声地望着我，最后给我倒了一杯水说："排长，你等吧……我想睡觉了。"

我说："你睡你的，我没有让你陪着我。"他还是没动，最后试探着说："排长，要不……你去睡吧，电话来了，我去喊你。"

我心里着急地说："你睡着了，像死人一样，能听见吗？我还不知道你，睡着了换几个地方也不晓得。"他看了我一眼，没有反驳，最后终于垂下了头，耷拉着脑袋。我口气软了下来，对他说："你睡吧，我等着就行了。"通信员有些不好意思，可他到底熬不过瞌睡，终于爬上床去了。呼噜声一会儿就像一首摇滚曲一样叫起来。

那天直到夜里三点多，我一直没有等到丹的电话。最后我不知什么时候也睡着了，四点半钟我醒来时，发现身上盖了一件大衣。我揉了揉眼睛，看到通信员坐在床上，在黑夜里睁大了眼睛看着我。

我说："你没睡呀。"他眨了眨眼睛说："我醒来看见你睡着了，便不敢再睡了。"我心里一热，对他说："你睡吧。"他说："我睡不着……排长……我能和你说会儿话吗？"

我已没了睡意，便点了一支烟，对他说："你说吧。"他有些不好意思地捂了捂眼睛，看着我说："排长，你刚才等嫂子的电话——"我们部队的兵们一直把丹称作嫂子，这使她曾得意地笑过不知多少回了。

我说："有一天你长大了恋爱时也会这样的。"他抿了抿嘴说："排长，我在家有一个对象……"

我说:"是吗?看不出来嘛,你这么小的年纪。"他说:"我醒来看到你刚才那样,便想起了在我走的那天她跟在火车后奔跑时的样子,心里酸酸的。那天她一边跑一边哭,当时我想,有什么好哭的,又不是上刑场,所以在车厢里还唱着歌不以为然……"

我说:"还挺感人的嘛。"他又挠了挠头说:"刚才我醒来看到你那样子,第一个念头便是想起她来,再也睡不着了。排长,你说,我是不是对不起她?"

我说:"你把工作干好了,她便高兴了。你还年轻,要加强学习,不要整天打扑克。"末了我又加了一句说:"有时间多给她写写信。"通信员说:"那是。"

黑夜静静的,外面真的在下雪,可以听到风拂过屋顶的声音。房间里很静,好像北京从来没有这么静过。我顿时感到我与通信员似乎站在了同一条船上,有些同病相怜的感觉,心里空虚得让人害怕。

通信员说:"排长,给我抽一支烟怎么样?"我想了想说:"可以,但下不为例。"

他点着了烟,一道蓝色的火光飘在夜里,映在他青春的脸上,看上去有几分成熟。好久,他又说:"排长,她说她会等我,你看她会变心吗?"我说:"只要相爱便不会变心的。"

他摇了摇头说:"可我的同学告诉我说,她好像又和别的什么人谈上了。我的同学说,女人是最容易变心的。"

我说:"你不要相信那些,女人只要是爱上了一个男人,无论这个男人怎么样,她都会始终如一地爱着他的,哪怕他到了天涯海角,哪怕他穷得一无所有。"

通信员不说话。其实我说这话时,突然想起了丹,心里涌过一股难言的忧伤。是啊,我们的以后又会怎么样呢?瞬间,一种宿命的东西,挤占了我的大脑。我的心情烦躁起来,我对通信员说:"你去睡吧,我也要去睡了。"

"你不再等等吗?"

"不等了……今天她肯定是不会再回电话的了。"我一边说一边往外走去。推开门,外面的雪好像停止了。虽然那天的雪并不太大,但它却是我记忆中北京最大的一场雪。因为那场雪后,丹走了,她再也没有在我面前出现过。

第二天早上,我出操时,通信员跑过来找我,一边跑一边喊:"排长,电话,电话,排长……"

我正在带我们连的人出操,一听到电话,便对副连长说:"你领一下队吧,我有急事。"说完便什么也不顾地跟着通信员跑了。

通信员喘着气说:"是嫂子打来的,我听得出来……"

我跑进值班室,刚喊了一声"喂",便听到了里面丹的哭声。我的心一下子紧了起来,我说:"你怎么了,你怎么了,怎么了你?"她说:"我要走了……我要走了……"

她一边哭一边说,我听得不太清楚。我说:"你到哪里去呀?你先回来,我们再商量,我昨夜一直在等你的电话……"

丹说:"我偷偷地给你打电话……我妈妈……在那边……她要把我带到新加坡去……"

电话线路本来不太好,因此我有些不相信自己的耳朵。我说:"什么,你说什么?什么?"

"我要走了……我真的不是故意的……我被我妈妈……绑到机场来的……"

"你在飞机场?""嗯……飞机快起飞了……我妈妈过来了……我爱你……我爱你……嘉……我爱北京的地铁……"

接着电话里传来一片忙音。我眼前一黑,重重地摔在值班室的椅子上。我听到通信员说:"排长,你没事吧?你没事吧,排长?"

我挥了挥手,泪水迅速模糊了我的视线。我接着往外跑去,这时连队已出操回来,我对连长说:"把吉普车借我用一下,我有事出去。"

连长说:"你开慢些。"我一把抢过钥匙,飞快地跑过去发动了车。车子像老牛一样叫了一声,吱吱嘎嘎地飞了出去。路过连长身边时,我看到他面有愠色。

一路上我闯了几次红灯,警察拦我时,我说:"我女朋友让人绑架了。"他们看我穿着军装,脸上又是泪又是焦急的样子,便放了我一马。我从来没有感到警察这么好过,但等我到达机场时,透过候机厅,我看到偌大的机场一片空空荡荡。

我明白,世界上我最爱的那个人远去了……我趴在吉普车上,号啕大哭起来。

从那以后,我天天盼着丹的电话,盼着她的来信,但是没有,她什么也没有给我。

我想,丹到底怎么样了?她过得好吗?有时我简直不相信丹已不在这个城市。日子一天一天地过去,我感到度日如年,脾气也格外地大。

营长说:"我早就说过,你不要这样,这样下去不好。"我说:"对不起,营长,我也不想这样,只是我只能这样。"营长又拍了拍我的肩,然后叹息着走了。

那一年的冬天,我回家时,我妈妈问起丹。我说:"她走了。"

我妈妈说:"你是不是欺负她了?"

我不愿让我妈妈与我一样伤心,我只是说:"她到外国学习去了。"

我妈妈说:"外国?她到了外国肯定把你忘记了。"

我弟弟说:"她不会蒙你吧,哥?"

我说:"不会,她不是那样的女孩。"

尽管我不相信她是那样的女孩,可我也没法说服我自己。于是我一个人跑到故乡的大山上,偷偷地哭开了。

那年我只在家里待了一个星期便回了连队。走时,我妈妈说:"她回来了,你要好好对待人家,不要像你爸爸那样,摆男人的臭架子。"

我"啊"了一声,鼻子便酸了。其实,丹到底回不回来呢?我不知道,甚至也不敢去想了。

回来后的许多天,我每天都问通信员有没有我的电话。他脸上总想挤出一丝笑,但最终却以一个失望的表情回答我。我那时候觉得生活中失去了一种非常重要的东西,每天心里都空空荡荡的,不知道该怎么办。于是我养成了一个习惯,在连队没事的时候总爱往地铁里跑,总希望有一天丹会奇迹般地出现在我的面前。

但是没有,北京的地铁里还是像往日那样挤满了世间各种各样的人,却没有我爱着的丹。有一段时间,看着那些看上去显得那样麻木的人,我总想找到一张像丹那样清纯的笑脸,可是没有。我只是看到北京地铁里的人,严肃地从一个口出入于另外一个口,仿佛总有人欠着他们什么东西,仿佛他们也像我一样遭到了不幸,除了那些外地人。虽然他们等地铁停下来时,会像抢公共汽车一样一拥而上,但他们的脸上却总是充满着幸福和满足。

我真羡慕那些生活得幸福与满足的人,因为我要找的东西什么也没有找到。那个最爱笑的女孩,从此从我的生活中活生生地剥离出去了。

营长对我说:"过去的东西不要再想,想了也不会再回来。"我说:"她会回来的,我们有约,我相信她会回来。"

营长看也不看我说:"有些东西失去了便永远也不会回来了,你要承认这个现实。"

我没法接受这个现实,所以我还是常常出现在地铁口。那里的乞丐几乎都认识我了,每次我把那几个钢镚儿丢给他们时,他们脸上总是洋溢着笑容。最后,除了一个狡猾的年轻人和一个瞎子,其他的人都不愿再接收我的钱了。

有一天,一个老头把我的钢镚儿还给我说:"年轻人,我看你的心境还不如我呢。"我吃惊地看着他。

他一边看一本书一边说:"我注视你好长时间了……"

我说:"你怎么知道?"

他说:"从你的眼神就可以看出来。"

我有些好奇,以为自己遇到了高人。老头说,从这里走过,你也许从来没有正眼看过我,也许还瞧不起我,但我也一样,我也从来没有正眼看过你们,对你们的施舍并不心存感激。

我更有些好奇了,我说:"你还大隐隐于市呀。"

"算不上大隐,我便不与你说这些了。你看这些从地铁里出入的人,他们的生活目标本来都达到了,但你知道他们为什么还那么严肃那么累地活着吗?为什么?就因为他们的欲望永不满足。"

"可我……没有什么欲望。"

老头冷笑着说:"你眼里的欲望太多,一眼就可以看出来。年轻人,你平素把钱丢给我,带有一种同情的眼光,其实我也在同情你们呢。至少,我们每天肚里填饱了,便满足了。我活得没有你们累。"

我怔在那里,半天没说话。老头又说:"你等人吧,等是等不来的,一切空去还空来……"

我这才发现,老头从来不像其他的乞丐那样在地铁里跪着,而是安稳地坐在那里看一本线装书,他没有再理我。

我仿佛悟到一些什么了,可这并没有改变我要在这里等丹的决心。

有天我又在地铁口溜达时,发现了我们连的通信员,他一见我转身便跑。我说:"你干什么呀?"

他只好站住了,红着脸说:"没什么,我出来办事……路过这里。"

我说:"你没看见我吗?我喊你还跑?"

他说:"我没听见呀……"

我没在意,于是我们一起回去了。但是不久,我又在地铁里发现他了。当我喊他时,他又装作没听见。我还是没有在意。到第三次我抓住他时,我便不相信这么机灵的通信员会没看见我,便一定要他交代为什么跟踪我。

他开头不愿说。我说:"我平时对你还好吧。"

他低着头说:"好。"

我说:"那你还是不是我的兄弟?"

他说:"是……"声音更加低了。

我说:"那就对了。你忘了那夜我们的谈话吗?有什么还不能告诉我的?"

他这才哭丧着脸说:"排长,你每天这样失魂落魄地在地铁里转悠,营长和连长怕你出事,让我跟着你呢。"

我的鼻子酸了,便紧紧地搂住了他,说了声"好兄弟"。他的泪也掉下来了,他说:"排长,我们回去吧……"

我便和他一起回去了,从此,我很少到地铁这边来。我知道,那个爱坐地铁的女孩,那个我曾深爱着的,要到我家里去吃我妈妈做的饭的丹,从我的生活中剥离出去了;而北京的地铁,还像往日那样铿铿锵锵地响,还像往日那样不知疲倦地奔跑,仿佛在这里根本没有发生过我和丹的那段故事,根本没有我和丹那样的一对情人……

有一天夜里,我做了一个梦。我梦见丹回来了,但回来时,丹的身边，却站着另外一个男人。

我说："你到哪里去了。"她陌生地看着我，像地铁里那些南来北往的陌生人一样，不说话。

我说："你说呀，你不是说我们永远不分开吗？你不是说我们要白头到老吗？你不是说，只要我离开你，你会杀了我吗？"

丹终于开口了，她不屑地笑了笑说："世上还有什么东西是长久的？连我妈妈都在骗我，我还能相信什么呢？"

我说："丹，难道你还不相信我吗？你怎么能这样呢？"

丹说："你要我怎么样对待你？我爸爸曾和我妈妈在一起生活了十几年，但他们打架时，什么东西都敢砸；说离婚时，眼都没有眨一下。只有我站在那空荡荡的房子里哭。他们都不爱我，还有什么爱会是永恒的呢？"

我说："丹，我会永远爱你的……"

她转身走了，一边走一边说："我妈妈为了做一笔大生意，把我嫁到新加坡了，反正我已适应了那里的生活，离不开那儿的一切了，你就死了那条心吧……"

我去拉她，却被她身边的那个男人推了一下，梦便醒了。

醒来时，我全身大汗淋漓。那时正是凌晨五点半钟，我好像朦胧地听到地铁穿过北京心脏的声音，它那巨大的响声仿佛在说着一个什么人的故事，这个故事与生活在地面上的人群有关，或者与他们无关……

我相信，地铁里再也不会发生这样的故事了。因为地铁里布满了忧伤，那些南来北往的人，把忧伤带入了他们平凡的生活，每个人因为忧伤而不再重提理想，日子便那样在地铁的巨大轰鸣声中悄悄地从身边滑落，仿佛我们都身不由己地跟着一个巨大的漩涡，在梦与现实中匆匆忙忙地奔波，却不知为了什么……

祝你幸福

连长从边疆回城里的那天天气很好,太阳晒在人身上暖洋洋的。换他们连一个战士的话说,让内地的太阳晒了之后,人好像觉得有无限的热情直想往外涌,心里慌得很。

连长回来的第一天便给我打了电话。那时我们已经五年没见面了,所以我接到电话时非常高兴。连长还是那副大嗓门:"小李,我回来了!晚上我们一起喝酒吧。"

我觉得这句话有些奇怪。因为连长还是我们副连长的时候,他最反对的就是军人喝酒。除了送我上军校走的那次,他平时是滴酒不沾。在他眼里,喝酒有损军人的形象,所以他在军人大会上大讲特讲过喝酒的种种坏处。于是,我们连的战士都学会了他曾说的一句话:酒的问题是一个形象问题,形象问题就是生命问题。

我笑着说:"你不是不喝酒吗?"

他在电话那头说:"回来了……喝点儿热一热吧。你不想请我了,是不是?"

我说:"哪能呢?想请你还怕你不来呢。"

连长说:"我不但要来,而且还得住下来,到时你不要烦我。"

我说:"我哪里敢烦,人生能有几个连长呢,我的军旅生涯中也就你一个连长呀。"

连长在那边笑了,说:"那是,你还像是在边疆待过的兵,对人有感情。我以为所有的人一住进城市就变了。"

我说:"再变也不会对你变。"

连长说:"嗨,你要是变了,我也就不会打电话找你了。"

我说:"只要你不怪我毕业后没有回边疆去就行了。"

连长说:"革命战士一块砖,哪里需要哪里搬,在城市也是干革命嘛。地域不同,目标一致。"

我说:"那是那是。"

连长说:"我还要强调一下,晚上吃饭,在你家里吃便行了。你知道我的脾气,要是到外面吃,我可就不来了。"我说:"接风也得讲点面子吧,家里是不是随便了点?"

连长说:"你小子要是在外面请我,我可是说走就走。"

我正要说服他,他却撂下了电话。我想,连长还像往日那样三言两语的,我们当兵时他就喜欢开短会和讲短话。

由于连长难得从边疆来一次,所以那天我在家里忙碌了半天,准备好好招待他,可临时我又改变主意想在外面请他搓一顿。

到了晚上,他果然来了,不止他一个,后面还跟着一个战士。战士手里提着两瓶酒,我说:"你这是干啥呀,两瓶酒我还是买得起的嘛。"

连长用他那宽大的手紧紧地把我的手握住了,握得我的手有些生疼;接着他在我的肩上狠狠地拍了两下,拍得我的肩膀晃了晃,然后大声说:"哎呀呀,在城里生活就是不一样,连皮肉都经不起拍两下了。这样的兵怎么能打仗?"

我说:"我留在城里,也是你同意的嘛。"

连长说:"上面点名要你,我高兴还来不及呢,同意了我还落个顺水人情。再说,我们营能有一个人留在城里,我们以后回来就有了自己的根据地了,这是往我的脸上贴金呢,我哪能不同意,哪敢不同意?"后面跟着的战士接着说:"那是那是,李干事,我们连长教育我们时,总是以你为例子呢,说你怎么怎么地优秀……"

我说:"别听你们连长瞎吹。他带出的兵,要是说不好,他脸上有光呀?"

连长说:"你这是谦虚呢还是骄傲呢?来,我们先坐。你们站着说话不腰疼?"

我说:"连长,你现在官当得够气派了,还带着一个通信员呀?"

连长说:"我哪有那么金贵?他探家,顺便一路。"

连长说:"不管你欢迎不欢迎,反正我是要来,除非你变了。"

我说:"人哪有说变就变的。"

他说:"那可不一定啊,人有时说变就变,变得你都不认识了。"

我说:"你看我变了吗?"

他说:"怎么没变?至少你变白了,变得不像从边疆来的人了。"

我笑了笑说:"可我看你没变,还是那样黑,风吹的脸还是那样红,嘴唇还是那样乌青乌青的,头发还是那样少得可怜,从农村包围城市……"

他笑着说:"那鬼地方,不是人待的。"

我也笑着说:"这就奇怪了,当初你也不是没有调回的机会,可你却舍不得离开那里。"

他摸了摸脑门说:"人呀,总有个寄托不是?待长了烦够了,便对那地方生出感情来了,反而不想走了。再说,即使我调回来,在这里能干什么呀?起码不能像你这样坐在机关里,有一句没一句地制造材料。"说完,他一屁股坐在沙发上,还弹了几弹说:"难怪你不回去,在这里坐坐也是享受。"接着他转身教训他的兵说:"王二小,你看看,我平素让你好好学习，你总是说忙，说怕考不上，你看看，小李现在的生活你想不想过呀？想过便要吃苦，小李当初那学习劲头，可与你不一样……"

战士的脸红了，站在那里，搓着手，不知说什么好。

我说："连长，说不准人家以后还能干个将军呢。"

连长说："将军不将军的我管不着，反正人就得努力嘛。这小子背一会儿书便想看电视，想当初你哪里看过电视呀。"

我岔开话题说："你回来……见过嫂夫人没有？"

连长好像没听见我说的话，却对着我墙上的一幅书法说："好字好字，想必是名家写的吧，你们呀，欣赏能力与我们边疆人就是不一样……"

其实那幅字是我的一位朋友信手涂鸦的，我为了装饰，也就把它贴在了墙上。我追问道："嫂夫人是不是今晚也来呀？"

连长还是没理我的茬，转过头对一直拘谨的战士说："王二小，你还站在那里干什么？把连队给李干事带的礼品拿出来。"

我说："来就来，带什么礼品，对老部下还行贿呀？"

王二小说："李干事，我们连里的人都知道你呢。听说我们要来，大家一合计，便带来这个了。"说着，他拿出了一本影集，"李干事，这是我们连最近几年的变化，我们把它拍成了照片，给你带来了。"

我打开影集，第一页是全连官兵的合影，接着是每个战士的亲笔签名，写着诸如"祝李干事大展宏图"和"向李干事学习"之类的话。再翻开里页，连队里那熟悉的营区跃入眼帘，我的心头不禁一热。

连长说："都是连队里的兵自己照的，水平不高。"

我说："我感谢还来不及呢。说真的，这些年还真的想念着连队。"

王二小接过话说："李干事，我们连这几年在连长的带领下，变化可大呢，不但营区美化了，把树种活了，而且工作上也得到了上级领导的认可，立了集体三等功呢，连长也被评为基层先进工作者……"

连长说："你小子就知道拍领导的马屁，那点儿事也值得在李干事面前吹？他见过的首长说出来吓你一跳。"

王二小辩解说："我说的是事实嘛。"

我说："连长，你总不能不让人说话嘛。过去你不是经常说，群众最有发言权吗？"

他嘿嘿地笑了说："那些话你都还记得？"

我说："您金口玉言，说的话谁敢忘记呀？"

我一边给他们倒茶，一边又提起了嫂子："你回来，嫂子知道不？"

连长打了个哈欠说："我肚子闹革命了，毛主席说，一个人要先解决穿衣吃饭问题，解决肚子的饥饿问题，这个问题不解决，其他的问题免谈。"

我说："毛主席说过这句话了吗？"

连长说："不管他说没说过，反正有人说过，我们准备吃饭吧。"

我迟疑了一下说："连长，我首先要向你检讨，因为你难得回来一次，我们在外面吃吧，平时忙，房子里没准备什么。"

我说的是实话，可连长脸上的笑容马上消失了。

我又连忙说："连长，我作检讨，就这一次……你想你也难得回来一次，我总得给你点面子是不是？要不以后回了连队，你对战士们说我在家里请你吃便饭，连队的战士还以为我变了，对第二故乡的人不热情呢。"

连长说："扯淡。我看你是真的在变了。"

我又说："连长，这个问题你要这么看，在家里吃饭吧，显得温馨；但在外面吃饭呢，更加方便。你看我们每天加班加点的，做饭的水平也不高,在外面吃还节省时间。要说这也得怪你呀,谁叫你为了让我有更多的时间复习考学,不让我下炊事班干活呢。"

连长看着我,不说话。

我说:"连长……这个问题……这个问题你还要往深层次想,比如我们现在的同事吧,要是知道了我在家请你吃饭,肯定有两种看法。第一种会认为我们关系很好,在家里随意自如;另一种呢,就会认为我们关系不好,家里吃一顿随便就应付和打发你了。你说我们关系好不好呢?当然好。但人家要是有第二种想法呢?"

连长听了这句话笑了。他说:"好吧好吧,你到城里来就学了这些花花肠子的东西,不过下不为例。"

我说:"那当然。要是总在外面吃,我非得去要饭不可。"

连长说:"王二小,你把我的行李搬到李干事的客厅里来。"

我这时才知道王二小大包小包的东西还包括连长的行李,便对连长说:"你就把这儿当自己的家。"一提到家我又想起嫂子,但这一次我没敢再问连长。

连长说:"革命战士就是四海为家嘛。"

他从沙发上站起来说:"王二小,把那两瓶伊犁特曲带上,我们今天要一醉方休……"

吃饭的地点选在一家中等酒店:要是安排得太高级吧,怕连长不高兴;太低档呢,觉得对连长不够意思。虽然他不在乎这个,可我还是费了一番心思。

我边给连长倒酒边说:"连长,你以往从不喝酒,原来是装的呀。"

"嗨,人生在世,不来点儿酒,既没气氛,也没情调。"连长说着,又看了看王二小,"这些话你小子可别在连队里说,连队里喝酒只会误事和出事。"

王二小马上站起来说："我知道我知道……"

我看到王二小的样子便笑了。我问连长："连队里的房子还是那样吗？"

"影集上不是有吗？估计你会问这些的，所以拍了照片。"

"老刘的关节炎好些没有？"

"好啥？还不是走起路来酸不啦叽的。我曾对他说，你要是这样就转业算了。可他说舍不得走。你说，那样个地方，有啥舍不得的呀。"

"那你为什么不走呢？"

"我？我就这个命吧，离开那儿还能干什么。"连长说完一口干了一杯，酒还没有下肚，他却咳嗽了起来。

王二小站起来说："连长……"

连长说："你吃你的饭，我们今天只闲谈，不说正事。"

我一下子意识到连长有什么心事瞒着我。

几杯酒下了肚，我们的话就更多了。

我问："连队还是那样训练吗？"

连长了一口酒说："我老了，跟不上形势了。那些新的装备，有的还摸不过来。年轻的排长们文化程度比我们那时高多了，老啦老啦，人家看不上啦。"

王二小说："连长哪里老了，全连大家最服的还是你嘛，那些排长根本不会带兵……"

连长瞪了王二小一眼说："你懂什么，人家那是不熟悉，要是熟悉了，比我们强。"

王二小嘟囔道："我看不见得。"

我说："连长你不要自谦，谁不知道你是基层先进工作者？报上登的消息我都见到了。"

"你也看见了？那是大家抬举我，其实我是个大老粗……"

连长一边说一边大口大口地喝酒。以往我从没见过连长这么喝过。我记得连长破例第一次沾了酒，是在我考上军校走的前一天晚上。那时的连长前面还带着个"副"字，但由于老连长身体不好，老婆闹着要离婚，回去联系转业的事情了，连队行政上的事都压在他的肩上。我走的那天晚上，连队的干部在他的房间里摆上了几个菜，说是为我送行。指导员说："我们也不到外面搞什么形式了，那样影响不好。今天就在这里这样送送你，当然以后我们要是到了你家，你也这样对我们。"我说："这样挺好。"连长接过话说："好不好放在一边，今天我们要喝点儿酒。这酒吧，是战士探家带来的，我的为人你们都知道，他们探个家，家里想表达个意思，你也不能拒绝。"他说得我们都笑了。那也是我第一次喝酒，喝着喝着头便晕了起来。连长说："今天我把话说到这边放着，以后你就是当了将军，也是我带过的兵。"我说："那是那是。"连长说："你别这是那是的，我以往训过你，有时还把你批评得挺厉害，但老实说吧，我是挺喜欢你这个兵的，有思想，有个性，有追求，有知识，肯吃苦，比我们那时强得多。"我说："哪里哪里，连长过奖了。"连长说："你别这里那里的，你肚里有墨水，在这个地方吧，可能委屈了你。"我连忙表态说："我毕业了一定会回来。"连长说："回来不回来我不敢保证，但你是我们连三年来第一个考出去的兵，给我们脸上增了光，至少人家不会再说我们是将熊熊一窝吧。"说着，他便连干了三杯。三杯过后，他的话便多了起来。他说："我感觉你这一去，好像就不会再回来了。"我说："哪能呢，至少我还记得连长，记得连里的各位领导……"连长说："这个我们都相信，但是……"他停住了，许久，又说："喝酒吧，喝酒吧。"于是我们又接着喝酒。酒后大家的话便多起来了，我觉得好像连队干部从来没有这样放开过，平素，我们虽然觉得连长很好，但总感觉他有些凶巴巴的；指导员的笑容很有水平，但看上去总让人害怕。我那时还不太懂得感情是怎么回事，因此并没把别离看得那么严重，可没想到连长竟有些儿女情长，喝到最后，差点都掉眼泪了。喝完酒后，连长与我一起在营区里散步。那天月色清凉，如水一般泻在营房上。连长像父亲一样把手搭在我的肩上，我觉得非常熟悉与亲切，心里不禁涌起了一股别离的忧伤。连长说："你去军校后，有时间的话，去看一看你的嫂子，她一个人，在家里不容易。"我知道我要去的军校就在连长家所在的那座城市，"我一定去，"我笑着说："连长其实你挺浪漫的。"连长说："浪漫谈不上。其实呢，我也并不是不想她，她一个女人，与我一起长大，可结婚后，我们在一起的时间太短了，太短了……"说着，他的眼圈有些红了，禁不住用手揉搓眼眶。"以后你结了婚便知道了，一个女人过日子，苦着呢。"我说："那你为什么不多回去几次？"连长说："你看连队走得开吗？走了你放心吗？这里可是边防啊，一点儿小事就是大事！"我表示理解地点了点头。连长说："有时我想，边防军人为什么要结婚呢？这不是害人吗？"连长一边说一边摇头。那时我不明白连长说这话的具体意思，等我明白的时候，我的青春已经像闪光灯一样，咔嚓一下就晃过去了。记得那夜我们在一起谈了许多许多，我第一次觉得我与连长除了兵与官的关系外，还是兄弟。

所以今夜当连长再次大口大口地喝酒时，我便想起了在连队里的那些美好时光。在城市，经历过的酒场太多了，但是除了朋友和亲人的聚会，没有一个酒场不是人场，没有一个酒场不充斥着大话、空话、套话、废话和假话。看到连长大口地喝酒，我便猜测到他心里一定压着沉重的心事。于是我在上洗手间时问王二小："连长回来是探亲吗？"

王二小说："我也不知道。"

我问他这次回来是否回过家。王二小说："要不是与连长一路同行，我还真不知道连长的家就在这座城市里。在我当兵的这两年里,他爱人一次也没有来过连队……"

"你们下车后有人接他吗?"

"没有呀。"

"他往家里打过电话吗?"

"没有呀。"

我说:"那就有些怪。"

王二小说:"我也觉得有些怪,连长在一路上总是抽烟,有时我睡着了醒来,发现他还坐在火车的过道里抽烟。"

我仿佛明白了一些什么。

那天晚上我们三个人干完了两瓶伊犁特曲,回来的路上有些摇晃。连长说:"我今天才知道,喝酒的感觉真好呀。"

回到我的住处,连长说:"今天我就住在这里了,你赶我我也不走了。"

我说:"连长能住在这里是看得起我。"

连长说:"你别光说这些客气话,我不但今天要住在这里,可能明天后天还要住在这里。"他一边说一边脱衣服,往我家的沙发上躺。

我说:"你睡床上睡床上……"

他说:"我可享受不了这个什么席梦思,睡后全身不舒服。"

我说:"那你也不洗洗呀?"

"哪有你这么多讲究!你又不是不知道,连队里有时连吃的水都不够,哪里还有水洗澡呢?我都习惯于不洗澡了。"连长躺在沙发上又翻过身来说,"你该不会是嫌弃我吧?"

我说:"怎么会呢?"

连长说:"你就算会,也没办法,我就是这么个人。"

我看看连长，又看看王二小，没再说什么。安顿了王二小后，我坐在连长躺的长沙发边上，发现他已经睡着了。我把一条毛毯盖在他的身上，没想到把他弄醒了，他说："你快睡去吧，不要管我，没什么事。"

我想了想，憋在心里的那句话终于还是忍不住倒了出来："连长，你这次回来到底是干什么呀？"

"离婚！"他果断地说。

"离婚？"我想再问问他，可他一转过身去便呼呼地睡着了，呼噜声像一曲杂乱无章的夜曲。

上军校时，我曾去看过嫂子。那是我第二次见到她，因为我当兵时她曾来过一次连队，但从那以后她便再也没有来了。

我第一次上嫂子家里去时，嫂子很热情。

我说："嫂子，副连长让我来看看你。"

她说："他？他心里还有我吗？"

我那时不知道他们之间在闹别扭，我便开玩笑地说："副连长不想你想谁呀？"

她说："他心中只有他的那个连队，只有他的兵，哪里还会有我呢？"

我说："副连长平时常念叨着你。"我说这话时底气不足，因为副连长从来没当着我们的面提过她。

她说："他也不过只是在口头上说说。"

我说："大家都说副连长可听你的话呢。"

嫂子说："听话？鬼才相信！我让他转业，他却从来没有答应过。"

我说："我们连的人都说副连长是个模范丈夫"

嫂子说："模范丈夫？他可能更热衷于当他的模范连长吧。"

我一下子不知说什么好了。我站在那里，有些不知所措。

想起来，那次嫂子的态度还算好的。因为我再次去看她时，她说：

"小李，你很忙，就不要再往这里跑了。"

我说："再忙也得来看一看呀，如果你有事要帮忙，就给我打电话。"

她说："你好好读你的书吧，不要像你们副连长那样，木头人一个。"

虽然嫂子不要我去，但连长嘱咐了要我去，我是连长的兵，得听连长的。

第三次再去时，我发现有一个男人在帮她换煤气。看见我来了，嫂子站在门口，脸上有些冰凉。她说："我表哥在帮我换煤气，你回去吧，以后不要再来了。"说着便把家里的门关上了。

我站了一会儿，心里觉得有些难受，从此好长时间没有去过。可想起远在边疆的副连长时，心里又有些过意不去，便打电话向他解释。电话转了好几道弯到连队时，连长的声音很急切，我逗他说："嫂子要你回来，你不回来，她便要与你拜拜啦。"他在电话的那边说："我知道，我知道……"我又吓他说："你再不回来，嫂子可就和别人跑了啦。"他说："我知道，我知道……"

过了不久，我再往嫂子家打电话时，接电话的人说："你打错了，这里没这个人。"我想怎么会呢，便又打了几次，可每次别人都这样说，我感到很奇怪。就专门跑去看了一次，敲门后发现，嫂子真的搬家了。

我便写信问副连长知道不知道嫂子搬家了。副连长回信时却对此事只字不提。

从那以后，我从连队战友们的来信中，知道了连队的任务一个接一个，副连长脱不开身回家。之后，我听说副连长送兵时中途也回来过一次，可我放寒假回老家去了，我们两个人没有见上面。等我回来时，才知道他到过我们学校，没找到，我便给我留了一张便条：你好好读书吧，以后不用再去看你嫂子了。

当时我感到这句话有些莫名其妙。不过那时学习太紧张，我也没有多想。毕业前，学校找我谈话，有意留我在这个城市。那时，副连长已升为连长了。我打电话征求他对我毕业后去向的意见。他说："城市有城市的好处，主要看你适合在哪个位置，哪个位置更能发挥你的才能，你自己看着办吧。"我说："你不是想让我回来吗？"他说："你是你，我是我，我们的特点不一样，你自己的事只能自己决定；再说，你还年轻，留在那里可能更好。"

我说："你不是说要热烈地欢迎我回来吗？"

他说："我现在改变主意了，不这么想了。"

我那时还以为连长这话就是这个意思，不过现在我明白了连长还遇到了别的问题。

第二天，我和连长一起到火车站送走了王二小。王二小上车时眼泪汪汪的，他紧握住连长的手不放。连长说："你一个大男人，怎么像个女人哭哭啼啼的！"

王二小说："连长，你有时间一定要到我家去，我们全家人都欢迎你来做客。"

连长说："我肯定会去的，代我问你父母好。"

王二小说："连长，我们村有好几个当兵的，可就你一个人给我家里写信了，我爸每次收到你的来信，总是要在村里转来转去的，让别的人都很羡慕。"

连长说："告诉你爸以后别这样了，别的连长也许都很忙，抽不出时间写信呢。"

王二小转过身去擦眼泪了。火车开动时，他把头从车窗里伸出来，拼命地向我们挥手。连长站在那里，一直看着火车消失，嘴里不停地说："这孩子，这孩子，就是重感情……"

回来的路上，连长对我说："住在你这里，是不是不方便？"

我说："没有什么不方便的。"

我说的是实话。因为我每天要写材料，领导照顾我，没让我住集体宿舍，而是破例让我住了个独单，有厨房有厕所，的确非常方便。

连长说："既然方便，我就不搬出去了。不过，我还得麻烦你一件事。"

我说："有什么事你就说吧，没有什么麻烦不麻烦的。"

连长说："我想借你房子里的电话用几天。"

我说："是不是放心不下连队？你尽管用就是了。"

他嘿嘿一笑说："那多谢了。你上班去吧，我不用你陪，我要办我的事。"

我怕引起他的不快，便没有问是不是有关离婚的事。我把房子的钥匙给了他，两个人握了一下手，便在大街上分别了。

他站在那儿，脸上明显有些忧伤。在转过身的刹那，我忽然觉得连长有些孤独。

到单位上班后，我没想到领导要我和他一起出一趟差，可能得半个月才能回来，而且飞机票已经买好了，当天就走。我便赶紧给连长打电话，一再对他说对不起。

连长说："你走就走呗，当兵嘛，经常有这样的任务，有什么大惊小怪的，我又不是傻子，你有什么不放心的。"

我说："那我不能陪你了。"

他说："我要你陪干什么？你陪我，我反倒不舒服了。"

我问他准备待多长时间。他说："把事办完就走。"

我说："连长你多住一段时间，我很快就回来，我们还没有好好地谈谈心呢。"

连长说："看到你便行了，你不把我们这些边疆人忘了就行了。我对你一直是很放心的。"

我和连长多年不见以后就这样仓促地分别了。

半个月后,我回来时,连长已经走了。我首先发现房子的墙角有一大堆酒瓶,看来在我走的这些天里连长喝了不少酒;接着我发现桌子上有他写的一封信。我看了看信尾的日期,知道连长是在我走后一个星期走的。他的信不是太长,但还是那么简单和朴实。

小李,我走了。这次能看到你,看到我曾生活过的城市,还是非常高兴的。城市的变化,这几年的确是太大了,我都快认不出来了。不过,我还是很高兴的,无论人们怎么看我们,毕竟我们在守着边防,还是为城市尽了一份力的。有时候呢,一个人做什么事,并不一定要得到什么。你也在边疆待了几年,我想也应该有所感受。在那里,人能在大自然中活下来,就觉得非常幸福了,还追求什么名利上的东西呢?你这些年来,干得不错,这是我们连的光荣,也是我这个连长的光荣。希望你保持这个劲头,不要松懈,要继续努力,争取更大的成绩。我早就说过,你是我带过的最有出息的也是最让我放心的一个兵。

小李,我知道你有些话想问但一直没有问。我就告诉你吧。我与你嫂子这次真的离婚了,我在协议上签了字。你可能会怪你嫂子,其实这事也不能怪她。别的女人应该有的东西,她也有权利拥有。现在我能做到的,只是在心里祝她幸福。

小李,我走了。老实说,我走时心里不知怎么有些悲伤,好像再也不能回到这个城市似的。其实呢,我是舍不得啊,舍不得你……也牵挂你嫂子,但人各有志,只能是这样了……

我看着看着，鼻子有些发酸，坐在那里想了好半天。这时我的传呼响了，一看留言，正是连长的：不知你回来没有？我已安全回到连队，请放心。祝你事事顺利。

　　屋子里静极了。我想起连长此时也许正在漫天的风雪中大声地高喊着他的士兵们的名字，眼泪便禁不住蒙住了双眼……

难说再见

连长站在队部门口,说小李你过来,我便过去了。连长对着我耳朵嚷道,你去把指导员叫来。连长这句话把我吓了一跳,好像向我耳朵里丢了一颗炸弹。我想连队里肯定发生了什么事,便立马跑去了。指导员住在下屋,我敲了敲门,里面没有任何声音。我便喊了一声,声音很大,指导员从屋后回应了。我跑出去,看到他提着裤子从厕所里钻了出来,脸上明显有些恼怒。我连忙说指导员,连长找你。他脸上的气色好了一点儿,问有什么事。我说不知道。他的眼睛跳了一下,好像脸上的皱纹被风吹起了似的,一种紫色的皮肤贴在了上面,那双经了风霜的眼里流露出警惕。他对连长一直都是这么警惕,我也不知是为什么。指导员骂了一句什么,我没听清楚。他一般是不会骂人的,这是政治干部的品德。这种品德他还想移植到我们身上,于是他无休止地背课、讲课,搞得我们也和他一样累,累到大家一谈开会,就呵欠连天的。不过政治学习我们可从来不敢打瞌睡,政治是我们的生命,谁也不敢开这个玩笑。

指导员从后面过来时,连长已到车场去了。车辆都在戈壁滩上摆着,很整齐,也很美观。指导员问我连长呢。我说他刚才还在这儿呢。指导员看了我一眼,我低下头去,不敢抬头看他。他的眼睛带了电似的,让人觉得不怎么舒服,好像目光里有刺似的,冷不丁要扎你一下。这时的天特别寒冷,西伯利亚的风越过了天山,亲吻着人的衣服和皮肤,直往皮肉里钻，生生地作痛。我们一天不抹点防冻霜什么的，手上和脸上就会起道子和口子。血像多了似的从肉里钻出来透气，空气干燥得像用火烤了一样发涩。

指导员肯定看见了连长，因为他迈着方步踱过去了。车场离连部不远，走上十几米就到，我正考虑跟不跟在后面，想了想就算了，我不过是个通信员，找到了指导员，我的任务也就完成了。我正准备回到自己的房子里去，却看到志愿兵老张向我招了一下手，便只好走过去。志愿兵的话，你不能不听，他们都是十几年的老兵，不容易，我得尊重他们。开头我还不太习惯，他们说话的口气大得不行，但后来一想，我们有一天也会成为老兵的，谁不是这样过来的呢？谁都希望得到新兵的尊重，所以他们叫我，我是有叫必应的。

老张把我拉到营区后面问："刚才连长找指导员了？"我嗯了一声。老张又问："是不是为了丢轮胎的事？"我说："什么轮胎？"老张说："你不知道吗？昨天晚上连队里丢了轮胎了。"我听后脑里一热，马上想到了责任，心就沉了下去。丢轮胎在连队里可不是小问题。因为连队里经常让我在半夜里起来查岗，如果真的丢了，连长肯定会说我查岗不力。我连忙问丢了几只。老张说："一共两个，一新一旧。"我说："不可能吧，昨晚我还起来查过三次岗，每一班的人马都在位。"老张说："啊，你还不知道？你不知道就算了，那你去吧。"我还想问老张什么，但看到他没有再讲下去的意思，就心事重重地走了。我想连队的干部一定会批评我的。但是直到晚上，连长和指导员都没有这个意思，他们只是让我不停地叫人，连队里的人几乎个个都来了一次，进进出出时我发现每个人脸上都很镇定。最后，连长把我叫过去了，指导员也在场。连长问："昨夜里你查了几次岗？"我说："三次。"连长问每一次查岗是什么时候，我一一说了。指导员说："人都在位？"我说："在位。"指导员便说:"你去吧,记住营里来问时,你不要说昨天我们两人不在位。"我说了声"是",敬了个礼就走了出去。我在连里一直如此,指导员为此专门训练过我,说是连部的人首先要有个形象,喊时要答"到",回答时要说"是",还有把衣服穿干净些,军姿站好些。为此我练了好长时间,指导员夸奖我素质好,结果弄得新兵喊我时,我也条件反射似的答"到",连队里的人为此都笑我。

这天夜里我有些睡不着了,这到底是怎么一回事呢?堂堂的一个连队,竟然会被人偷去了两只轮胎,太不像话了。是什么人干的呢?我越想越不是滋味,好像就是我站岗给弄丢了似的。我越想身子越热,最后便爬起来,拿了手电到车场上去了。戈壁滩夜里的雾气和水汽很大,根本看不清人。我拧开手电,电光在黑夜里劈开一条通道,刺破了夜的心脏,我好像听到了夜风的呻吟。广袤的戈壁滩上,夜雾重重,仿佛天空就在头顶,要把人挤压成片似的。我走到车场中间,就听到了哨兵问口令。我回答说:"胜利。"哨兵见是我,就靠过来了,是老兵陈。他给我递上了一支烟。我连忙说自己不会。他的态度很好——连队里的老兵除了志愿兵,其他的人对通信员都很好。通信员在连队干部身边,他们不敢得罪,也有人为了办什么事方便些,和通信员套近乎什么的,我说我不抽烟,老兵便把烟缩回去了。他嘿嘿一笑说,不抽烟好。我说:"没什么事吧?"他说:"一切正常,一切正常,你不用查了,去休息吧,你一天也怪累的。"最后这句话让我很感动。真的,别人都以为当通信员好,他们不知道当通信员其实是很累的,有时累得喘不过气来。我很羡慕那些同年兵,他们什么都和老兵学到了,可是我什么也没有学,只学会了如何服务人。那些同年兵反过来还羡慕我,说我在连首长身边,办什么事都方便,特别是入党方便。按以往连队的惯例,在连队干部身边的人,入党的确是要容易些的,因为领导更了解和信任他们。但是我当了一年多的通信员了，连队里入党每次推荐时都有我，我却至今没入。去年有一个机会，我让给一个退伍老兵了。他在炊事班默默无闻地干了三年，在要走的前两天找了我。那一批本来要发展两个，一个是我，一个就是他。可是后来上面却不知为何扣了一个指标，只剩下一个了。他说："我马上要走了，我们那儿太荒凉，整日整夜地刮风，都把我的心刮烦了，我想回去找个好工作……"我一听就明白他的意思，于是我找了连队干部，说："我这次不入了。"指导员说："你这次不入，明年要是下到班，可能机会就更少了，到时你可别说我们……"我想了好一会儿说，真的不入了。谁不想早点入党呀，可是一想起这个甘肃兵经常一个人在炊事班的后面望天的样子，那种孤单无助的神情把我打动了。我说，那我以后再说吧。指导员没吭声，他用那双饱经风霜的眼光看着我，好像不太相信，但是后来他到底没有说什么，最后连队把那个名额给了甘肃兵。甘肃兵走的前夜，拿了瓶白酒到我房子里来，我们两人喝了个底朝天。他喝着喝着就哭了，他说没想到会有我这么好的新兵。他回去后还来过一封信，说回家后因为入了党，就在村里当了个青年书记，我听后也高兴。到了过春节时，我快把这事忘记了，他却又给我寄了一大袋黑枣来，这让我很感动。那以后，再也没有了他的音讯，也不知他的青年工作搞得怎么样了。

今夜，当我觉得老兵陈这样理解我这个通信员时，就想和他多聊一会儿。通信员想和班里的人聊天也是不容易的，因为他们怕自己不小心说了什么让连队干部知道了，如果要说，他们也是想从通信员那里打听些什么。今夜，我不知为什么，特别想和他聊一会儿天。天空越来越暗，老兵的烟抽得越来越凶，他不时地咳嗽一下，咳嗽声在寂静的戈壁滩上传得很远很远。老兵陈开头扯了一个很大的圈子，最后才绕到真正想说的话题上来。他装出漫不经心的样子问："听说这次又要发展党员了？"

我说不知道,其实我是知道的。连队的领导经常叮嘱我,连队干部没有公开的事,先不要对战士们说。这一点我做得相当好,所以连队干部就让我在连部再干一年,弄得几个新兵对我很有意见,因为他们一直想下连来当一个通信员,而我却当了两届。新兵想当通信员,是新兵连的班长教给他们的——这些班长总想自己带的兵比别人更有出息。老兵们是很喜欢争强好胜的,尽管他们表面上不说,可自己达不到的东西,他们就想在自己带的兵的身上实现。这一点是可以理解的,因为没有一个地方比部队更注重名誉,名誉使我们每个军人能够从容地选择生死。但是当硝烟越来越远的时候,我们却又在打没有硝烟的战争。

当我说自己不知道后,老兵陈的脸上明显有些失望。他还是有些不放心地问:"你没有听连队干部说过?"我说:"没有。连队干部商量这些事时,我从来不听,再说他们一般不让我在场,因为我也不是党员。"老兵陈猛地抽了一口烟说:"麻烦你给我打听一下,如果有我的话,早一点告诉我,我请客。"我说:"我知道就会告诉你的,但是我不要你请客。"他用力地拍了拍我的肩膀,表示感激。我感到肩上生生地作痛。我真想告诉他这次是有他的,但是话到嘴边我还是没有说出来,不该说的千万不能说。这是新兵时老班长对我们讲的保密纪律。我那时候一直想做个像屏幕上一样的英雄,想做一个真正的军人。但是,后来当我真的到了连队,我发现要想做一个真正的军人不是一件容易的事,并不是想做到就可以做到的。和平越来越近,英雄却似乎越来越远。

老兵陈在寒冷的夜里叹了一口气,可以看出他的心情非常沉重。我动了恻隐之心说:"你不要想得太多了,也许这次真的有你呢。"他没有表示出喜悦,只是轻轻地摇了摇了头,然后又拍了拍我的肩说:"兄弟,去睡吧,等你到我们这个时候,是睡不着的。"我听后鼻子一酸,但是我忍住了。我们早就不哭了,从离开父母到现在,我们最大的收获就是学会了不哭。选择了这种职业，你就要提前进入男子汉的行列，从穿上军装那天开始，从新兵连开始。我一边想一边有些伤感，顺着车场走回来，迎面碰见了连长。连长问："你查岗了？"我说是。他问营长来过没有，我说没看到。他说，没事吧。我说正常。他就说，去睡吧，顺便往火墙里加点煤。我说是，敬了礼就走了。一阵冷风吹来，我禁不住打了个寒战。

　　第二天，团里来人了。副团长带着两个参谋，直奔连里来调查此事。指导员的脸上阴沉沉的，没有一点儿好气色。这种气色让我有些害怕，政工干部脸上的气色总是让我们这些年轻人浮想联翩，它好比是一张晴雨表，能看出连队的阴晴圆缺。我那天格外小心，生怕有什么事做不好惹着了他，点着了他身上的火。但是那天指导员并没有发火的意思，可能是由于副团长在，他看上去还有些温柔，脸上挂着笑意，只有我明白他很无奈。丢轮胎的那夜该他值班的，可是那天他跑回家去了。他的后院老是起火，老婆总不想和他站在同一条战线上。副团长对我说："通信员，你来，我有事找你。"我看了一眼指导员，走过去了。副团长没有当着指导员的面问我，而是把我拉到里间问："丢轮胎的那天晚上，连队干部在位吗？"

　　这一下我愣住了。我不知该怎么说好。副团长的目光像带了电似的，我的头皮都有些发麻了。我嗫嚅着说："这个……这个……"副团长一听就知道是怎么回事，他说："是不是不在位？"我小声说："在。"副团长说："真的？"我说："真的。"我也不知为什么要这样说，那天指导员的确是查了一班岗后才走的。他老婆来电话要他那夜一定回去。电话是我接的，当我告诉他时，他还低声骂了一句。我可以从他脸上读出不满的情绪，他走时还叮嘱我说假如营里查岗，就说他有事。我嗯了一声，但是他走后我马上犯疑了，说有事，到底是走了还是没走？是在营里有事,还是到团部家属院那边有事?这种情况是经常发生的。他每次走时都这样说,每次看着他在深夜顶着寒风回去,我都替他感到有些难过。于是营长查干部的在岗率时,我总是说:"他刚才还在呢。"营长说:"我问的是现在。"我说:"那我去找一找,他可能是到其他连队有事了。"说完,我便装模作样地出去找一圈,然后回来向营长报告说没有找到。营长每次都要用目光剜我好几回。每回我都有些心惊胆战的,有时实在是推脱不了,我就干脆说他回去了。营长是知道指导员和他妻子之间的关系的,所以他也就是长叹一声了事。

但这次我面临的是副团长,全团没有不害怕他的。听说不少干部见了他都绕着走,更不用说我们这些兵了。当他把目光放在我的脸上时,我只感到脸在发烧,有一团火焰在脸上跳跃着。我一直认为团里的首长并不知道基层的疾苦,所以就替指导员说好话。副团长的目光后来在我身上绕了一周,收回他的眼睛里去了。我趁机得以逃脱,出门时还在门槛上磕了一下,腿半天转不过筋来。连长问是怎么回事,我说了声没什么,就钻进了自己的房子。指导员在我的房子里面抽烟,一口接着一口。我说:"他问了……"指导员打断我说:"不管是谁问了,你都要实话实说。"我嗯了一声,心想他是说真的呢,还是故作姿态?这样想着,就听到连长喊我去叫人。我一天都在叫人,连队里的人不停地从连部里进进出出的。每个人都怀了不同的心事,但每个人的脸上都很镇定。除了站最后一班岗的马国兵——他接岗时竟然没有检查一下物资是否完好无损。"你为什么不查一下呢?"当天连长就这样问过他。他回答说:"我想每天都没有丢失什么东西,这次也不会丢吧?但我敢肯定,东西绝对不是我站的这班岗丢的。""但是你在接岗单上签了字。"连长说。连长说话从不像指导员那样,半天才说到正事上来,他总是一语中的。马国兵听后就喊冤了:"连长你要相信我,我站那一班岗时天都快亮了,我一直在位，没有见过什么人到车场来过。"连长说："你签了字，就得负责任。"马国兵开始傻眼了。他一再申明说："肯定是半夜里有人站岗时偷偷地溜回去睡了。"这一点没人相信。因为每一个接岗的人都声称自己交接班时东西是齐全的，有岗条为证。只要东西不全，你接岗时就可以不签字。马国兵后来只有哭的份了。所以当副团长让我叫他来时，他进连部就蔫兮兮的。副团长和蔼地问他："你那天接岗时有没有检查过？"马国兵说："没。"副团长又问："你为什么不检查呢？"马国兵说："我们都以为和平年代没有事的。"副团长抽了一支烟，再也不问什么了，只是挥了挥手。马国兵哭丧着脸说："团长，我是冤枉的。"副团长说："你回去吧，不要多想，事实总会搞清楚的。"马国兵敬了个礼就出去了。出门时他不小心摔了个趔趄，副团长扶起他说："谁也有失蹄的时候，以后改正就是。"马国兵听后眼泪掉了下来。副团长又拍了拍他的肩，转身就又进了连部。

连部漆黑的房子，此时也被一片清冷的余光照耀着，在夕阳下显得冷如山峰。我站在连部门口，看到连长在车场上抽烟，低着头想心事。我不知为什么叹息了一声，抬头向天空望去。灰暗的天，一片苍茫，云里雾里，漫天萧条，这使我想起了中原遥远的故乡。我已有两年没有回去了，不是不想家，也不是没有机会，而是自己曾发誓一定要考上军校才回去。所以每到春节，我总是一个人跑到车场上的驾驶室里，偷偷地掉几滴眼泪。那时候我不停地想啊想啊，不知自己身在哪里，也不知自己该去向何方，忍不住轻轻地啜泣。有次让老班长看见了，他说："你哭个屁，一点儿出息也没有，我过去是怎么教你的？"我看看班长的脸色，擦了泪。班长就坐在我身边，沉默了半天，其实他心里一样的难受——他连考了两年，都因成绩不够好而未被录取，今年他就要复员了。他不想回到很远很远的云南乡下去，那儿太穷了，他想留在部队，可是这年的志愿兵肯定没有他，他的年龄偏大。我陪着班长叹息了一阵，然后再一个人慢慢地踱回连部看书去了。一会儿副连长喊我帮他把衣服晾在绳子上。当通信员，可没有那么多的时间看书的，每天事多得让人喘不过气来。连长、指导员、副连长、副指导员，每个人都有事，每个人都可以随时吩咐我去干什么，所以能够安心地坐下来学一会儿很不容易。我有段时间的确是不想当通信员了，可连长和指导员都说我干得不错，不让我下班。我听了表扬，觉得很舒服，也就不想下班了，关键在于下班后没有自己的天地，那么多的人挤在一起，根本不能学习，小伙子们整天乱哄哄的，不是跳，就是唱的，让人根本坐不下来。我这样说，老兵们不会生气吧，但愿。

　　工作组在连队里待了两天就走了，我是希望他们早点走的，再不走，我这个通信员可真的受不了，一个人要担任那么多人的勤务，要多辛苦有多辛苦。可是连队里的战士是不希望他们走的，他们一走，伙食标准可能会下降一些。这是没有办法的事情，军费太少了，而物价不停地上涨，谁也抵挡不了。指导员开会时说："我真不想让你们的肚皮难受，但是我也没有办法，我们要忍耐、忍耐、再忍耐、等待、等待、再等待，我们的国家会富强起来的，只要你们个个工作上都能尽心尽力。"我们听后，就在下面沉默地坐着。连长在会后对指导员说："我们的战士，真是好样的。"指导员点点头，没说话。然后他们抽烟，默默无声地坐上一阵，什么也不说，整个连部就有了静止的空气。连灰尘也是静止的，停在空中不动，赶也赶不走。那时我坐在里边的房子里看书，听了这些话，怎么也看不下去了。窗外的天空一片寂静，连风声也没有，我就觉得戈壁滩像缺少什么似的，心里很不舒服。到底是什么，我自己也说不清楚。

　　过了几天，团长亲自来了，送来了两只轮胎，全连的兵站在戈壁滩上，像一排胡杨树。团长跳到一块石头上，扫视了大家一眼说："同志们……"一听到这个词，不少人心里一热，只有团长才称他们为同志，只有团长才能让他们感觉到温暖，怎么不是呢？团长是我们见到的最大的官了，我们听到他把我们称为同志，能不感动吗？何况团长从来不骂人，讲起话来一套一套的。他黑黑的脸，像是被戈壁滩上的沙土擦过一样，看上去非常有气质。有一段时间我们把他当作自己军旅生活中的标杆，直到后来他调到军区当了交运部长，我们才从对他的膜拜中解脱出来。团长接着说："和平年代，我们有些人总是麻痹大意，认为一切平安无事，可是大家知道吗？如果没有一根紧张的弦，平时不提高警惕，我们就会犯错误。今天这事大家都知道了，丢了两只轮胎，这事说小也小，说大也大。说小吧，不过是两只轮胎罢了，但说大呢，它是我们的武器，是我们的军事装备。所以我们凡事要从大处着眼，小处着手，你们见到了吧？轮胎是怎么丢的？有谁知道，有谁报告过？我们的一些同志啊，总是想大事化小、小事化了，这是什么作风？我们应该知道，凡是装备，我们都要爱惜，都要保护，可是有些同志，放松了自己的神经，在大白天丢了东西！我来告诉你们吧，这两只轮胎不是夜里丢的，也不是别的什么人到连队里来偷的！这是我们军务部门为了检查站岗和执勤的落实情况，在大白天里偷偷地卸下来的，你们有谁看见了？又有谁检查过了？同志们，这可不是小事情啊，这是考核，是实战考核，你们明白吗？我们军务科的同志一大早就到了每个连队，只有五个连队里的哨兵发现了，其余的四个连队，有两个是在我们同志下轮胎的过程中发现了，有两个连队是一无所知，更值得我们深思的是，有一个连队知道了后，还不向团里报告，这是多么严重的错误啊！"

团长说完，连队里有不少人都傻眼了。连长和指导员脸上风云起伏，变化莫测，我站在他们旁边，一动也不敢动，因为我看到团长脸上的笑容越来越少了。再下去，还不知他会怎样训他们一顿呢。可是这种情况没有发生，团长讲完，跳上那辆车就离开了连队。副团长留在连队里吃饭，我看到连长和指导员都没有怎么动筷。副团长问："你们有什么想法啊？"连长似笑非笑地笑了一下，可以看出他的笑带一种苦味，他脸上的肌肉跳了两跳，然后摇了摇头，没有说话。倒是指导员说："真有你们的，这一套啊，厉害！"副团长听了哈哈一笑，我赶紧给他添饭。他说："你这个小同志，还想替你们指导员说好话呢，可别犯错误啊！"我听了一怔，差点把汤泼在手上了，副团长又哈哈地大笑起来。指导员和连长也跟着笑了，饭堂的气氛开始有些活跃。

从那天起，我发现指导员对我的态度比以前好多了。有天志愿兵老刘对我说："小李，你知道吗，这几天指导员说你变聪明了呢！"我说："真的？"他头一扬道："那还有假不成？"我心里暗暗一笑想道，怪不得指导员老认为我是连长的人呢，真是！于是我便不说话了。这种日子一直延续到我考上了军校。

轮胎事件过后，连队又恢复了往日的平静，戈壁滩上的风还是照吹，没完没了的；夜里的雪还是照下，无边无际的；天山深处的狼还是嗥叫，凄凉满野的。我们的日子也照样一天一天地滑过去。连队里出操、开会、学习、训练，和平日里没有什么两样。我吃面条时还是像往日那样呼啦啦地响，听到连队干部喊，我还是像往日那样响亮地答一声"到"，一直到新的一批兵下连，指导员对我的素质还是相当的满意。更让我高兴的是，那年冬天，连队开始酝酿我入党的事了。老实说，我真是想早日入党的，这个念头就像我想谈恋爱一样强烈。每次当我和指导员见面时我都想提出来，但是真的见了面，我怎么也不好意思说，我已写了好几份申请了。几次的好机会我都那样错过了，弄得我原来的老班长对我还有意见，他总认为自己带的兵应该是早日进步的，我当了这么长的通信员还没入党，他觉得自己的脸没法搁。我为了安慰他，就说："班长，上次我是让别人了……"他却一瞪眼道："入党的事还有让人的？我看你是个迷糊蛋。"我说："班长，我不是，强将手下无弱兵嘛……"他打断我说："那我倒要瞧瞧，你上军校前不入党，以后到了学校里怎么混？"我还想申辩，班长白了我一眼就走过去了。我回到房子里想想也是呀，干吗入党要让给别人呢？这可不是什么高风亮节的事，但是我心里并不后悔。

天更加冷了。我早晨起来第一件事就是打喷嚏，打得房子上的雪都震了下来。看着风一阵又一阵地扫过，我就有些想家，但我知道自己是不会探家的，在没有考上军校之前。我已暗暗地下定了决心，一定要等考上后再还乡去。这个念头曾是那样吸引着我，让我兴奋和激动。对于成功，我等得太久了，我家里的人也为我的许诺而等得太久了。我不能再等下去，于是我开始紧张地复习。漫长的冬天里我一直在复习。我甚至想好了日后回家时的场景，并且为那种场景所激动，那是一个多么美好的时刻啊！

这天，老兵陈又来找我，自从我上次查岗碰到他说了那几句话后，他一直在和我套关系，问我有关入党的事。凭良心说，我一直认为老兵陈是干得不错的，就是太老实了点。在这个时代，这是没法改变的事，甘于平淡的人，是不大会让人注意到的，这一点已在连队得到了充分的证明，每个兵身上，总得有点什么才对。否则，你只能在一个角落里看别人在舞台上表演，你只能做观众。老兵陈这人不错，就是不爱说话，见了领导三碾子压不出一个屁来，所以看上去很平常。但是我发现，在干活时，他总是比别人干得更多，而且从不夸耀。这一点让我非常欣赏。连长也喜欢这样的兵，但是到了入党时，指导员总认为这个人在政治上不怎么要求进步，没有一点儿政治头脑。连长就不说话了。这一点上他做得非常明智，因为他不想和指导员发生什么冲突，否则连里的工作就不好做了。连队里的战士是盯着连队的干部团结不团结的，只要干部团结了，连队里就好管了。老兵陈那天拿了一瓶酒来找我，我问他有什么事。他说："没什么，两个人聊一聊呗。"我相信他心中一定还有什么事，因为他脸上闪着的光告诉了我，但是他一再说没什么。我不太相信，我认为他一定有什么要对我说的，但是他一再说没有。我说："没有也用不着喝酒吧？"他说："反正快走了呗，三年了，我还没有和一个人好好聊聊，今天就一醉方休吧。"我还想再说下去，可老兵陈的脸上有些难堪了，我认为我应该给他一个面子，就答应了他。他显得很高兴，可能是他认为，从来没有一个人这样对待他。所以我们两人就在房子里喝开了，喝着喝着，老兵陈开始流泪。我说："你不要流泪，你都是老兵了。"老兵陈说："我想流泪，我真的想流泪。"我说："你为什么要流泪呢？三年都快过去了，三年你都不是熬过来了吗？"老兵陈说："你知道吗？三年来我没有交一个朋友，没有一个人在意过我。"我说："谁说的？连队里都说你是一个好同志呢。"老兵陈说："好同志有什么用？还不是什么都没有？"我说："你不就是想入党吗，你怎么知道你不能入呢？"老兵陈说："入不入，我真的不是特别太在意，我只是觉得今夜我特别的难受。"我笑着说："咳，你还在意这个？"老兵陈说："我就在意这个，我真的有些想不通，为什么连里的领导都不注意我呢？"我说："你怎么知道没有人注意你？"老兵陈说："三年来有谁和我正儿八经地和我说过心里话？"我说："并不是别人和你说话就能证明别人注意你呀，谁好谁劣，每个人的心里都有一本账的。"老兵陈不相信，他拿了酒瓶就喝。我抢下酒瓶说："你不应该这样的。我们其实对你都很尊敬。"他摇摇晃晃地站起来问："真的？"我点点头说："真的，连队里的人都说你工作没得说的。"老兵陈说："那为什么连队里每次评先进都没有我呢？"我说："你也不想想，要是你年年评先进，那些落后分子不是更加落伍了？评他们是为了鼓励呀，这是连队的一种工作方法。"老兵陈不信。我说："过几天你就相信了。"他盯着我，脸红通通的，不再说话。盘子里的菜都凉了，外面开始下起了零零星星的雪。老兵陈又坐了一会儿，才回班里去。出了门，大雪已纷纷扬扬地落了起来，我不禁打了一个哆嗦。看到老兵陈跌跌撞撞地消失在雪中，我觉得他的背影有些凄凉。说不上为什么，我也为自己的命运感到无限的迷惘。明天我们会到哪里去呢？明天的我们会是什么样子呢？我只觉得自己像是一个随风旋转的陀螺，转到哪里算哪里。我走出门去，风不停地往我衣服里钻，好像要寻找我身体里隐藏着的秘密。我裹了裹衣服，抬头看看天，天没有给我任何暗示。我向远处望去，车场静默在一片雪花中，一动不动地蜷伏着身子，有哨兵的身影在车场里晃动——这是新兵，和我们来时一样的年轻，走时也会和老兵陈一样的老，只是他们目前还处在激情阶段，那是多么美好的青春时代啊！理想、信念、豪情、壮志……曾是那样吸引着我们的东西，现在却一点一点地从我们身上剥落了，一点一点地从我们的记忆中走远了。我忧伤地回过头来，看到连队的房子在雪花中沉睡，我想，它何时会醒来呢，什么时候没有了战争的威胁，没有了名利与权力的争斗，只留下了和平，我们就可以像无数个和我们一样年轻的、在充分享受生命的小伙子一样，让世间只有爱的存在，没有硝烟的屏障，与相爱的人相依相偎。我在操场上踱着步，雪花落了我一头，我慢慢地向连部走去。在门口，我看到连长在大口大口地抽烟。他见了我问："睡不着？"我点了点头。他说："我当兵时也这样，不过想多了不利于进步。"我又点点头，连长说："去睡吧，不要着凉，早点休息，考试快到了。"我嗯了一声，有些感动，鼻子一酸，连忙走过去了。我知道连长心里也难受，他和妻子两地分居，日子也不容易，老婆孩子，一到连队里就埋怨他，他们也吵架，但是从来没有谁提出过离婚——这比指导员的家要好多了。指导员的老婆尽管随了军，可两人老是闹别扭，不断地吵，还叫嚷着要散伙，因此，指导员值班的时候，连长总是让他回家去，自己在连里替他值班。两个人好像很默契，彼此有些惺惺相惜。只是我总感到他们中间有些什么，好像不太畅快，但到底是什么，我也说不上来。老兵们对这个相当关心，有时跑过来问我，我说不知道，他们就不问了。

　　过了几天，老兵们复员走了。老兵陈果然在最后一批入了党，他又到我的房子里来了一次。这次他什么也没说，只是默默地站了一会儿，拍了拍我的肩，坐下来抽了一根烟就走了。转身的时候，我看到眼泪在他眼眶里打转，我说："走吧，走吧，什么也不要说。"他突然回过身来，把我拥抱着，哽咽着说："你是一个好人……"我笑了笑说："走吧，走吧，回去好好干。"他什么也没有讲就走了。因为他知道，这次他能入党，是我又一次把机会让出来的。指导员说："你这次不入，下次我们可不能保证了。"我说："我觉得他比我干得更好。"指导员没说话。我说："我说的是真心话。"指导员看了看我，眼光里充满了疑惑，然后他开始抽烟，我就退了出来。不知为什么，出了门，我鼻子一酸，怕人看见，就连忙钻进房子里，用书蒙住了头，一点儿也看不进去。外面的风呼呼的，声音很大，我突然想起了很多很多的旧事：戈壁滩的广袤与博大，人世间的生离与死别，还有数不尽的相聚与相识，数不尽的悲欢离合与人生际遇……这一切统统涌到我心中来，让我几乎不能呼吸，我不知道明天会是怎样的天，也不知明天会下怎样的雨，只要连队还在这里，只要战友还在这里，只要友谊还在这里，我就觉得有了依靠，有了保障；而我们明天的命运与际遇怎样，明天的前途与事业怎样，谁也不会知道。爱情、亲情、友情，都是我们最大的财富，可在我们年轻时并不知道，或者不知珍惜，只有等到要失去时，才知那是怎样的痛苦！

因为这段插曲,我在连队的生涯打上了一个带尾巴的休止符。原来的老班长见了我,总是不太高兴,他说:"你小子好,你能,机会不抓住,我看你到军校里怎么混!"他好像相信我一定能考上军校的,话说得斩钉截铁。我也明白班长的一片好心,可是我找不到什么来安慰他。于是在他那里默默地坐了一阵,班长把一箱方便面拿出来说:"拿去吃吧,每天晚上加班,不要饿出胃病来了。"我鼻子一酸地说:"班长……"班长头一扬说:"别瞎啰唆,你要抓紧时间,别考不上给我丢人。"然后把方便面往我怀里一塞,推我出门了。在门口,碰到隔壁班里的小罗,他说:"啊哈,班长又照顾你呀,你要努把力啊,他可对我们吹了牛的,说你一定考得上,可不能让你们班长没面子啊……"

我听后很是感动,班长平时话不多,可说一句算一句。我也不知道他为什么对我们这样好,他来自农村,经济并不富裕,但是他总是给我们买东西。谁有了困难,他三十五十地给,也不要人家还。有人说他是图表现,但马上有人反驳说,那你图图看。别人就不说了。我看了看班长,走回自己的房子。房子里有些冷,连长在那边喊:"小李,往火墙里加些煤块。"我便跑到炊事班后面去装煤,风吹得我直打哆嗦,沙子打在人脸上生生地作痛。我装了整整一筐煤回来,煤灰已把我的脸化妆成一片黑色。我刚进门指导员便笑。我也笑了一下,尽管我不知道他笑什么。加了煤,房子里的温度马上就升高了,热气直往人脸上贴,脸马上由白变红。我洗了洗手,才发现手上不知什么时候已裂开了许多小口子。这是这个地方的特色和纪念。

这个冬天我觉得格外长,但是它还是很快就过去了。第二年四月,我们越过茫茫的戈壁滩到师里参加了军事和体能的考核,之后又参加了文化预选。我都顺利通过了。到了五月,戈壁滩开始全部染绿的时候,枣花也开始飘香,从戈壁上不时可以看到维吾尔族人穿着鲜艳的裙子走来走去。团里派了一辆车，拉着我们到库尔勒参加了全军的统考。这时连队全部跑到昆仑山上去了，除了留守人员和车辆，一个团大部分的车辆全出动了，浩浩荡荡的，看上去很是壮观。当锣鼓声响起来、鞭炮声炸响的时候，我去为他们送行，班长流了眼泪。他说："要是考上了，别忘了给我发个电报。"我答应了。班长又说："别忘了在军校里给我写信。"我又答应了，眼泪掉了下来。我知道班长忘不了他的军校梦，不知该如何安慰他才好。此刻，看到车队要走，我想此去我们也许就不能再见面，不禁鼻子酸酸的。我握了握班长的手，班长的力很大，他想把他要说的话全从手上给我传过来。我也用力握了握，意思是我明白了，叫他放心。他才头也不回地大踏步上了车。连长过来拍了拍我的肩说："到了学校，好好干吧，不过你这人有时脾气太犟，要改一改才好。"我答应了，转过身去时，指导员站在那儿向我微笑。我走到他跟前敬了个礼。他说："你是个不错的兵，希望你以后能和我一起工作。"我说："还不知能不能考得上呢。"指导员说："不要没有志气，你一直干得很不错的。"我心里一阵子感动，这是指导员这几年来，对我表示肯定的唯一的一句赞语了。这话从他的嘴里说出来，真不容易，所以直到车队走了过去，我还没有回过神来。

　　车队一走就是几个月，到八月底，在我心怀忐忑的时候，通知书来了。我真的被军校录取了，我一个人跑到戈壁滩上去哭了一场，为成功来得太迟而感慨——我过去的那些同学们，在这一年基本上大学毕业。也就是说，在他们大学毕业的时候，我才开始上大学。走的前夜，我待在连队里，看着那些熟悉的东西，想起了多年来发生的事情，禁不住哭了一阵又一阵。这时连队的战友们都没有下来，我也不知道他们是否平安，这一去，就是好几年再也见不到他们了。等我从军校回来，也许有的战友早已复员，不知到了何方……

这个季节戈壁上的天气非常炎热，我流了一身的臭汗。等我把行李准备好时，车已等在门前。我上了车，向连部门口望去，连部斑驳的房子在铅灰色的天空下显得是那样的庄严，我真不曾想到，我竟在此度过了漫漫三年的岁月；我也不曾想到，我有一天会这样留恋这个地方，舍不得离开。三年了，老兵走的走，新兵来的来，我们相识又分别，相知又分开，只是营盘还是像往日那样沉默。它永远沉默不语地看着一群又一群的年轻人来来去去，不知他们各自怀了怎样的心事，更不知道他们以后的命运如何，不知每个人是否会像来时所想的那样，实现了自己远大的抱负……正想着，车动了，随着汽笛一声长鸣，车像离弦的箭一样蹿了出去，渐渐地，连队，还有连队的一切，在我眼里开始遥远与模糊，那幢铅灰色的房子，渐渐融入在戈壁和记忆的深处。车内，有其他连队考上的战士唱起歌来，很是豪迈和壮烈，我也像这群年轻人一样，怀了对未来的希望与憧憬，在泪别了连队的同时，去到一个全新的地方开始全新的生活……

别了，连队，别了！我在心里流着泪说。那只握过枪的手，却怎么也举不起来说再见……

英雄表

三姨是在那天下午赶到表哥的部队的。那天部队准备给表哥开追悼会，三姨一进营区，看到每个人的脸上都没有电视电影里的那种亲切的笑，她的心马上飞到空中去了。那张"有事，速来"的电报还揣在三姨右边贴近胸口的袋子里，她很想把它拿出来再看一下，但是还没容她的手抬起来，一前一后两个肩上挂星的军人快步走过来扶住了她。三姨的心便急烈地跳起来了。

他们的手很有力，三姨挣不脱。她只是一个劲地问："发生了什么事？"

两个军人对望了一眼，像哑巴一样不说话。三姨感到他们扶自己的手力又大了一些。接着，她看到年轻的那一个眼里涌出泪花来了，三姨便感到有一片片的白花掠过眼前的原野，白茫茫的什么也看不见。

三姨快步地随他们穿过人墙。那些人墙都一动不动，像是故乡路两边地里的高粱。三姨走过时，感到两边像风吹似的有叶子摆动，后来她才知道那是年轻战士们的手，他们在她走过时向她敬礼。

三姨想在人墙中寻找自己的儿子，也就是我的表哥窦峰同志——表哥当兵后我们一直称他为同志，因为他第一次写信回来，一律把我们这一辈的人戏称为革命同志。这事在当时有些幽默。现在我的三姨正从那些人墙中寻找属于她的财富——那是她一生中多么宝贵的财富啊。三姨发现他们的脸和她亲爱的儿子没有两样，他们一个个年轻而又挺拔——像冬天里的白杨树一样。三姨走在人墙中忽然感到一阵幸福，但这种幸福以没有见到我的表哥窦峰同志而告终。三姨的神情一下子变得有些恍惚起来。她看着扶她行走的那两个人的脸，黑乎乎的，只有两挂泪水洁白洁白，像是喷泉似的不停地向外涌着。三姨心里闪过一丝不祥之兆，她手上的那个小包终于掉在了地上。

三姨站住了。她看到一个更挺拔的身影向她走来，她看到了部队的营房上挂着一排黄纸，黄纸上写着一行规规矩矩的大字，三姨突然感到眼前一黑，思绪就不知跑到哪个地方去了。

过了好久好久，三姨醒来了，她才忆起那几个大字是：深切悼念战友窦峰同志。三姨的第一个念头就是这一生自己算是完了。

三姨瘦了。我看到三姨再也不像过去那样漂亮，她整天坐在小镇上，脸上笼罩着悲戚的神情。小镇那些天总爱下雨，从雨中走过的人们看到三姨坐在那里一动不动，便上前去劝她。三姨不说话，但她的眼圈红着，人们便站在远处，悄悄地哭上一通。这个镇上大美人的这副样子，自然引起了许多多情而又善良的男人的关注。他们伤心地看着三姨无精打采地坐在那里而无能为力。镇上的女人们窃窃私语，而男人们则拼命地抽烟和喝酒，我从镇上走过时，再也见不到往日的那种欢乐与祥和。往日的镇上，据我母亲说，人们都以与三姨打一声招呼和说上两句话为荣。

你三姨瘦了。我母亲说。

她的确是瘦了。我父亲也说。

那些天我母亲陪着三姨流了好多好多的眼泪，我弟弟总是好奇地看着他们。他不知道她们为什么流泪，他说她们的眼泪的体积可以装满我家门口的那口大缸。我弟弟还想和我姐姐讨论泪水到底是用平方米还是用立方米计算，结果挨了我姐姐一个重重的耳刮子。我弟弟立马哭开了。要是在平时，我母亲肯定要打我姐姐几下，可那次她只是漠不关心地看了看我的弟弟。我弟弟只好不哭了。

我常常站在三姨的屋子边，看着她坐在那个白白的圆椅上独自悲伤。等没人时，她便哭开了。我走上前去，抓住三姨的手说："三姨，别哭了。我求求你别哭了。"

这一说，三姨哭得更厉害了。她哭的时候还把我紧紧地搂住。于是哭的人由一个变成了两个，最后变成了一大群。

有一天我们上课，老师让我们给英雄下一个定义。我们说了好多种，但没有一种说法让老师满意。当我们惶惶地看着老师时，他说，像我表哥那样的人，才能称得上是英雄。

于是，我们后来开始寻找我表哥的英雄事迹。

我表哥窦峰走时刚满十七岁。他是解放后我们镇上唯一的一位军人。我们镇上曾经出过不少英雄人物，但他们的名字只在烈士表上，没有一个人活着走回来。四里八方的人都说我们村是一个红色村，出去参加革命的人比种田种地的人还多，但是他们出去后没有一个人走着回来，也没有一个人能给这块土地带来巨大的幸福，除了荣耀之外。倒是邻村里活着回来一个人，有一次回乡时后面跟了好多人与好多车，我们村上的人便在那天几乎全部哑巴了。眼睁睁地看着邻村的人放鞭炮、跳秧歌，全村的人都陷入了深深的失落里，除了我们这些玩泥巴蛋的，那天晚上大人们好像都失眠了。

表哥要去当兵时，外婆还与三姨吵了一架。因为外公当年走出去后便撇下外婆再也没有回来，只把长长的梅雨季节种在了外婆的心里。外婆说自己当时恨透了，可恨透了的外婆还是照旧把外公的相片镶在一个大玻璃镜框里，摆在家里最显著的位置上，每天烧香烧饭烧水地跪拜着。我母亲说，外婆还坚决不领政府每个月发的那八块钱，这一点在我们镇上曾引起过大家的议论。

镇上的人说，为什么不领呢？反正我们镇上的人为革命作出了牺牲，谁也没有享受到什么。

他们都认为幸福让城里的那些人享受去了。

外婆对此表示沉默，她毫不理会人们的说法。

我母亲说，镇上的人们之所以这样说，是他们怕人家说他们还没有一个老太婆有觉悟。也正因为如此，镇上的人看到外婆时，脸上带有了一种尊敬的表情。

外婆在表哥要当兵时说，你知道这个镇上穿军装的死了多少吗？表哥说不知道。外婆说，那我告诉你吧，不管是国民党还是共产党，连你外公在内，一共是三千四百二十三个。

我表哥被吓了一跳。那时他也年轻，镇上的活人加起来也不到这么多。于是他把目光投向她的母亲也就是我的三姨的脸上。

三姨说："让他走吧，男人成天待在这个小镇上有什么出息。"

"难道说像你男人那样就有出息吗？"外婆说。

外婆把脸调过去，不理三姨，三姨低下头来。她把目光投向香案上，香案上挂着她丈夫——我的姨父，一个曾当过警察的中年人——的相框。相片上的姨父看起来很英俊，他高大而威猛，不像我们镇上其他男人那么瘦小。这个威猛的男人我很少见到，他在城里工作。到后来我更见不到了，因为他在一次追捕中被人打了一枪，一个跟头便从高楼上摔了下来，后来便被人称为烈士了。

"你姨多不幸啊！"我母亲那时经常这样对我们说。

母亲每次说起时都悲悲戚戚的，于是我觉得三姨更加不幸了，心里便彻底地悲伤起来了，眼泪便像外婆的话一样挤出来，没完没了。我父亲说，人生的三大不幸，全叫她赶上了。

我没有想到表哥会出那样的事。我眼中的表哥一直是优秀的，他在读书时就对我说过，长大后，他什么也不做，就做一个英雄。

我上高中的大姐说："现在哪里还有英雄呢？现在是一个没有英雄的时代。"

我表哥对我大姐的话不以为然。他对我大姐说："有一天，你会知道我是个英雄。"

我表哥说这话时坚定地看着我大姐。我大姐沉思了一会儿说："也许吧，不过我可不希望你像你父亲那样。"

表哥沉默了，他的笑凝固在那个黄昏里。我看看他，又看看大姐，他们的脸上都写满了严肃，我便垂下睫毛了。我不敢再看他们，因为他们的脸上越来越严肃，像我们的数学老师一样，而我们的数学老师，常常让我们害怕得要命。

我一直记得表哥走的那天，我们镇上把他当兵当成了一件稀奇事。我们没法阻止人们的视线，因为镇上在解放后二十年出现了第一个当兵的，自然会引来各种各样的议论。

表哥走前的那一夜是我们都没有睡着的一夜。表哥说，到了部队，他一定要当一个英雄。我从来没有见过真的英雄，他们只在电影和书里出现过。我不知道镇上牺牲的那些人算不算英雄，我从来没有见过他们，也没有看到有人写过他们。在我的眼里，那些英雄只与他们的名字和每个月家属可以领来八元钱联系在一起，我根本不知道他们生前曾经干了一些什么样惊天动地的大事。我弟弟说，如果这样也能成英雄，那现在的英雄的确是太多了。

我记得表哥走时，极为潇洒地挥了挥手，回头看了我们一眼，然后和接兵的人一起头也不回地跳上车走了。我站在人群后面，踮起脚，很想再看一看他，可是他的视线只是轻轻地扫了扫人群便走了。

为了这个，好长一段时间里，我感到心里委屈。后来在给表哥的信中诉说了这一委屈。我说，你即使做了英雄，也该看看你的弟弟吧。

但表哥在回信中却没有提起此事。每次，他的回信都很短，而且每次都说很忙。我问表哥忙什么，表哥同样没说。他说部队上的东西，不该问的不要问，不能说的绝对不说。给我的印象好像什么事情一不小心都成了秘密。就是因为秘密，我对表哥更加崇拜。表哥的行为，让我在好长的时间里，觉得部队很忙。我仿佛每天看到表哥在训练场上练擒拿格斗，仿佛看到他的身上总是流满了汗，仿佛看到他拿的枪随便那么一抬，便有一个敌人哭着倒下来求饶……

事实上，这个英雄的形象是这样的，因为我家里有一张他寄来的照片：看上去他比以往胖了，胸脯鼓鼓囊囊的，肌肉很发达。眼睛很大，眉毛浓黑浓黑的，嘴上很有棱角，鼻子高了一些，特别是手，大得让人害怕得了什么病……

可我母亲说："这孩子有出息了。"

我父亲附和着说："是啊，是啊！"

尽管我心里很高兴，可是不知道表哥到底出息在哪里，只知道他看上去很英俊，一年不见便长成一个大小伙子了。我想，到部队不只是吃苦，原来还可以长胖的呀。

那时我三姨经常到我家里来，与我母亲聊天谈起表哥时，脸上总是抑不住兴奋地说："像他父亲，像他父亲！"

他父亲——也就是我的姨父，到底是一个怎样的人呢？我还真的不太知道。因为他一直生活在城里，而三姨却一直住在镇上。我们平时很少看到他回来。每次，母亲问起三姨时，三姨便说，他忙着呢。到底忙什么呢，我那时还不太知道，只知道姨父是一个警察，看上去很温和。我一直认为温和的人当不了警察，但事实上姨父这个警察当得很好。他活着的时候，我们那个县城的人基本上不必担心安全问题，也出不了什么太大的案子。因此，在他死的时候，我们那个县城里的人几乎是倾城相送，把三姨感动得哭过气了。三姨在给姨父送葬的路上曾对我表哥窦峰说："你爸活得值啊！"

三姨说这话时，我刚好在场。她的目光温和地罩在表哥的身上，丝丝缕缕，都饱含着爱的因子。我感觉表哥好像一夜之间长大了，他的目光中已经有了不属于他那个年龄的忧郁。他扬起头来看天，嘴角带着一个少年特有的倔强。我奇怪于他竟然在他父亲死时没有掉过多的眼泪。

表哥走的前一天晚上，我们一家的亲戚都像外婆那样哭得死去活来，只有三姨，像给姨父送葬的那天一样，把温和的目光罩在表哥的身上，没有哭也没有悲戚。

她坐在那儿，基本上没有看别的人，只是把目光粘在表哥的身上，看着他兴奋地跑进跑出。

只有我外婆，哭得像死去了似的，差点闭了气。

表哥当兵走了不久，给家里的信一封接一封的。每一封信里，他都强烈地表达了对家乡人的思念。我三姨坚决地制止了他。

三姨说，家里有什么好惦念的？一个男人，不应该恋家。

于是表哥的信便少了。

后来，我外婆想念表哥时，让人给表哥打电话，每次都非常困难，好不容易接通了，表哥总是匆匆忙忙地说几句便撂下了电话，说他很忙。

我外婆便一天天地瘦起来了。

不知从什么时候起,我发现表哥变得寡言少语起来。有一天,我们到城里给他打电话。他在电话的那一头,开头高兴了一阵。后来便说:"你们没事不要打电话,我很忙。"

我说:"你忙什么呀?"

表哥支吾了一阵说:"部队上的事多呗……"

我很想知道表哥到底在忙些什么。在我想象中,表哥一定是拿着枪,冲锋在部队的前面,像我们小时玩打仗那样,干倒了一个又一个。电影里的那些故事,曾是那么让我们激动。老实说,我从心里对表哥充满了羡慕。

我还想和表哥多说一会儿,但表哥说:"如果我总是接电话,时间长了,影响会不好。"

我不明白表哥为什么变得这样胆小谨慎了。过去,他在我们面前,总是一副天不怕地不怕的样子,风风火火的,像他父亲一样,在孩子们的眼里,总是一个大哥的形象,可不是现在这样畏畏缩缩的。

我说:"表哥,你在那里好吗?"

表哥说:"很好。"

"你平时干些什么呀?"我又问。

"嗯……嗯……"表哥语塞了。

我知道,再问下去他又要说那是军事机密。在他的心里,有数不完的军事机密,什么问题,他都是以这句话来终止的。

于是我不说了,尽管我心里不太高兴,但我还是对表哥充满了无限的敬意,并且把这种敬意传递给身边的人们。每当我对同学们说起表哥时,他们就会说"你表哥一定很了不起。"

那种羡慕的眼神，让我感觉到很舒服。我只觉得太阳晒在身上，懒洋洋的真舒服。那是我少年时，一种非常美好而又朴质的感情。

我跷着腿坐在教室里想，我表哥真的是了不起。

因为表哥忙，没时间联系我们，所以我外婆格外地思念他。外婆的思念就像故乡江南那连绵不绝的雨季，要网罗住我们每个亲人前行的脚步。外婆就这样在思念中度过了不温不热的日子，这种思念使得她像一朵花一样慢慢地憔悴。

岁月便是这样把一个人悄悄地催老的。那一年，最疼表哥的外婆突然死了。外婆一生受了那么多的痛苦从无怨言，可在临死的时候，眼睛却始终不肯闭上。

那是夏天一个幽暗的下午，我外婆忽然让家里替她准备后事。家里人都吃了一惊，以为老太太想不开了，一家人围着她，个个心里充满了不安。

外婆说："昨晚我梦见你外公来叫我了，我就要到他那里去了。"

一屋子的人都吃惊地睁大了眼睛，他们睁大了眼睛望着外婆，然后又彼此交换着怀疑的眼神。外婆显得很平静，她镇静地叫家人去通知我母亲和三姨。于是一家人这才突然哭开了。

我母亲赶到时，看到外婆躺在那里挣扎，眼里迅速地蓄满了泪水。我母亲说："你要吃什么？你说呀？是西瓜还是苹果？"

外婆不说话，她躺在床上，开始不吃不喝。问她时，她都艰难地摇着头。在弥留之际，她的眼睛忽然睁得很大，闪着可怕的光芒。一大群亲戚围着她，看着她在床上急烈地喘息，都显得有些不知所措。

镇上最好的医生陈天德说："没救了，放弃吧。"

我外婆紧紧地盯着三姨。三姨哇的一声哭了说："妈，我知道你的心事,可是他实在是回不来……部队上太忙了。"

外婆的眼里一刹那盈满了泪水,于是一家人都明白了。外婆痛苦地把视线投向门边,用手艰难地指了指门口,门口便是村外的那条道路。那是一条曾让外婆无数次失望的道路。

我的外公曾从那条道路走出去,结果他没有回来。

我的姨父也是从那条道路上走出去的,结果他同样没有回来。

镇长说:"打电话吧,打电话让他回来。"

那时我们那里刚刚兴起大哥大,是大得像砖厂里的砖块似的那种。我们镇长是一个喜欢时髦的人,他还年轻,迅速地跟着那些生意人买了一个。要在平时他是舍不得让别人用的,放在箱子里紧紧地锁着。因为他很尊敬我外婆,所以便很快让人拿来了。

电话从早晨打到中午,一开始镇长亲自拨,但一直没有接通。后来拨累了,只好让别人拨了。电话终于接通了,北国土地上的蝉鸣从那边传过来,我们听得清清楚楚。

"窦峰吗?你能不能请假?马上回来一次?"

"不行!"

"为什么?你不是两年没有探家吗?"

"现在正是连队忙的时刻,我怎么能走呢?"

"你对部队上说说吧,就说家里有事,你必须回来。"

"天大的事,我也不能回来。"表哥在那边斩钉截铁地说。

电话就这样僵持着。北方的蝉鸣入耳,显得乱哄哄的,最后变成一片忙音。当电话收线,人们再转过身来看我外婆时,她没有闭上眼睛便走了。

因为这件事,使得那个夏天在我们的记忆中都特别地漫长。我挤在人群中,看到了外婆眼中流出的泪水,孤零零地挂在眼角,最后风干成我心中永远的记忆。

"你忙,你就知道忙,你不知道你外婆这样会死不瞑目吗?"镇上的人说。镇上的人对我表哥这样做很有看法。

"可是,他并不知道是他外婆要死呀?"

"不管怎么说,他几年没回,应该回来看看嘛,难道就不想家?"

无论人们怎样说,我三姨都保持沉默。尽管她的心里也是非常难受的,但她自始至终什么也没有说。在长长的送葬队伍中,我三姨几次昏倒了过去。

因为这件事,那年的夏季便成了我们不能原谅表哥的一个季节。后来记忆中的这个日子无论是怎么样的发黄,我都能把它翻阅出来,记载在表哥的历史上。尽管那个夏季我们镇边的庄稼长得那样旺盛,可是我们那些亲戚,没有一个人有好的心情。大人们的脾气仿佛都变得非常大,只要是我们做错了什么,屁股上便会遭受苦难,留下一道道粗糙的红印。

从那时候起,我们便想,表哥到底当的什么兵呢?表哥到底在忙什么呢?表哥为什么要当兵呢?

镇上教书的耿老师说:"你表哥是个男人,是个英雄。"

我听了虽然很高兴,但老实说,当时在我心里并不承认他真的是什么英雄。在我的眼里,如果英雄连爱着他的人去世时也不回来看一眼,那他还是什么英雄呢?

我弟弟嘟囔着说:"外婆那么爱他,把好吃的都留给他吃,表哥却不回来看一看,是狗屁的英雄!"

我父亲说:"你不懂男人的事。"

我母亲冷笑着说:"男人?你以为你们都是男人?小峰只不过是一个孩子!"

我父亲和我一样沉默了。我们待在饭桌边，什么也不说，什么也吃不下去。

多少年后，当三姨站在表哥守过的土地上，看到那一片金黄的滚滚麦浪时，她的心里像那片欢腾起伏的麦浪一样，波涛澎湃。她感觉到自己的一颗心快要跳出胸膛了。

我没有体会到三姨心里那种复杂的感情。我只是听说，三姨扑倒在那片黑土地上，呜呜地哭起来了。

那是一片无边无际的麦浪，也是一片无边无际的生长了高粱、大豆与玉米棒子的土地。

我直到那时候才知道，表哥快三年的军旅生活，原来就是一直待在那片恼人的高粱地里！在那片高粱地里，还有与他一样年轻的来自五湖四海的战友们。

于是我明白表哥为什么忙了。原来，他就一直待在东北的那块土地上，像我们的家乡一样，在那里种地啊！

这对我的打击很大。

在我的心里，这与表哥当初想当英雄的理想相差太远。我真不知道，在北大荒那样炎热与寒冷的天气里，表哥究竟是如何度过这几百个日日夜夜的；我也不知道，表哥在每天吃完饭后，穿着军装，扛着锄头，出没在那片麦浪与高粱翻滚的地里时，带着怎样的一份心情。

但我知道，从来不哭的三姨，一钻入那片高粱地里便大哭开了。在这片一望无边的地里，留下了表哥最好的青春时光。

后来，与表哥同班的一位战士，也是表哥的好朋友，给三姨描述了他们的日常生活。那位可爱的与我表哥差不多年龄的战士，还交给了三姨一张表格。那是表哥自己绘制的一张表格,他说每次表哥都把它装在上衣口袋里。由于经常折叠,那张纸已经快成几张纸片了。

那是一张非常正规的表格,三姨甚至还感到了它带着表哥的体温与气息。它静静地躺在三姨的怀里,使三姨感到了表哥还像小时候那样,奶声奶气地寻找奶吃的气息。

于是三姨的眼泪吧嗒吧嗒地滴下来,打湿了那张表哥自制的作息时间表。我们怎么也不能相信,就是这张表哥的作息时间表,后来成为了报纸上所谓的"英雄表"。

因为表哥没有其他的遗物,我三姨就把这张表仔细地贴在一张大纸上,扩大后挂在了她卧室的墙头上。

我在这里引用了这张表格:

时间	任务	对自己的要求
6:00	起床 洗漱	速度要快,不能贪床
6:10	开始打扫营区卫生	要快,否则别人抢去了
6:30	连队起床哨响	着装要整齐
6:40	出操	训练要认真
7:30	早餐	让老同志先吃,让伤病号吃好
至8:00	到炊事班帮助喂猪	不要怕苦怕脏怕累
8:00	出工	苦活一定要抢着干
8:10	打农药	注意均匀
9:00	锄草	杂草一定要拔除干净
10:00	休息	看其他的人干完没有,过去帮忙
10:30	施肥	贫瘠区多撒,肥沃区均匀
11:40	收工	检查工具,清理现场
12:00	午饭	帮大家打汤,争抢是最没出息的

时间	任务	对自己的要求
12：30	午休	看炊事班是否要人帮忙打扫
14：00	起床出工	收割麦子地
15：30	休息	给大家泡从老家寄来的绿茶
16：00	继续工作	尽量不要让麦粒落在地上
17：30	收工	注意把工具保存好
至18：20	打球	身体是革命的本钱
18：30	晚饭	帮厨
19：00	看新闻	记录每天的主要内容
19：40	开班务会	汇报自己学习情况
20：20	自学英语	了解国外先进的播种、耕作技术
21：10	洗漱	
21：30	就寝	尽量不要打鼾妨碍别人

这就是表哥在北大荒的日常生活，按我弟弟的话说，与老家的我父亲没有什么两样。不同的是，表哥就像当年那些支边的知识青年一样，死在了那块土地上，再也没有唱着歌回来。

表哥死的那天，北国的日头懒洋洋的。这与我们镇上的夏天相似，日头总是有一搭没一搭地在空中挂着，好像一点儿也不关心地面上人们的死活。镇上的每个人都吐着热气，连说话也邋里邋遢，长句变成了短句。有时甚至热得不想说话，把平素注重的那些礼节也略去了，见了面只是点头而过。

那天表哥如往常一样，按照他自己订的作息时间表开始了一天的工作。那天早晨他的心情可能很好，一直到上午他都没有表现出什么反常现象。据他的战友们说，直到12点钟表哥还一边打药一边哼着《大刀进行曲》,那些人说表哥平时最爱哼这支曲子。有人还问过他:"现在和日本人友好了,还大刀向鬼子们头上砍去吗?"我表哥是这样回答他们的:"难道刀枪入库,就意味着以后没有仗打吗?"

那些人听了这句话,树桩一样立在路边看着表哥。

表哥却像没事似的,飞快地走了。

我好像看到,一边打农药一边抱着有一天要打仗心态的表哥,那天像往日那样欢快地穿行在田野里。田野里阳光很毒辣,晒在他年轻的皮肤上,像是泼了一层油似的发亮。他原来那白皙的皮肤,到了北国便成了我们镇上那些中年庄稼人的古铜色,甚至还要更浓一些,比我们镇上真正的农民更像农民。他看着那些青青的快要抽穗的庄稼,心头肯定涌起了像我父亲那样的喜悦。我父亲总说那是丰收的喜悦,他可以一整天待在田野里,沐浴在阳光下,闻着稻子的芳香。表哥在那一刻完全不像他的父亲,他的父亲是一个让人尊敬的警察,每天连枪也不带就往那些混混堆里扎,那些混混们都非常佩服他,有好些人甚至为此改掉了以前的不良习惯,他父亲便把他们放了。有人指责姨父心软,他说:"人家改了,你还要他怎样?难道非要关进去才算是改造吗?"而表哥呢?他要继承的父志,便是在那看不到边的田野里施肥、锄草和打农药?让我奇怪的是,他好像还迷上了这些工作,所以那天他的战友们看到,大热的天,表哥在田地像一只飞翔的蜜蜂在那里传播着花粉似的,把背后那些农药打在试验田的禾苗上。

"他真是迷上了种田呀!"后来记者在采访他的英雄事迹时,一个刚穿上军装的战友这样说:"他的确是迷上了种田,除了把田种好外,他还自己搞试验,你说他不喜欢种田吗?"

这个小战友的说法马上引来了记者的不满意。

记者说:"你怎么能这样说呢?这不是一个种田的问题,而是热爱本职工作的问题,是干一行爱一行、爱一行钻一行的问题,这与炮兵部队钻研炮位、导弹部队钻研发射一样,是热爱本职工作,是在平凡的小事中见到不平凡,懂吗?"

小战友怔住了。他不敢再往下说了。记者再启发他时,他害怕说不好,总是用手捏住裤角,不敢抬起头来。记者只好问他一些其他的问题,战士的眼泪马上掉下来了,他历数表哥哪一天帮他洗磨破了的脚,哪一天教他走队列,哪一天教他写日记,哪一天夜里起来为他盖被子,哪一天把好吃的菜拨在他的碗里,哪一天批评他浪费了粮食……

小战士说的都是小事,可就是这些小事,把记者的眼泪也惹出来了。他说:"这就是英雄啊,是真正的英雄啊……"

小战士像我一样,迷惑不解地望着记者。后来他多次在他们班里嘀咕着说:"这样……也是英雄?"

他的班长马上在头上轻轻地来了一下说:"这样不是英雄,那谁是英雄?你是?我是?"

小战士吓得不敢吱声了。

记者的长篇大论写完后,报道见稿时却只是一个小小的豆腐块。原因在于主编说表哥的行为不代表大多数。他说:"部队是打仗的,不是种田种地的,表哥的事迹没有代表性,充其量不过算是学雷锋标兵。"记者据理力争,最后主编才让上了那么一小块版面。

就是那一小块报道,让表哥最后被部队评为烈士,也就是大家所说的英雄。当三姨拿着这样的一张表回来时,我们隔壁的张叔说:"这哪里是个英雄呢?完全是个庄稼汉嘛。"

镇上的另外一个老头接上茬说:"是呀,我们镇上有名有姓的烈士,哪个不是响当当地死的?种地死了还算是烈士,这可是头一回。这样要是烈士,那我们老了不都成了烈士吗?"

我三姨那时本来没有哭的,但听了这些话后,她马上泪如泉涌,而且哭了几天几夜。

镇上的人们便都不敢再议论了。

部队领导在追记表哥的三等功时这样写道:他平时表现非常积极,对同志友爱,对领导尊重,对工作热情,从来没有抱怨从军后的这个职业。特别是在最近的扫虫活动中,该同志表现尤其突出,在大热天里,一个人干两个人的活,在一个星期里,打农药三百多亩,防止了病虫害对作物的袭击。他是死在工作岗位上的,死在太阳光下,死在农田里,死得其所,死得高尚,死得光荣,死得伟大……

部队的立功词写得很高,给予一个死者这么高的褒奖,让我弟弟非常羡慕。我弟弟那时正上小学,对于一些好的词句非常感兴趣,处在背诵的阶段。他一再说:"好,好!表哥死得好!"

我母亲一巴掌打在他的脸上骂道:"好你个头!"我弟弟莫名其妙地哭开了。但到了学校,他便向他的同学吹嘘说:"我表哥,英雄!"

他一边说一边伸出大拇指。其他的同学都用羡慕的眼神看着他,因为好多人都见过我表哥的骨灰被送回来时,镇上敲锣打鼓的情景。表哥的坟,与他父亲的坟紧紧地挨在一起,没有放到我们的烈士陵园里去。这是我三姨坚决要求的。

我姐姐那时已回到镇上务农,知道后对此报以深深的叹息。

日子一久,表哥的事便被新生活覆盖,很少有人再提了。除了我们家族的几个人和几个亲戚,大家因为忙着新的生活,所以渐渐地把他忘记了。再说,镇上的人对表哥到底算不算是英雄,很多人抱有异议,只是因为我三姨的缘故，没有人敢说出来。在他们的心里，大家都这样想，一个在部队种田牺牲了的，又不是打仗，怎么能算得上是英雄人物呢？如果这样也算英雄，那镇上那么多种田而死去的人，不都可以算得上是英雄吗？与镇上的那些轰轰烈烈的烈士们相比，他们觉得表哥的贡献实在不是太大。

但我三姨不管这些，她把部队发给表哥的牌子，高高地挂在自家的门上。每次她从镇上的人身边走过，都挺胸抬头，尽管她脸上慈祥而又和蔼，可没有人敢正视她一眼。日子一久，表哥真的被人们忘记了。好像我们镇上从来没有这个人似的。

有一天，我回家，老远便看到一大堆人围在我表哥和我姨父的坟边，叽叽喳喳的。我以为发生了什么事，走近一看，才发现是一群学生整整齐齐地站在那里，他们的手上都拿着各自采摘的野花，在烈士的墓前宣誓。

那天下着小雨，看着阴沉的天，我忽然悲伤起来了。

于是我在坟前也站了一会儿，转过身时突然看到了三姨。

三姨抱着一棵松树，伏在上面低低地哭着。不远处，就是她丈夫与她儿子的坟地，可是她已经永远失去了他们……

不知为什么，我的眼泪刹那间流了下来。我突然想起了外公，想起了外婆，想起了姨父，想起了镇上那些死去的人们，想起了表哥口袋里的那张被人们称作"英雄表"的白纸黑字……

我之所以当兵，就是在那一刻下了决心的。

后来我才记起那天是清明节。那时表哥所在的部队因为整编，已全部解散了。因为中央作出了部队不再从事生产经营的决定，所有的部队农场全部解散，交给地方管理。在那块土地上的四万多名官兵，一下子得全部转业或复员。

听说，那些官兵在离开那块黑土地时，回望着那块他们守了多年种了多年的土地，一个个都哭得像个娘们儿似的……

我听了这个消息后想，那些从此回到自己家乡从事种地而老去或者死去的人们，再也不会有谁称得上是烈士了。于是，每当我看到三姨在家里骄傲地供奉着我表哥的遗像时，我心里说不上是痛苦还是骄傲。

春风划破冰丛

最后走的那天天开始下雪,蒙很想再在营区里多待一会儿。但是那天早晨军号还没有响,大家便都起床了。与夜里联欢会上的热闹不同,一到早上,大家仿佛哑巴了似的。很早便有人收拾好了行李,背包像新兵来时一样打得整整齐齐,三横两竖,上面还放了一双破旧的鞋子。新兵和老兵们一样,依依不舍地把沉闷与忧伤咽在肚里,大家都静静地坐在床头,不说话。

蒙开始抽烟。这是他当兵以来第二次抽烟,第一次是新兵连过节想家的时候,那时他抽着抽着便哭了。

蒙现在不哭,看着烟圈在空中慢慢地飘散开去,蒙觉得心事也在慢慢地散发,无边的心事仿佛要撑破肚皮,头里面嗡嗡地直响。尽管蒙多次想离开这个寂寞而又孤独的地方,多次在梦中诅咒过它,可现在,它变得可爱起来了。一张铁架的小床,张大了肚子默默地看着他。

蒙那一刻直想哭。可鼻子酸到肚里,他哭不出来,只觉得那种滋味比死了还要难受。最后,不知是谁碰响了蒙的吉他,吉他的低弦发出浑厚的一声响,于是蒙彻底地放开了泪线,泪水啪嗒啪嗒地掉在地上。

他一哭,新兵们都开始哭了。来自云南大山深处的陈军,竟然像蒙的未婚妻一样搂住了他,号啕起来。

屋子里,全充满了泪水。男人们染上了女人们的情绪,有干嚎,有啼叫，有呜咽，有啜泣。

连长站在窗外，他本来想安慰一下大家，可还没有进门，他自个儿先悲伤起来了，便踮起脚悄悄地离开了四班。

这时军号声正好响起，太阳从山那边露出脸来，由于有雾，看不到它往日的笑容。营区在尖厉的哨子声中开始了新的一天的劳作，各个门洞里，冲出的都是些生龙活虎的汉子。

这是我们的四班。按我们副班长的话说，这是蒙的四班。在我们那个团里，提起蒙来，可以说是无人不晓。

多年来，蒙便这样充当了一个标杆的角色。

在我们眼里，四班的日子，每天起床出操，每天训练学习，与其他班的并无二样，但我们班年年都能被评为先进。副班长说这主要是蒙的功劳，蒙说这是大家的功劳。当时我们班里有人不以为然，只有到了后来分别的日子，才感到了四班是一个钢铸的集体。

我当新兵的时候，看不起蒙。因为蒙总是让我们有做不完的事，说不完的话，我对此有些抵抗情绪。蒙可能觉察出来了，也可能没有觉察出来，他总是不动声色地坐在我们身边聊天，把我们的心事翻个遍。与其他班班长不同的是，蒙总是能够耐心地把每一个人的话听完，然后征求大家的意见，而其他的班长自己决定了便行了。蒙不这样，他总是在布置完了任务后说，你们看，这样做可不可以？

大家当然说可以。当有人说不可以时，蒙便谦虚地问明理由，然后解释这样做的原因。他的嘴里仿佛有块能稀释的糖，把其他人的心里那些疙瘩融化掉。

我起初一直认为蒙是在收拢人心，到后来，我不这样认为了。因为每当看到蒙那从容而又恬静的微笑，我们便觉得天空亮了许多。

蒙走时，尽管我已当上了副班长，可我还是哭得最厉害的一个。那天早上，我一大早便跑到山那边哭了整整一个小时，直到起床的哨子响时才回来。

我说："大家集合吧。"

大家懒洋洋地拿武装带。一点也没有以往利索，蒙倒是很迅速，不过他很快意识到从今天起，他便不站在我们这个行列了，所以迟疑了一下，还是把武装带解了下来。以往他都是站在排头，可现在他的肩上没有肩章与领花了，他在屋子里看着我们在门口站好队，便走了出来站在队前。

我看到几个人的眼圈红了。我想蒙肯定会对大家说点什么，但是蒙什么也没说，他只是整了整陈军的衣服，然后用左手拍了拍我的肩说，走吧走吧。

我向蒙敬了个礼，便把部队跑步带开了。

以往，蒙在团里的声望，总使我感到有压力。我们班里也有人认为在先进班很苦，可这天早上，由于排头少了蒙，大家心里都空荡荡的。

还是早些时候，那时我刚当上副班长，有一天和蒙一起研究班里的工作。蒙说着说着便偏题了。

蒙说："我不想离开部队。"

我奇怪地看着他说："可大家最终都要走呀。"

蒙说："离开部队我什么都没有了。"

我看着他，表示不理解。蒙的手搭上了我的肩，他的眼红了。

蒙说："我觉得自己的一切都融在了大家的血液里面，融在了哨子与脚步里面，我很难把自己从里面分开。"

我说："大家都要走的，怎么来的，怎么走。"

蒙的脸上掠过一丝忧伤情绪，那是我很少看到过的情绪。以往，我们看到的都是生龙活虎的蒙、朝气蓬勃的蒙、温和平易的蒙、乐于助人的蒙……

可在那个秋天的黄昏里，蒙对我露出了忧伤的情绪。我以为无论对谁来说，部队都是一个临时的驿站，所以对蒙的情绪并不在意。

在我们眼里，班长总是班长，他能拿主意，想问题，并解决它。我们都没有想到蒙心里有着很沉的心事。我们只觉得大家都需要他，并没有想到，原来蒙有的时候，也需要我们。

在蒙要走的那天早上，我们都哭了。

那天早上的雾气很重，蒙抹着眼睛，说是满脸的雾气。他尽量想装出一些笑容，还想像往日那样和大家开玩笑，但是没有一个人再笑。蒙空荡荡的右手管在冬天的风里显得孤零零的。我们每个人也都觉得自己孤零零的。

营区在冬日的天空下显得有些孤单。风扫过树干，有些哀号。操场那边，其他的连队正在训练，新一批的士兵到了，正是怀揣理想的年龄，殊不知在军营里每走一步都要掉下汗水和泪水。

年轻时，正是做好梦的时节。年轻多好啊，什么都可以尝试。老兵们便不一样了。老兵习惯抽烟，习惯与老乡们聚在一起，商量着以后的去处。老兵喜欢整天沉默着，喜欢整天望着无语的天空出神。

蒙不一样，蒙还是一脸的笑意。蒙的心里仿佛永远没有忧伤的心事。除了那天早上，他忽然对我谈起他不想离开队伍，那是一次罕见的表情。可是，我没有在意，直到那次拆除旧炮弹，一枚炮突然从一个新兵的手里冒烟时，蒙扑了上去。

当时我们都傻了，等我们反应过来时，蒙已失去了右手。他的右手，摔在那个新兵的脚下，把他吓得差点休克。

那一年工兵连没有评上先进，工兵团的标杆蒙被确定复员。连队里得知这个消息时，静悄悄的，吃饭时没有一个人吱声，只有蒙还装出微笑。

蒙走的那天早上，全连官兵一个不落地都来了。当蒙推开我们班房门的时候，他看到弟兄们站了整整两排。蒙的泪水马上下来了，他拥抱着陈军，久久不肯出屋。我说："走吧，班长，走吧。"

蒙扫视了一眼班里说："以后一切便交给你了。"

我说："有一天我也会走的。"

蒙说："有一种东西永远也不会走。"

这时雾还很大。蒙可能还想说什么，但是一团雾裹着弟兄们，蒙便不说了。我们在他后面细想他说的话，但没容我想清楚，蒙便穿过了弟兄们组成的人墙。他和每一个人握手，笑着说上一句祝福的话。

"弟兄们，好好干呀！"

"刘一鸣，你得理发了。"

"王长久，你不要睡懒觉啊，今年一定要考上去。"

"秦天，你得给你妈妈写信，她在家一个人，不容易。"

"张弓，你的军体拳还得加把火，不要摆花架子。"

……

尽管蒙是笑着说的，可大家眼里的泪马上便下来了。

最后是连长和指导员，蒙拥抱了他们，指导员调过头去。连长像蒙平时拍我的肩那样拍着蒙的肩，蒙转过身来，向大家敬了一个标准的军礼。

车子停在那儿，无声无息。两道光刺破了黑雾，蒙跳上车走了，他右臂空空的膀子晃了两晃，但他在车上站住了，我奇怪蒙没有回头便走了。

蒙一走便再也无声无息。

蒙走后，我当上了班长。有一天陈军对我说："班长，你说老班长怎么没有来封信呢？"

我说："可能他忙吧。"

陈军说："他已领了残疾证，还忙什么呀？"

"他走时把残疾证撕了。"

"真的？为什么？"

"因为他说他不会残废，他还年轻。"

"可他没有右膀……"

我不说话了。是呀，蒙撕碎了那个多少人都要的证，没有右膀要怎么生活呢？

我们都盼望着蒙的来信。但是没有，蒙走后一封信也没有。班里的人还时常想起他来，开口就是，要是老班长在……

老实说，我听了这句话心里很不舒服。但是我自己常常也这样想：要是蒙在，班里的工作肯定会更好些；要是蒙在，我便舒服多了……

蒙走后的第二年，我考上了军校。那一年我回去探亲，路过省城时，在火车站，我的皮鞋脏了，我想回去应该风光一些，至少我考上了军校是个胜利。于是我决定擦一下皮鞋，便拎着包向一大排皮鞋摊走去。人很多，我忽然看到了一双熟悉的眼睛。天哪，是蒙！

我喊道："蒙，班长！"

蒙抬起头来了，他的眼里露出一丝惊喜。看到我身上穿着学员的服装，他说："你回来了？"

我说："回来了，班长，你好吗？"

他的眼里露出一丝坚定的微笑说："还好，恭喜你呀！"

我说："你干这个？"

他说："我是干这个。"蒙越说声音越小，最后，他的头低下去了。我看到他空荡荡的袖管在风中孤零零地飘动，我的眼泪马上出来了。

蒙抬起头说："你应该微笑才对，你是来擦鞋的吧？来来来，我帮你擦。"

我哽咽地说："班长……"

蒙站起来把我按在椅子上，我不知他左臂哪里来这么大的力气，我一下子跌坐在椅子上。蒙又抬起头露出笑脸说："你别说，我干这个，回头客可多呢，我都快成专业擦鞋师了。"蒙一边说一边迅速地为我擦起鞋来。

我说："蒙，你就靠这个生活？"

蒙说："这样不行吗？"

我心里很想说"你怎么能干这个呢？"，但是我怕蒙，所以没有说出来。蒙却一边飞快地擦一边对我说："记得你过去当新兵时穿皮鞋，我非要你脱下来，现在你到底还是穿上了。有志气！"

我的鼻子一酸，想起了新兵连时，我穿着自己带去的新皮鞋。可蒙说，战士不准穿皮鞋，这是条令。我便只好脱下它，心里还对蒙还产生过不满。

风呼呼地吹着。我忽然想起了那个黄昏时，蒙对我说他不想离开部队的话。我便期待着蒙会问起老部队，可自始至终，蒙都没有问。他的手不停地上下翻飞，看上去让人眼花缭乱。我想，他的确是一个熟练的鞋匠了。

一刻钟后，蒙说："擦好了，你还满意吧？"

我不说话，只是掏出身上所有的钱来，塞在蒙的手里。蒙的脸马上变红了，他说："你是在同情我吧？"

我不敢说话，只是呜咽着说："班长……"

蒙说："你要是看得起班长，就把钱收回去，班长说过自己是能自食其力的。"

我还想坚持着，蒙说："如果我没脱下军装，以我今天的脾气，我可能会打你，你这样小看你的班长吗？"

我的心猛然一紧，伸出的手缩回来了。蒙说："我请你吃顿饭吧，你到这里是客人。"

我怕蒙会发火，便跟在他屁股后面走了。

"你不是回县城了吗？"

"那里没有适合我干的事情。"

"你干这个多长时间了？"

"半年。"

"半年前呢？"

"装修工，水道工，管理员……干的工作多着呢，最后还是觉得干这个好。"

我们喝酒，蒙的脸上很平静，完全不像他离开部队的那天一样。那天早晨，蒙很激动，但是现在的蒙，一脸的平静。

蒙从包里抽出一大叠纸说："你看看，我把擦鞋写成了论文，这里面的道道多着呢。"

我鼻子一酸，心想蒙干什么都有一股钻劲，可有谁会去看呢？皮鞋，大街上哪个人不会擦？

蒙说："擦鞋，其实也很有学问，有人以为擦得放亮便行了，其实，不同质地的鞋，不同人穿着，会体现出不同的气质与追求。从保养角度来说，有的鞋应该多上油，可有的鞋，不应该把油打得满满的，这样会影响它的使用寿命……"

蒙好像越说越兴奋，我的心里却越来越辛酸，最后，我忍不住伏在蒙的肩上哭了起来。

蒙埋头喝着酒，像往日那样拍着我的肩。他的眼圈红红的，但是始终没有哭。

结账的时候，是蒙付的钱。我不敢和他争下去，也无法与他争下去。

与蒙告别的时候，他的脸上带着微笑。他说："你已经是一个大人了，快当排长了，不能再小孩子气。"

我握着蒙的手，不说话。

蒙说："走吧，走吧，反正你是要走的。人生的路长，走好就行。"

我低着头走了。走了老远，我回过头来，看到衣着朴素的蒙在城市的路边站着，与他背后的高楼大厦很不相称。

蒙看着我，笑着抬起了左手，他大声喊道："回去后告诉兄弟们，我好好的，大家都要好好的……"

我看到蒙的右袖管空荡荡的，在风中像是一面旗帜。

不知为什么我便哭开了。

回来的时候，我又在火车站找过蒙，但是没有找到。我问那些擦皮鞋的人，他们说："你找那个独臂？谁知道他哪里去了？他不来才好呢，他一来呀，我们便没了生意，人们都爱去他那个摊子，其实他还不是和我们一样？"

我悲哀地想，谁知道蒙会是一个退伍兵呢？谁知道他本来是可以拿着国家的钱过日子呢？

我还是有些不甘心，便在省城留了一天，四处问那些擦皮鞋的，可没有一个人再见到过他。

蒙，你到哪里去了呢？你生活得好吗？

我仿佛看到微笑着的蒙，站在一个角落里对着我微笑。

那是冰封解冻的日子，我看到春风拂过城市的湖面，我想，那吹皱的水面，是蒙在对着我微笑吗？

从那以后，我们谁也没有再见过蒙。我曾四处打听他的消息，但是谁也不知道他在哪里。在我军校毕业的那一年，我非常不甘心，便去了一次蒙的老家。那是一个怎样落后的村庄呀！在一座大山里面，看上去满目疮痍，让人不忍目睹。

我在村头问一个老太太："蒙是这个村子里的吗？"

老太太说："哪个蒙？"

我说是哪一年哪一月当兵的那一个。

老太太说："你说的是那个伢子呀？他好几年没有回来了，听说他在部队上当了官。"

我吃了一惊说："他不是早复员了吗？"

老太太不知复员是什么意思，我便说："蒙退伍了。"

老太太说："他出去后便没有回来呀，他还经常给村子里的小学寄钱呢，村里人都说他在部队上当官了，好人呀，好人呀！"

我说："他真的没有回来？"

老太太说："他回来干什么？这里又没有他的亲人！"

我更吃惊了,难道不是那个蒙吗?

老太太说:"我们村只有这个蒙,他是个孤儿!"

我的泪水哗哗地流了出来。我明白了,那天黄昏时,蒙为什么要对我讲他不想离开部队,原来如此!原来如此呀,亲爱的蒙!

一只鸟从天空中划过,唱着歌走了。我站在天空下想,它会不会是蒙呢?我一路哭着离开了村庄。

回去以后,我被分到了老连队,在连队的光荣榜上看到了蒙。他的照片还被贴在上面,脸上露出祥和平静的微笑。我相信,蒙一定还在世间活着,并且行走。因为我听到了他行走的声音,那是微笑的声音和爱的声音。

创作谈：基层与青春，永远是人生最亮的底色

三十五年前,我在新疆当兵,兵之初的生活,新鲜而又热烈。作为汽车兵,我们团的任务是为藏北高原运送物资,这让我有机会了解那块神奇的土地,以及那块土地上丰富而鲜活的军营生活。作为一名战士,我在经历并享受着军营最基层的军旅生活的同时,也对身边的兵情、兵心与兵爱,有了切肤的感触与感受。

　　几年后,我考入军校,并且在毕业时侥幸留校待在了城市,从最基层的边防部队来到大城市生活,作为一名普通的年轻军官,一个更为新鲜的世界大门訇然打开。我对机关官兵的阴晴圆缺、悲欢离合又有了一个全面的扫描与俯视。因此,这本反映了边防与城市生活的小说集《营区的光线》,展现的大都是鲜活的基层官兵日常生活与情感记忆。

　　一个人在开始回忆过去的时候,可能意味着他已经老去。我从军三十五载,人到中年,岁过半百,回忆过往,却总有一股浓郁的青春气息扑面而来,让我觉得自己还很年轻。三十五年来,在部队里曾经最熟悉最真诚最难忘的那一群人,无论他们到了何方,我们的感情永远不会变。

　　记得有位从士兵干到将军的领导,曾说过这样一句话:一个职业军人,如果没有经历过火热与滚烫的基层生活,那么他的军旅生涯是不完整的。每个人对这句话都有自己的理解。对于我们这些战士出身，经历了摸爬滚打，考上军校最后又成为一辈子职业的军人而言，这句话我很认同。我也一直认为，没有当过战士的官，是很难理解真正的兵味。那些从地方直接上军校或者从地方大学毕业后直接入伍提干的年轻军官，似乎总让人觉得他们身上透着一股站在别岸观火的感觉。一位担任过文学系领导的著名作家谈到，有一段时间，原军艺招了一批文学本科生，与以往那些在风里来雨里去当过兵的作家们相比，他们的作品似乎总是缺少兵味儿，缺少融入基层官兵汗水、泪水与血水的感觉。因为从齐步、正步及跑步等一步一动的兵们开始，无论是歌声还是口号，其实对于军队这个绿色方阵的整体而言，有过当兵的经历，才能融入这座熔炉。不是穿上军装就是个合格的兵，而是从有军旅生活经历开始，从新鲜、悸动、恐惧到日常习惯的养成、兴奋、收获乃至寂寞、无奈和不舍结束，兵味儿是一点一滴的、一招一式的、一言一语的、一行一坐的，是有姿势、有气质、有特色的。因此，党的十八大之后解放军总政治部要求机关干部下连当兵蹲连住班，体验基层生活，曾一度成为热点。基层欢迎，官兵拥护，成果丰硕。

部队是用来打仗的。打仗，必须知兵、爱兵、为兵。让官兵一致、官兵一体，才能打胜仗。否则，官不知兵，兵不爱官，官兵不能同吃同住同站岗同训练同喜乐，胜仗就是空谈。

边防的兵似乎因为经历了更多的生离死别，所以更珍惜战友之间的感情。有的战友，一转身就是一辈子，但无论多少年没见，他们的感情依旧如初。

本书中的《营区的光线》《东营盘点兵》《一路花香》《祝你幸福》《春风划破冰丛》《难说再见》等，描写的就是新疆的基层官兵生活，所有的故事，几乎都是青春的亲历。有的是当散文写的，最后发表时却被当作小说转载。《穿透北京地铁的忧伤》写的是城市基层官兵的婚恋，《英雄表》是在嫩江基地采访与体验生活时的成果。所有的人物皆有原型，所有的故事几乎原汁原味，鲜活、真实、丰富。正因如此，这些作品几乎都获过奖，且大都被这样或那样的选刊与选本选载过。它让我懂得，只有双脚走过的地方，才会收获真实的回响；只有真诚地面对生活，才能得到官兵的认可。

我在无数次回望之时，感谢人生中有新疆当兵、西藏履责、青藏代职的经历。这种经历，让那博大的、荒芜的、广漠的、无限的兵之初概念融入了我的精神世界与日常生活。虽然我在城市的生活时间远比在新疆、西藏与青海的时间要长上十倍，但独独那些兵之初的生活，成为我生活中最深切的怀念、最热恋的思念、最本质的信念，让我在三十余年的城市生活中，面对光怪陆离、稀奇古怪的事情和无数诱惑时，而不会迷失自己。

生活是这样，写作也是这样。我最终没有走向年轻时向往的专业作家之路，但无论在什么样的路上，我都没有懈怠过手中之笔、脑中之思，始终坚守着"两条腿"走路。而且，我觉得这样的两条路，是相辅相成、优势互补的。一条路是理性思维，在大大小小的机关，写了近二十年的材料，没日没夜，熬更守夜，写得眼睛眯成缝甚至因用眼过度做了两次手术；另一条路是形象思维，三十年来在无数个节假日与休息时，坚持写作，在全国几乎所有的名刊上都发表过文章，字数达五百余万字，出版了二十多本专著，还侥幸获得了一些奖项。

其实，从一道杠的列兵到考入军校扛上红牌，从军校毕业提干后的一杠一星到现在的两杠四星，我始终铭记"我是谁""要往何处去"。这样的路，虽然辛苦，但贵在坚持，坚持就是胜利。我从边防来到首都，从战士走到师职干部，文学丰富了我，充盈了我，成就了我。我很享受这个过程，并始终充满知足与感恩。我无比热爱这支军队，热爱战士，热爱那些每天都在牺牲与奉献的官兵，热爱着军营里熟悉与陌生的一切，哪怕有时是恨铁不成钢的爱，没有原则的爱，因为军营、军旗、军号、军装，已经融入了我的血液。

有人说，人与人的差别，并不体现在智商情商上，能成功的最根本原因就是坚持。的确，有的人坚持下去就可能看到明天的希望，有的人只要再努力一下就有可能触摸到希望，但遗憾的是，他们却倒在坚持的门前。坚持，是青春与奋斗的重要品质。在追求目标的过程中，我们可能会遇到各种诱惑和阻碍，其实人生就是要不断攻克一个又一个的障碍。只有坚持自己的理想与信念，才能不被外界干扰，从而始终保持正确的前进方向。坚持让青春更美丽，让奋斗者在逆境中行稳致远，从而能在困难前展现出惊人的韧性。

也许正是因为我从基层干起，从一点一滴、一言一行做起，从一字一句、一章一节写起，才能够取得今日的这些成绩。我想，如果青春有底色，那一定是基层教给我的底色，从班长、排长、连长到营长、团长，他们身上的那种兵味兵情兵心，深深地影响着我，鼓舞着我，激励着我，使我从他们手下的一名小兵成长为甚至超过了他们军衔的一名大校。试想，如果没有写作，没有青春时期吃过的苦、受过的累、流过的汗、磨出的血，此时此刻，我也不知道自己会在哪里。人生没有如果，青春不会再来。我能走到现在，是伟大的军队、伟大的组织倾心培养的结果，是无数战友无私帮助的结果，是很多领导关心关爱的结果。

这本书，摆在这里，当您读到其中每一句滚烫的话语、每一个真实的故事时，希望您能热爱那些在基层默默奉献、无声无息的官兵们。他们中间的绝大多数都很年轻，都在所谓的岁月静好之时，选择了向着困难、危险与寂寞逆行——这是他们的宿命，也是军人的使命，更是军队的天命！因此，我想喊句这样的口号：基层万岁，青春万岁，伟大的人民军队万岁！

李 骏

2024 年 6 月 13 日

营区的光线

出 品 人	郭文礼	选题策划	刘文飞	责任编辑	武慧敏
复 审	刘文飞	终 审	刘卫红	印装监制	郭 勇

项目运营 | 有度文化·刘文飞工作室　　投稿邮箱 | liuwenfei0223@163.com
微　　博 | http://weibo.com/liuwenfei　　微信公众号 | YOUDU_CULTURE